[英国]威廉·艾伦 著　马睿 译

古典文学

牛津通识读本·

Classical Literature

A Very Short Introduction

译林出版社

图书在版编目（CIP）数据
古典文学／(英) 威廉·艾伦（William Allan）著；
马睿译．—南京：译林出版社，2020.3
（牛津通识读本）
书名原文：Classical Literature: A Very Short Introduction
ISBN 978-7-5447-8098-8

I.①古… II.①威… ②马… III.①外国文学－古
典文学研究 IV.①I106

中国版本图书馆 CIP 数据核字（2019）第 294796 号

著作权合同登记号 图字：10-2015-282 号

古典文学 [英国] 威廉·艾伦／著 马 睿／译

责任编辑 许 丹
装帧设计 景秋萍
校 对 蒋 燕
责任印制 董 虎

原文出版 Oxford University Press, 2014
出版发行 译林出版社
地 址 南京市湖南路 1 号 A 楼
邮 箱 yilin@yilin.com
网 址 www.yilin.com
市场热线 025-86633278
排 版 南京展望文化发展有限公司
印 刷 江苏苏中印刷有限公司
开 本 635 毫米 × 889 毫米 1/16
印 张 19
插 页 4
版 次 2020 年 3 月第 1 版 2020 年 3 月第 1 次印刷
书 号 ISBN 978-7-5447-8098-8
定 价 39.00 元

序　言

张　巍

这是一本值得向古希腊罗马文学爱好者推荐的"通识读本"。作者威廉·艾伦（1970年出生于苏格兰，现任牛津大学大学学院古典语言与文学副教授，学术专长为希腊古风与古典时期的文学与思想史，尤长于史诗与悲剧）在原著区区120余页（中译本140余页）里，上起公元前8世纪的荷马史诗，下迄公元2世纪的罗马小说，对最为经典的古希腊与古罗马文学作品做了一番整体性的概览。要完成这一任务，套用作者自己的话来说，"看似疯人之举"（第1页）。摆在作者面前的首要难题，是在力求言简意赅又不失要领的同时，能够让普通读者领略古典文学的经典意义，甚至还能随之感到兴味盎然。

针对这一难题，古典文学简史诉诸不同的写法，最常见的有三种。第一种是传统的写法，即按照历史时期的时间顺序来展开文学史叙事，通常把希腊文学分作古风、古典、希腊化和帝国四个时期，把罗马文学分作早期共和国、晚期共和国、奥古斯都时期、早期帝国和晚期帝国五个时期，然后再把各个时期的文学作品按样式归类，专注于每个时期最重要的作家及最重要的作品，以此勾勒出古典文学发展的整体面貌。以牛津大学出版社近几十年来向普通读者推出的古典文学简史为例，1980年初版（1997年第二版）的《古希腊文学》，由四位英国古典学名家多佛（Kenneth Dover）、韦斯特（Martin L. West）、格里芬（Jasper Griffin）和鲍伊（Ewen Bowie）合撰，采取的便是较为传统的写法，意在突出古希腊经典作家在文学上取得的伟大成就，强调这些文学作品所奠定的西方人文主义精神；而2000年面世的《古希腊罗马世界里的文学：一种新视角》，由牛津大学古典学者塔普林（Oliver Taplin）主编、多位英美古典学者共同执笔，力图偏离传统文学史以作家为重心的视角，转而以文学作品的原初受众为叙述视角，这些受众包括听众、观众和读者，每一种又可根据文学活动与表演的具体场景分为许多不同类型，由此构成文学交流的许多不同模式。该著本着此种“新视角”而另辟蹊径，从文本所属的时代出发，着重考察文学作品的创作者和接受者之间的互动关系及其多样性，探索这些互动关系的宏观模式与历史嬗变，当属于第三种写法。

介于这两者之间的第二种写法，是以文学样式或文类为线索，围绕不同的文类展开叙述，关注每一种文类的形成与发展、兴盛与衰亡、成规与创新、典型风格与风格差异，以及文类之间的竞比与高低分判，这本2014年新镌的“牛津通识读本”《古典文学》便采用了这种写法。作者以文类为纲，列出史诗、抒情诗和个人诗、戏剧、撰史、演说、田园诗、讽刺文学和小说这八大文类，构成全书最主要的八章内容。在导论性质的第一章里，作者开宗明义地提出：“古典文学最非凡的一面，也就是它高度发达的文类意识”（第13页），因为“一切古代文学文本都是某一文类的作品，即便它们也跟其他文类交互融合”（第14页），所以“若论古典文学的影响，意义最为深远的当属主要文类及其规范的发明”（同上），这几条根本性的原则贯串成全书最关键的线索。此后，作者在每一章里按时间顺序从古希腊讲到古罗马，着力贯通这两种文学传统，突出不同时期里同类文学样式的延续性。因此，这本《古典文学》大致可以视作一部“分类文学简史”，对读者掌握古典文学里极为重要的“文类”概念颇有助益。

作为“牛津通识读本”，《古典文学》的理想读者自然是西方的普通读者，但对于今日中国的普通读者而言，此书的译介也有其价值。纵观国内的同类书籍，以文类为纲的古希腊罗马文学简史可谓罕见。这不禁使人遥想起百年前（1917年），刚过而立之年的周作人受聘于北京大学，奉命为学生讲授“希腊罗马文学史”，因事属草创，没有合适的教材，便自编起讲义来。他慧眼独具地以文类为纲，将古希腊文学分作史诗、歌、悲剧、喜剧、文、哲学、杂诗歌、杂文等文学样式，将古罗马文学分作戏曲、文（细分作撰史文、学术文、演说文、小说文等）、诗（细分作哲学诗、叙事诗、哀歌、牧歌、讽刺诗等等）和杂诗文四大类文学样式，并据此对古希腊罗马文学做了规模初具、钩玄提要的概述。这位最早系统性地向国人介绍西方古典文学的先行者，眼光犀利地察觉到，强烈的文类意识正是古希腊罗马文学的真正精髓，也是其经典性历久弥新的生命力所在。对于百年后艾伦的这本面貌一新却又似曾相识的古典文学“分类简史”，他应该会引为同道，报以赞许的微笑吧。

2019年11月20日于复旦光华楼

献给彭妮、布莱恩和拉塞尔

目录

前　言

既是通识读本，就该有一篇短小精悍的前言。衷心感谢“牛津通识读本”系列高级组稿编辑和高级助理组稿编辑安德烈娅·基根和艾玛·马自始至终的帮助。本书是在柏林国家图书馆（林登大道）那间装修得金碧辉煌的阅览室里写作完成的，感谢该馆诸位工作人员的友好协助。我还想感谢迈克·斯夸尔和克里斯·惠顿帮我寻找和选择插图，谢谢他们给我在柏林的生活留下了那么多美好回忆。最后，我的妻子劳拉·斯威夫特仔细阅读了全书，并且在很多方面让它变得更加完美，我像以往任何时候一样，对她充满感激。

W. R. A.

于柏林

2013 年 7 月

第一章

历史、文类和文本

要对时间跨越1 200多年（约公元前750—公元500）的古典文学历史来一番简略概述，大概看似疯人之举。相比之下，“蒙蒂·派森”[①]喜剧片里的“全英普鲁斯特梗概大赛”的参赛者有整整15秒钟的时间，却只需总结7卷小说的梗概。不过还是要知其不可而为之，因为如果未来要更详细地考察古典文学的主要文类，一份示意图总能派得上用场。

传统上对古典文学的分期，所对应的无非是我们熟悉的古代史几大块——泛泛地说，把希腊文学分为古风时期、古典时期、希腊化时期和帝国时期；把拉丁文学分为共和国时期和帝国时期（下文中会再提到这些划分）。在研究某一特定的文学（如英国文学、法国文学、德国文学等）时，文学和历史分期基本一致并不罕见，因为大多数人都承认我们可以通过文学来追溯历史变迁。

当然，所有这些分期都是人为建构，是学者们事后创造出来

① 英国的一组超现实幽默表演团体，此处提到的喜剧片为《蒙蒂·派森的飞行马戏团》。——译者注。除非另有说明，本书中文脚注均为译者注。

的。事实上由于各个文学或历史时期彼此交织，无法在其间划出一条清晰的分界线。不过只要事先恰当说明，也就是说，只要我们注意不掩盖各个时期之间的连贯性，不暗示每一个特定时期内
1 都是整齐划一的，不把某个特定文本的含义简化为表达某个想当然的“古代”或“尼禄时代”（诸如此类）世界观，那么约定俗成的分期还是有用的。毕竟，文学形式的确随着时间的流逝而发展变化，又无法孤立于更宏大的政治和文化变革，因此，尝试追溯这些发展变化并对具体的阶段加以界定，既合所愿，又有所长。

除了为一个浩瀚的时间段竖立有用的路标之外，文学史术语还能指出不同历史时期在核心主题和关注焦点上的重要区别——比方说，比较一下英国文学中“浪漫主义”和“维多利亚时期”这两个术语，它们所指向的关注点不尽相同。如果一个新文学运动的诞生是由作家们自己宣告的，那么学者的工作就容易多了。例如公元前3世纪，希腊诗人卡利马科斯就发表了一篇关于深奥晦涩文学的宣言，开创了所谓的“希腊化”或“亚历山大里亚派”美学。然而就算作家们没有那么自觉，我们仍然能够回顾性地追溯不同文学运动的兴起，虽然不管是作家本人还是后来的评论家，往往都会夸大该运动与过去的决裂：弗吉尼亚·伍尔夫的那句玩笑话——“大约在1910年12月，人性发生了改变”（《贝内特先生和布朗夫人》，1924年），就精准地表达了为不同时代划清界限的诱惑与危险。

无论怎样为古典文学分期，有时都会让人感觉像是古代史速成课，不过我更愿意把它看成一件好事：毕竟，虽然文学有时会超越时代，但它始终扎根于所处时代的现实中。因此，古代奇幻小说（见第九章）以颠三倒四的方式反映了古代人对世界的

有限认识，正如过去一个多世纪里，现代科幻小说也以同样的方式反映了科技发展和政治格局。伟大的文学作品或许在某种意义上是“无关时间”的永恒杰作，但如果对它起源的历史背景一无所知，便无法充分理解古典（或任何其他）文学。 2

迈锡尼文化于公元前1200年前后衰落，在其后几个世纪的希腊历史中，写作的技艺尚无人知晓，但口头诗歌和各种形式的说书却蓬勃发展。公元前8世纪初，希腊人修改了腓尼基字母来适应自己的语言，希腊“文学”（也就是书面文本记录）的传统由此开始。由于历史的偶然，就在文学作品被重新发现的同时，天才荷马出现了，因此他创作于公元前725—前700年前后的伟大史诗《伊利亚特》和《奥德赛》不仅是最伟大的，同时也是最早的古典文学作品（想象一下如果英国文学始于莎士比亚横空出世，那场面是何等壮观吧）。传统上把公元前776年第一次奥林匹克运动会开幕到公元前479年希波战争结束这段时期称为“古风时期”，但切勿认为“古风”一词就意味着“原始”，因为这是希腊文学最有活力和最勇于实验的时期之一，那个时代流传下来的史诗和抒情诗堪称史上最震撼人心、最匠心独运的（见第二和第三章）。古风时期还是扩张和殖民的时代，希腊各城邦纷纷把商人和殖民者派往地中海沿岸各地，从马赛利亚（当今的马赛）到埃及的瑙克拉提斯（位于沿尼罗河下游50多英里处），这样的文化活力和多样性反映在这一时期主要作家的作品中，他们来自希腊语世界的各个角落（见地图1）。

相反，古典时期（公元前479—前323），也就是从波斯大败到亚历山大大帝之死这个时期，文学由一个城邦一统天下，那就是雅典。希腊人战胜了庞大的波斯侵略军，这不仅加强了他们

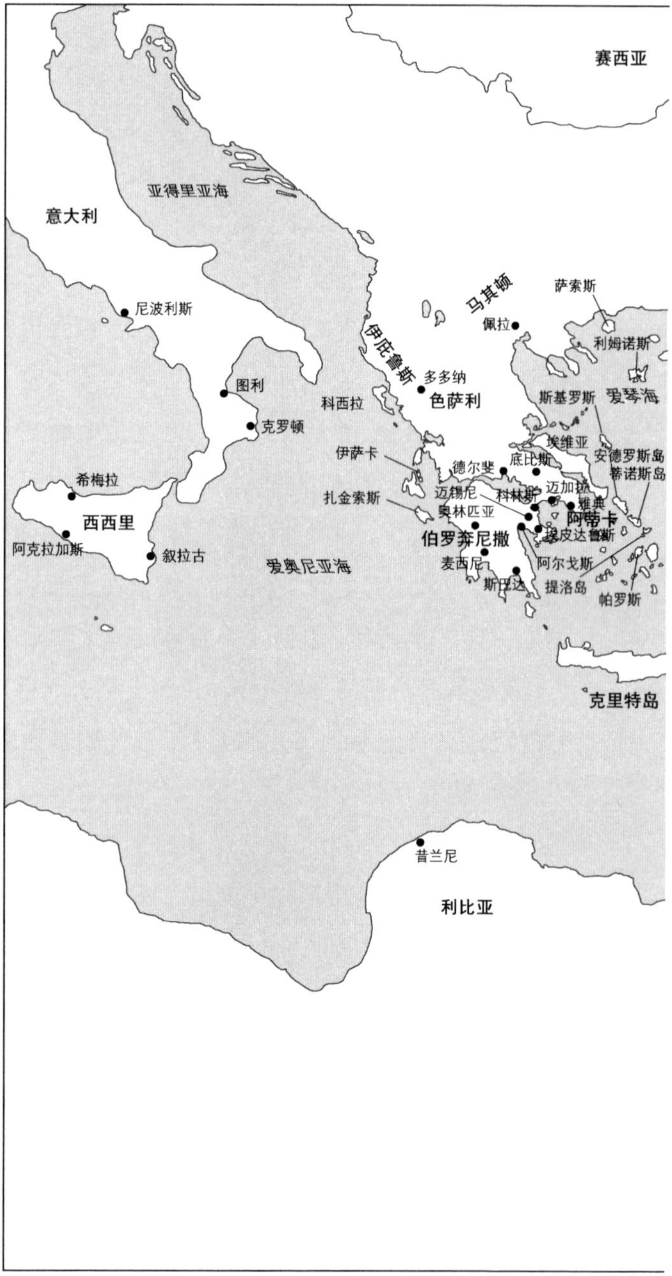
赛西亚
亚得里亚海
意大利
尼波利斯
马其顿
萨索斯
佩拉
利姆诺斯
伊庇鲁斯
多多纳
色萨利
图利
科西拉
克罗顿
斯基罗斯
爱琴海
埃维亚
伊萨卡
德尔斐
底比斯
安德罗斯岛
蒂诺斯岛
迈加拉
希梅拉
扎金索斯
迈锡尼
科林斯
雅典
奥林匹亚
阿提卡
西西里
伯罗奔尼撒
埃皮达鲁斯
阿克拉加斯
叙拉古
爱奥尼亚海
麦西尼
阿尔戈斯
斯巴达
提洛岛
帕罗斯
克里特岛
昔兰尼
利比亚

地图1　希腊世界

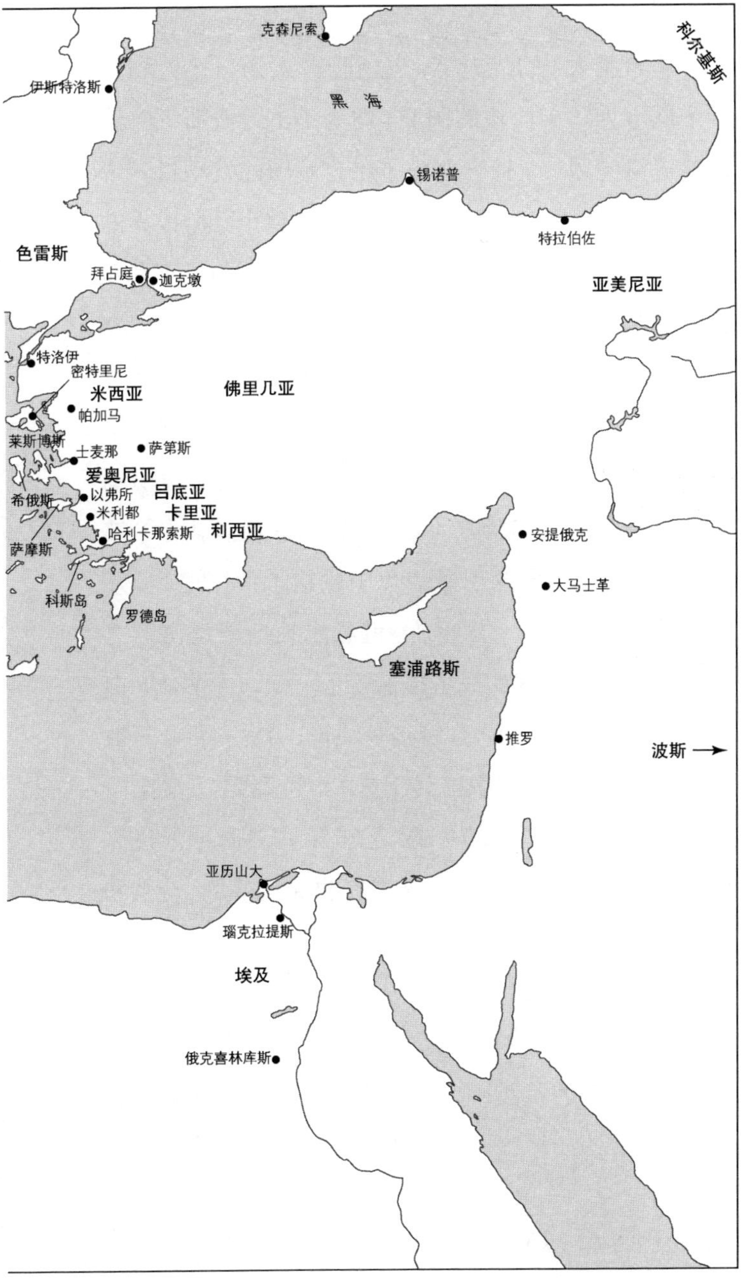
克森尼索
科尔基斯
伊斯特洛斯
黑海
锡诺普
特拉伯佐
色雷斯
拜占庭
迦克墩
亚美尼亚
特洛伊
密特里尼
米西亚
佛里几亚
帕加马
莱斯博斯
士麦那
萨第斯
爱奥尼亚
吕底亚
希俄斯
以弗所
米利都
卡里亚
萨摩斯
哈利卡那索斯
利西亚
安提俄克
大马士革
科斯岛
罗德岛
塞浦路斯
推罗
波斯 →
亚历山大
瑙克拉提斯
埃及
俄克喜林库斯

对“野蛮人”（非希腊人）的优越感，也使雅典人为自己的利益而利用了一个原本为防御而建的同盟（即为了击退波斯下一波攻势而组成的提洛同盟[1]），把它变成了雅典帝国的发动机。帝国的财富，再加上开放的民主文化，吸引了来自整个希腊世界的知识分子和艺术家，雅典因而成为希腊的文化中心，伯里克利在
3 歌颂城邦的赞歌中称之为“全希腊的学校”（修昔底德，《伯罗奔尼撒战争史》2.41）。各种文学形式在雅典民主制度下的公共表演场所兴盛起来：在国家资助的戏剧节上表演悲剧和喜剧（第四章）；在法庭和集会上演讲（第六章）；在政治家和知识分子圈子里编纂历史，他们有志于理解（不止于此）希腊何以赢得希波战争，以及雅典何以在伯罗奔尼撒战争中输给了斯巴达（公元前431—前404；见第五章）。公元前5世纪末被斯巴达击败之后，雅典仍然是文化重镇，它的民主也保留了下来。到了公元前4世纪，伟大的作品仍然层出不穷，特别是演说、历史和哲学等散文体作品（这个时期很少有诗歌流传下来）。和“古风”文学一样，切勿将“古典”混同于“谨慎”或“乏味”：古典时期最优秀的作者都是真正的革新者，影响了后来几个世纪的戏剧、诗歌和散文等主要文学形式。

希腊化时期（公元前323—前31）从亚历山大大帝之死持续到屋大维在亚克兴角战役中打败马克·安东尼和埃及的克莱奥帕特拉七世，这一时期的希腊（以及随后的希腊-罗马）文化得到了极大的推广。亚历山大军事扩张的步伐远至波斯湾、印度

[1] 提洛同盟成立于公元前478年，是希腊城邦组成的一个联盟，由雅典领导。在波斯第二次入侵希腊的最后阶段，希腊在普拉提亚战役中获得胜利后，为继续对抗波斯帝国而成立了此同盟。

和阿富汗，他的将军们继承了各式各样的世袭王国，其中最持久的就是埃及的托勒密王朝。托勒密一世在亚历山大港建起了图书馆和博物馆，前者志在收集有史以来的每一部希腊文学文本并为其编目，后者意在成为每一个艺术和科学领域学者的研究中心。托勒密王朝的历任国王继续为这两个机构提供资助，在如此卖弄学问且补贴丰厚的学术氛围中，出现了一个新的文学运动，前所未有地把文学和学术研究融为一体。“亚历山大里亚派”的标志就是博学和文雅。它的权威人物、学者诗人卡利马科斯宣称：“我吟唱的每一句诗都是经过考据的。”早期的文学也不乏典故和创意，但这时诗人的学识越发外露和刻意为之，创新 6
得到了更大的重视。虽说有些作者陷入乏味的晦涩泥沼，急于卖弄小聪明却总是弄巧成拙（举例来说，尼坎德关于各种毒药及其解药的诗歌本身就足以令人汗毛倒竖），但这一时期最优秀的作家仍利用自己的学识为陈腐的文学形式注入了新的生命（例如卡利马科斯和阿波罗尼俄斯对史诗的改革：见第二章），或独创出前所未有的新文学形式（忒奥克里托斯发明了田园诗：见第七章）。

到现在为止，我们讨论的主要都是希腊文学。罗马虽然（根据古代人的估计）建于公元前753年，但现存的拉丁文学都是公元前3世纪中期以后创作的。因此，共和国时期（公元前509—前31）的前几个世纪，也就是从最后一个罗马国王塔克文尼乌斯·苏佩布被驱逐，宣布采用共和政体，一直到该政体在公元前1世纪的内战中自毁，罗马在文学上是一片空白。然而现存最早的拉丁文学——李维乌斯·安德罗尼库斯、奈维乌斯和恩尼乌斯的史诗，恩尼乌斯和帕库维乌斯的悲剧，普劳图斯和泰伦提乌斯的喜剧（最后这一类是早期仅存的完整文本）——表明，与“古风”希腊文学一样，不要误以为“早期”就意味着“质朴单纯”。因为这些创作于公元前240—前130年前后的文本不仅反映了罗马人在这一时期惊人的军事成就（罗马因而成为地中海世界的主要力量），同时还以长远的眼光和极大的创意继承和发扬了它们的希腊文学榜样。举例而言，恩尼乌斯就声称自己是荷马转世，是希腊文化转移到罗马的终极象征（第二章）。

这些早期的作家通过改编希腊的文学形式来满足新的读者和兴趣点，并把它们与本土的意大利传统结合起来，开启了“罗马化”过程，后来所有的拉丁作家都在延续这一过程。当希腊自
7 身于公元前146年落入罗马统治者之手，希腊文学和文化对罗马的影响就更加强烈了。老加图这位当时的政治家和作家，就利用了大众对贵族阶层如此亲希腊的焦虑，他反其道而行之，创造了一个简单直接、返璞归真的淳朴罗马人的形象。（老加图的作品显示他曾饱读希腊文学，但他意识到迎合罗马人对附庸风雅的希腊人的鄙视可以带来政治利益，何况希腊人如今还是他们的行省臣民。）不过大多数拉丁作家还是更加开诚布公地承认希腊传统对自己的影响。贺拉斯有意写下的一句悖论式评语最精准地表达了这种强烈的文化互动：“被征服的希腊征服了野蛮的征服者，把艺术/带给粗鄙的拉提乌姆。”（贺拉斯，《书信集》第二部第一首，第156—157行）[①]换句话说，罗马的军事扩张同样丰富了它的文化。文学创作的中心（先是雅典，后来是亚历山大

① 译文引自李永毅译注，《贺拉斯诗全集：拉中对照详注本（上）》，中国青年出版社2017年版，总第6411页。诗句中的“拉提乌姆”为古意大利半岛中部一地区，拉丁语原本是此地的方言。

港）如今是罗马。虽然共和国时期重要的拉丁作家无一出生在罗马，但他们全都去往那里，寻求资助人、读者和功名。

共和国的最后几十年里，贪婪和私利破坏了国家的安定，凯撒与庞培、屋大维与马克·安东尼等军阀动用前所未有的暴力对付公民同胞。这一时期的文学力图解释天下混乱的意义，也对卢克莱修、卡图卢斯和撒路斯特的政治野心展开了无情抨击。许多拉丁文学最伟大的人物都经历了共和国崩溃而陷入独裁的过程，他们的作品（特别是西塞罗、维吉尔和贺拉斯的作品）都对内战的影响以及内战所催生的帝国制度进行了深刻的探讨（见第二、三、六章）。屋大维（公元前63—公元14）在公元前31年的亚克兴角战役后独掌大权，并于公元前27年改名“奥古斯都”（这个名字暗含着宗教和政治权威），成为第一任罗马皇帝，并实施了帝国制度。他还宣称自己是共和国的复兴者，以此来巧妙地掩盖帝制的革命和暴政性质。 8

奥古斯都时期（公元前44—公元17）从尤利乌斯·凯撒被暗杀（以及他19岁的继承人屋大维的崛起）开始，到诗人奥维德之死结束，时间横跨了从共和国到帝国的暴力转型，这一时期的杰出作家（维吉尔、贺拉斯、提布鲁斯、普罗佩提乌斯、奥维德和李维）以非凡的洞察力探讨了文学与权力的关系，他们对近期历史的反思有时很令人不安，却赋予了他们的作品以优势。当然，这些作家中的每一位都对新政体做出了独特的反应，而且他们的反应随着时间的流逝和帝国制度本身的演化而不断变化，所以不存在一种整齐划一的“奥古斯都时期”文学。因此，在公元前1世纪30年代，罗马社会仍然处于四分五裂阶段，既看不到尽头，也看不清谁会成为胜利者，维吉尔和贺拉斯在此时的早期作品，与奥维德在公元前16年那段时间之后、奥古斯都独掌大权已成现实的时代所写的作品，自有云泥之别。

奥古斯都时期的诗人力图与希腊的古典文学相媲美：维吉尔自称继承了荷马的衣钵，贺拉斯是新时代的阿尔凯奥斯（遑论其他所有的希腊抒情诗人），普罗佩提乌斯则声称是新时代的卡利马科斯。然而与“古典”一词一样，认为“奥古斯都时期”（正如用它来标记的英国文学的一个时期[1]）就是指“克制”或“和谐”，也可能会掩盖这些作品的革命性。诚然，在对待奥古斯都彻底转变了罗马社会本身的方式上，最能体现这些作家的勇气和抱负，包括有时候他们干脆拒绝赞美它（第三章）。

共和国末期和奥古斯都时期的文学品质出众，以至于传统上称这一时期为拉丁文学的黄金时代，紧随其后的是帝国早期的白银时代（公元17—130）。但这些自带评判内涵的术语如今已经不再流行了，无论如何，它们低估了帝国时期的许多作家在新形势下写作的成功：史诗诗人卢坎、小说家佩特罗尼乌斯、讽刺作家尤维纳利斯以及历史学家塔西佗比起他们的前辈毫不逊色。不
9 足为奇，帝国时期所有拉丁文学关心的一个中心问题，是作家与皇帝的关系，以及作家与文学传统的关系。公元8年，奥古斯都把奥维德流放到黑海，并禁止他粗俗的爱情诗出现在皇帝建于帕拉丁山上的图书馆中；提比略（公元14—37年间在位）迫使拥护共和国的历史学家克莱穆提乌斯·科尔都斯自杀，还焚烧了他的书籍；而在尼禄（公元54—68年间在位）的逼迫下，卢坎、佩特罗尼

① 在英国文学中，18世纪被称为“奥古斯都时期”、新古典主义时期和理性主义时期。“奥古斯都时期”这一名称源于这一时期的许多作家都自觉地模仿古罗马奥古斯都时期的作家维吉尔和贺拉斯。

乌斯和塞涅卡（皇帝本人的前导师和顾问）全都自杀了。图密善（公元81—96年间在位）尤其偏执和专横，塔西佗、普林尼和尤维纳利斯都曾抨击过他，只不过这些抨击都是在他死去、王朝结束之后进行的，因而还是保持了安全距离。像斯塔提乌斯和普林尼这样颂扬当政皇帝的作家，鄙视他们的谄媚固然容易，服从毕竟从来没有反抗的姿态来得性感。然而他们在体制内写作的决定也是可以理解的，也使卢坎的反帝檄文和塔西佗对自奥古斯都以来这段罗马历史的尖刻分析显得更加令人钦佩。

帝国时期的希腊文学对罗马的权力（参见地图2）也有着同样的担忧。哈德良（公元117—138年间在位）和马可·奥勒留（公元161—180年间在位）等罗马皇帝对希腊文化的热爱鼓励了希腊文学在罗马保护下走向复兴，因为执政阶层的罗马人渴望与声名远扬的希腊文化扯上关系，有学问的希腊人当然愿意作为中间人成全他们。流传至今的大部分帝国时期的希腊文学都带着一种做作的古典风格，也难免把希腊自治时期的美好旧时光过于浪漫化，但最优秀的作家们还是突破了这种乏味的怀旧，对罗马的权力和拉丁文学做出了更有创造力的回应。拿普鲁塔克的《希腊罗马名人传》来说，他把希腊名人与罗马名人成对匹配，指出他们在德行和罪行两方面的相似之处（亚历山大大帝与尤利乌斯·凯撒，德摩斯梯尼与西塞罗，等等），打破了双方的文化成见，提醒罗马人，希腊人中也有伟大的武士和政治家，而不只有颓废的美学家；同时也向希腊人证明，罗马人也发展出 10
了高度文明的文化生活，而不仅仅是穷兵黩武的庸人。

古典时代晚期（公元3世纪中期以后）的文学不仅反映了罗马帝国在与日俱增的边境压力之下四分五裂的境况，还反映

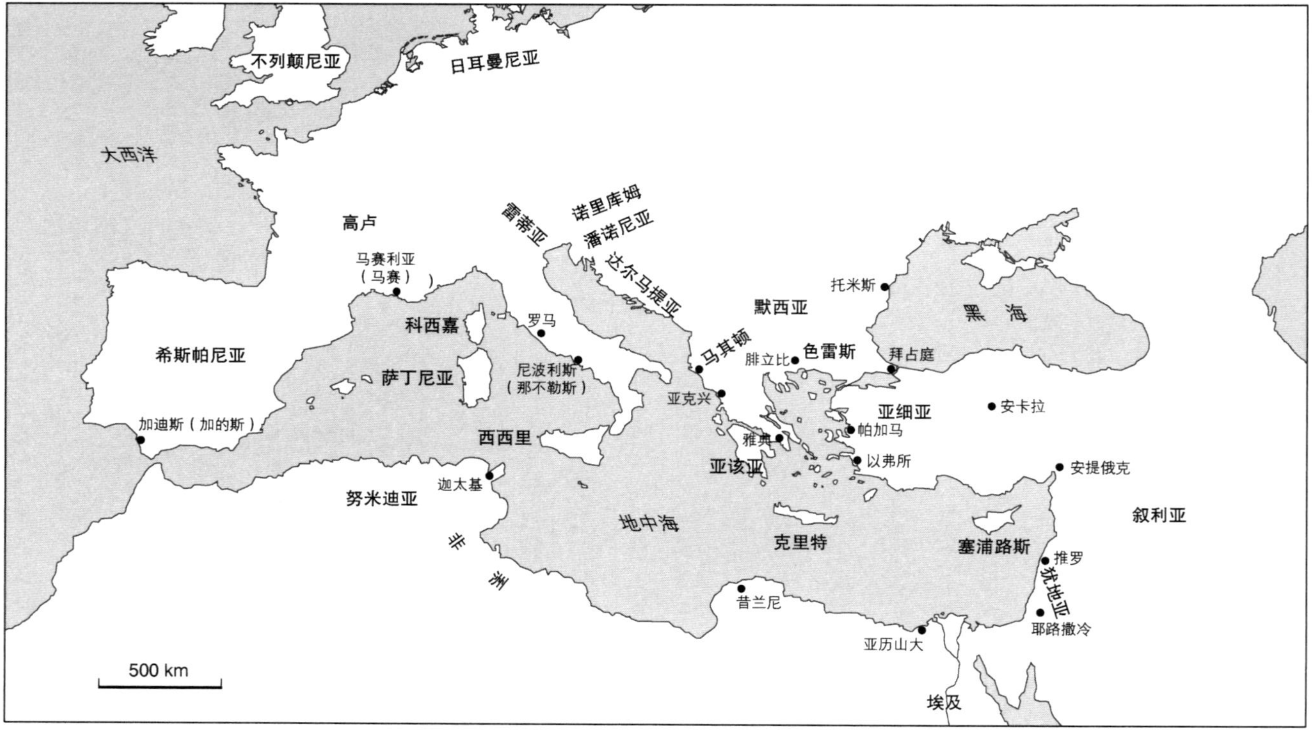

地图2　奥古斯都时期的罗马帝国

了基督教成为帝国国教的过程。高品质的古典文学仍在创作中——昆图斯·士麦那和诺努斯的希腊史诗，奥索尼乌斯、克劳狄安和普鲁登修斯的拉丁语诗歌，阿米阿努斯·马塞林（他是希腊人，但用拉丁语写作）的罗马历史——然而基督教地位的上升标志着西方文学传统的一个重要转变。尽管如此，虽然许多牧师对古典（非基督教）文化都充满敌意——例如教宗格里高利一世就曾宣称："同一双唇不会同时发出赞美朱庇特和耶稣基督两人的声音"——但古典文化并不是简单地被基督教彻底取代，而是被基督教广泛吸收，以满足基督教的目的。因此，安波罗修、哲罗姆和奥古斯丁等基督教奠基思想家的作品在很大程度上都得益于他们熟读古典文学。所以说，虽然很多事件都在争夺"古典世界之终结"这一称号——其中最标志性的就是公元410年罗马被西哥特人攻陷，因为那是自公元前390年高卢入侵以来，罗马城第一次被外国侵略者占领——但我们还是应该谨防熟悉的"衰落"模式掩盖其延续性，在古典文本研究中尤其如此，因为古典时代晚期的古典世界在帝国的西半部将自己转变成为拉丁语基督教社会，而在东半部融入了拜占庭。

纵览这1 200年左右的文学史之后，现在是时候更详细地考察古典文学最非凡的一面，也就是它高度发达的文类意识了。显然，文学作品的文类到今天仍然是一个重要因素：我们不仅区别笼统的诗歌、散文和戏剧等文类，也会分出次类（特别是在小说这种如今最流行的文学形式中），例如犯罪小说、爱情小说、历 12
史小说等。对其他创作媒介也会做同样的细分，例如把电影分为惊悚片、恐怖片、西部片等。然而古典作家对于他们正在创作的文类有着什么样的形式和规范，可以说比今天的类型小说作家更加清楚。一切古代文学文本都是某一文类的作品，即便它们也跟其他文类交互融合——举例而言，“悲剧历史”就是以悲剧风格撰写的历史。有些现代理论家大概会辩称每个文本都属于一个文类，不属于任何文类的文本是不存在的：因此即便有些作家试图突破传统，写出最古怪的东西，他们仍然会被归类为“实验”文学。若论古典文学的影响，意义最为深远的当属主要文类及其规范的发明。因此，这本通识读本也主要按照文类来组织内容，以反映它的重要性。

但何为文类？首先要注意，文类**不是**一个永恒不变的柏拉图式形式，而是一组共有某些相似性——可以是形式、表演场合或题材——的文本，随着时间的流逝，这些文本呈现出这些相似性的连续发展。例如，构成古代悲剧这一文类的所有文本共有某些“家族相似性”（他们都是用某一种特定的诗化语言撰写的戏剧文本，都思考人类的困境，都显示神与人的互动，等等），我们因而能够把它们看作是一个可识别的群组。然而虽说任何一个文类都有其特定的“核心”特征，但每一个文类的边界都是流动的，为了实现文学效果，这些边界往往会被打破。

在现代文学和电影中仍然能够看到，每一个文类（类型）都会有某些固有的规则、价值观和预期。它创造自己的世界，帮助作者与受众沟通，因为作者会利用或打破一般的预期，从而创造出各种不同的效果。文类之所以吸引作者，是因为它们提供了
13 一种结构或者可以架构于其上的基础，同时又提供给读者以熟悉的优越感和偏离常规的巧妙享受。最好的作家从传统形式中汲取自己所需的养分，然后创新，在该文类中留下自己的印记，为未来的作家和读者改革文类。换句话说，只要作者不缺乏想

象力和创造力，文类就是活力和创造力的源泉，而不是束缚的枷锁。

所有的古代作家都了解他们所选择的文类中谁是顶尖的人物，他们的目标是要媲美和超越那些前辈。在这一与过往文学互动的过程中，两个关键的古代术语分别是*imitatio*（“模仿”）和*aemulatio*（“竞争”）。“模仿”不是指盲目的抄袭，而是充满创造力地改写传统；如今的创意写作仍然包括重写过去的文学作品，因为作家通常也都是热情的读者。当然，与过去的伟大作家竞争是一项冒险的事业——正如贺拉斯所说，“无论谁渴望与品达媲美，/都是用伊卡洛斯[①]黏蜡的翅膀/努力飞翔”（《颂诗集》第四部第二首，第1—4行）[②]——然而古代最优秀作家的杰出特点，正是他们根据当下的情形对昔日的伟大作品做出了回应。

古典文学的特点是对文类分出高低，高端是“阳春白雪”的史诗、悲剧和历史等形式，低端是“下里巴人”的喜剧、讽刺作品、哑剧和诙谐短诗。“阳春白雪”还是“下里巴人”取决于题材是否严肃、语言是否高尚、语气是否庄重等。在这个等级中处于较低端的许多文类善辩地通过反对某个高端形式来定义自己：因而比方说，喜剧作家会嘲笑悲剧，称它不切实际又夸夸其谈，为的是明确肯定自己作品的价值，而讽刺作品嘲笑史诗和哲学（及其他文类），企图为生活提供有意义的指导。最后值得注意的是，有些文类延续的时间比其他文类更长：罗马爱情哀歌只繁

① 伊卡洛斯是希腊神话中代达罗斯的儿子，在与代达罗斯一起使用蜡造的翅膀逃离克里特岛时，因飞得太高，双翼遭太阳熔化而跌落水中丧生。

② 译文引自李永毅译注，《贺拉斯诗全集：拉中对照详注本（上）》，中国青年出版社2017年版，总第2462页。

荣了半个世纪（见第三章），而史诗始终存在，也始终都在变化
14 （第二章）。总而言之，在考察某一部古代文学文本时，只有考虑到它处在该文类发展演化的哪一个阶段，以及它如何发扬了它所继承的传统并对其加以变革，才能够正确地理解这部文本。

在结束这一绪论章节之前，来考察一下现有的古典文本情状如何吧。绝大多数（至少90%）的古典文学都已佚失；因此，打个比方，公元前5世纪，雅典的主要年度戏剧节上创作的（至少）900部悲剧中，完整地保存下来的只有31部，也就是说在古代雅典的这个最有声望也最受欢迎的文类中，保存下来的文本仅占3%。有些损失要比其他的更加严重：金嘴狄翁那些关于鹦鹉和蚊子的颂歌未能幸存下来，并不会令多少人辗转难眠。而文本遗存之无常相当残酷：我们只有索福克勒斯的7部悲剧（他总共写了逾120部戏剧），却有公元4世纪的希腊修辞学家里巴尼乌斯的1 600多封信函，证明（如果这还需要证明的话）宇宙充满偶然，生活无关公平。

古代文本，无论是完整的还是片段，要么是以连贯而未中断的抄本形式（一种手稿传统）流传下来，要么写在古代莎草纸上，近年来被挖掘出土。和15世纪印刷机发明之前的所有文本一样，古典文本都是由熟练的抄写员（通常是奴隶）手抄的。他们尽可能精准地誊抄“原文”，但在反复抄写的过程中，错误必然会进入文本，特别是因为古代文本没有断词，也几乎没有标点符号，要比现代文本（尤其是印刷文本）难读得多。古典学者的任务之一，就是要找出这些错误并消除它们。

因此，古典文学流传至今，就是一个长期循序渐进的挑选和缩小范围的故事，在此过程中，被阅读和重新誊抄的文本越来越

少。影响这一过程的因素有很多，有些是有意为之，有些是偶然因素。前者中最重要的有：选用为学校课本（举例而言，如果一 15 个文本被认为文字过难或者过于粗俗，就会有麻烦）；对文选或“精彩段落”文集（像现代的“引用语辞典”）的依赖，会导致完整作品的消失；学术“正典”——每个文类中的“最优秀”作家名单，如“九大抒情诗人”或“三大悲剧作家”——的影响，也同样影响了学校里文本的选用；最后也是最不可捉摸的，是公众的品味和品质观念的影响，因为正如贺拉斯所说，“唯独诗人若只能达到平庸，无论天、人或柱石都不能容忍”（《诗艺》，第372—373行）[①]。其他因素与所涉文学的性质无关：蠹书的虫子、霉菌，还有图书馆被付之一炬，当年亚历山大港那座宏伟的图书馆中藏有50万卷莎草纸，全都在公元前48年尤利乌斯·凯撒攻城时化为焦土。

此间还有更多的制约因素，例如文本的物理形状的改变，从莎草纸卷变成更实用的抄本，后一种形式接近于现代书籍。这一转变始于公元1世纪末，到4世纪末基本完成，也就意味着只有那些以新的形式重新誊抄的作品，才会有较大的机会留存下来。抄本形式尤其受到基督徒的偏爱，这就把我们带到了最后一道难关前面，也就是基督教审查和遗漏。不过我们应该注意不要对基督徒太苛责，因为他们确实承认非基督教文本的品质，想出了不少独具匠心的法子把它们变得令人满意：例如用基督教的方式把它们寓言化，像维吉尔的第四部《牧歌》就被解读为

① 译文引自罗念生、杨周翰译，《亚里士多德〈诗学〉和贺拉斯〈诗艺〉》，人民文学出版社1962年版，第156页。杨周翰先生为“柱石”加了注释：罗马习惯，新诗都张贴在书店外面的柱子上，此处实指书店、书商。

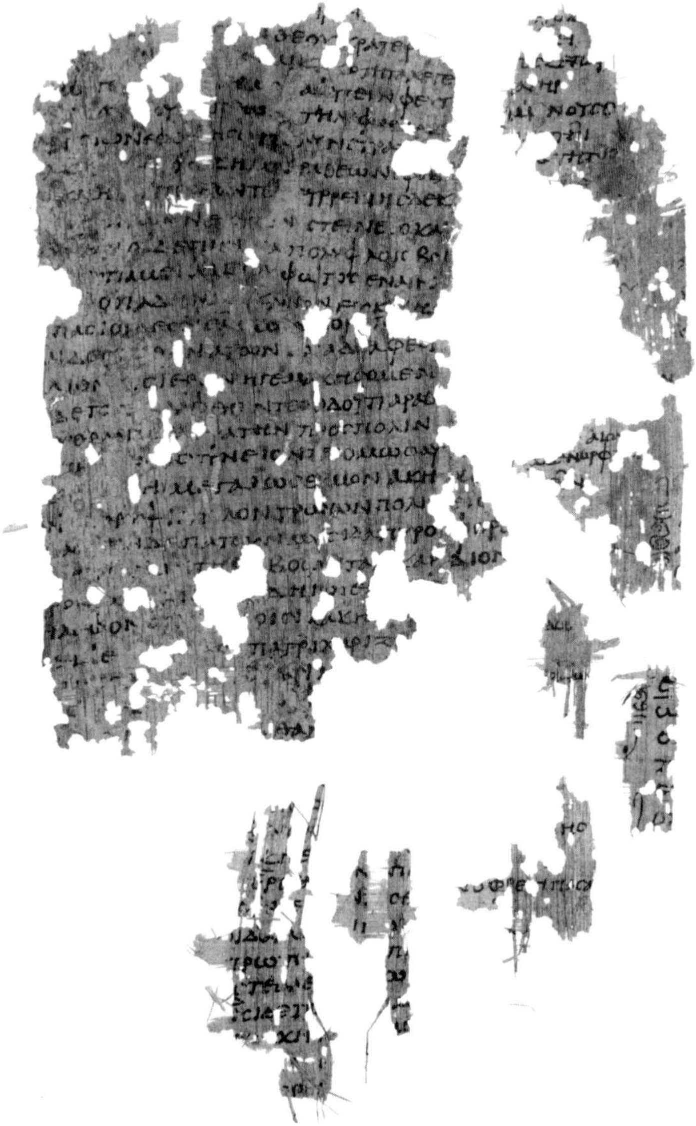

图1　埃及俄克喜林库斯出土的一张莎草纸片，1897年发现，2005年首次出版。该文本是由公元前7世纪的诗人阿尔基洛科斯创作的，叙述了希腊人首次攻打特洛伊的战争，因为他们错误地攻打另一个城邦并被其国王忒勒福斯打败，希腊人以惨败告终

耶稣基督诞生的先兆（见第七章）。何况还是中世纪所有信奉基督教国家的修道院和天主教堂图书馆，以及这个时期的伊斯兰教哲学家和学者，为我们保存了那些文本本身，直到它们在文艺复兴时期被重新发现，并点燃了文艺复兴的火花。

所幸，有些历史的偶然倒令人喜出望外，仍有古典文本不断被发现和出版，它们多半以莎草纸片的形式在埃及大大小小的 16
垃圾堆里保存下来：因此过去几年，两位最伟大的希腊抒情诗人萨福和阿尔基洛科斯那些从前无人知晓的作品得以出版问世（首版分别出版于2004年和2005年：见图1）。多光谱成像等新技术的出现，使我们有可能阅读那些从前无法辨认的文本，例如写在烧焦的莎草纸卷上的文本，那些莎草纸因为公元79年维苏威火山爆发而被碳化了。这类新发现和新方法仍在改变着我们
对古典文学的看法。 18

第二章

史　诗

在所有的古代文学形式中，史诗不仅声誉最高，也最有可塑性，历史最悠久。古典世界战乱频发，无论是对立的希腊城邦之间，还是罗马与那些胆敢抵制她扩张势力的国家之间，连年兵戎相见：罗马的雅努斯[1]之门只有在完全和平的时候才会关闭。公元前29年，凯撒的继承人（未来的奥古斯都）200年来第一次关闭了拱门，在长达七个世纪的整个罗马史上，这也不过是第三次。在战火纷飞的社会，赞美并探讨军事英雄主义、忠诚和阳刚气质等概念的文类当然始终有着独特的现实意义或持久美誉。

荷马的《伊利亚特》和《奥德赛》无论在叙事技巧和人物塑造上，还是在语言的应用和天马行空的奇思妙想方面，都是古典文学的上乘之作。它们从希腊暗淡的“黑暗时期”（迈锡尼文化衰落之后，公元前1200—前776年这段时期）脱颖而出，宛若奇迹，对后来希腊-罗马文化的影响无可匹敌。在古代版的《荒岛

① 罗马神话中的门神，双面神，被描绘为有前后两副面孔。罗马士兵出征时，都要从象征雅努斯的拱门下穿过，后来欧洲各国的凯旋门的形式均起源于这一传统。

唱片》[1]中，提前被放入行李的会是荷马的史诗，那是古典世界的皇皇巨著，相当于后来的《圣经》和莎士比亚作品。西方文学的起源似乎是一个双重悖论：荷马的作品是最早的，也是最优秀的；而荷马本人堪称有史以来最伟大的诗人，我们却对他一无 19
所知。不过好在这两个都不是什么严重的问题：《伊利亚特》和《奥德赛》或许是现存最早的希腊文学作品，但事实上它们是已经延续了好几个世纪的口头史诗传统的巅峰之作，而对荷马其人的无知并不影响我们欣赏他的诗作。

和几乎所有的古典史诗一样，荷马所写的特洛伊战争和奥德修斯重返伊萨卡岛的故事也发生在一个众神与英雄的神话世界里。希腊史诗传统及所记述的特洛伊城陷落大概有其历史内核，让人联想到公元前12世纪初希腊攻打西北小亚细亚（如今的土耳其），然而当历史变成英雄诗，它必然会变成一种虚构。到公元前8世纪末荷马生活的时代，早有数代吟游诗人为适应各自的时代和观众的需要，把特洛伊战争的故事改编得面目全非了。原本为复杂的军事和政治原因而起的冲突变成了一场为女人（特洛伊的海伦）而战的战争，诗化的夸张也留下了印记：十年征战，一个由1 186艘希腊舰船组成的大型舰队，诸如此类。最值得关注的是荷马诗歌中对逝去的英雄时代的怀念，那变成了史诗传统的一个主旋律，从诗中描写荷马式武士比今人更加孔武有力的句子就可见一斑："我们当代人/只有华年壮士才勉强能用双手/把那块石头抱起。"（《伊利亚特》

① 英国广播公司播出的一档经典音乐聊天节目，1942年1月29日首播。节目每次请来一位嘉宾，谈论的话题是：送你到一个无人的荒岛上，你只能带八张唱片，一本《圣经》和一本莎士比亚著作以外的书，一件没有实际用途的奢侈品，你会带什么，为什么？

第十二卷，第381—383行）[①]

要了解荷马的文学成就，首先必须考察一下他所继承的口头史诗传统。荷马的诗歌是为现场表演而作的，即便他识文断字（对此我们并无十分把握），他也是从其他从事表演的吟游诗人那里学到史诗这项技艺的。其后很多年，他不断完善自己的诗歌，通常每次只表演很短的片段而非整部作品（要演完整部《伊利亚特》，大概需要26个小时）。和其他云游四方的艺术家一样，荷马也急于招徕更多的观众，因而很注意为自己的技艺做宣传：《奥德赛》里的吟游诗人菲弥俄斯声称，这种技艺既是苦练
20 所得，也得益于神赐的灵感：“我自学歌吟技能，神明把各种歌曲/灌输进我的心田。”（第二十二卷，第347—348行）[②]而两部史诗的核心英雄阿基琉斯和奥德修斯都被比作史诗诗人，奥德修斯为长弓上弦也被类比为吟游诗人给竖琴调弦（《奥德赛》第二十一卷，第406—411行），亦绝非巧合。

《伊利亚特》虽然体量巨大（近16 000行诗），却只涉及特洛伊战争的一小段，重点只有交战第十年，也就是最后一年的短短四天时间。正如亚里士多德所说（《诗学》第二十三章），荷马避免了某些后代史诗诗人所犯的错误，他们试图从头到尾记述所选神话的每一场事件，最终把史诗变成了一连串乏味的事件经过（“事件a发生了，紧接着是事件b，然后……”）。相反，荷马从特洛伊陷落的故事中选取了一个单独完整的情节（阿基琉斯的愤怒）并就此展开，运用倒序和伏笔的方法，使他的叙事涵盖

① 译文引自罗念生译，《伊利亚特》（《罗念生全集》第五卷），上海人民出版社2004年版，第306页。

② 译文引自王焕生译，《荷马史诗·奥德赛》，人民文学出版社1997年版，第416页。

整个战争，从海伦最初被特洛伊王子帕里斯劫持（希腊出征的原因）一直到特洛伊被毁，城中幸存者悉数被掳为奴。如此巧妙地运用时间（过去、现在、未来）是《伊利亚特》精细复杂构思的最佳典范之一。

我们把荷马史诗中的主要人物称为英雄，但有必要弄清楚“英雄”在这一语境中的含义。“英雄”一词会让我们想起某个做出毫不含糊的正面表率之人：比方说冲进一幢失火的大楼去救人的消防员。然而在古希腊文化中，“英雄”——神和人结合孕育的后代，并非单纯的正面人物，而多具有过激的特征，无论好坏。英雄能够做出超乎常人的行为，有着令人钦佩的非凡技能。但他们的英武之气是一把双刃剑，因为它也可能会激发不尽如人意的品质：震怒、暴力、残酷、傲慢、鲁莽和自负。因此，英雄主义本身就有一种内在的矛盾：英雄拥有的能量既让他们非同寻常，也会带来动荡和危险（对英雄本人和他人而言都是如此）。21
《伊利亚特》和《奥德赛》都是成熟的史诗作品，不仅赞美那个不畏艰险的英雄世界，也探索了英雄主义本身的复杂性。

《伊利亚特》的核心情节是阿基琉斯因为希腊同胞没有对他表示敬意而愤怒，随后退出了战斗。眼看着希腊人万分焦急，他仍拒绝战斗，于是他的朋友帕特罗克洛斯代他出战，却死于特洛伊领袖赫克托尔之手。阿基琉斯悲痛万分，最终被复仇的渴望驱使着重返战场。但他表现出了灭绝人性的暴怒，因为他不仅杀了赫克托尔，还毁坏他的尸体，把尸体拖在自己的马车后面飞奔。这是极不道德的行为，因为它违犯了保护死尸的一个基本禁忌，也威胁到赫克托尔入土为安的基本人权。多亏诸神的干预阿基琉斯才结束了他那可耻的行为，在他们的关心下，阿基琉斯见到赫克托尔的父亲普里阿摩斯，最终归还了赫克托尔的尸体。正是在这次与敌人的见面中，阿基琉斯总算恢复了同情和尊重的态度，《伊利亚特》认为，这些都是正人君子的必要品质。普里阿摩斯以阿基琉斯的父亲裴琉斯的名义恳求阿基琉斯，当阿基琉斯仿佛在这位特洛伊国王的脸上看到自己父亲的悲伤和痛苦时，两人一同哭泣起来：

两人都在怀念亲人，普里阿摩斯
在阿基琉斯脚前哭他的杀敌的赫克托尔，
阿基琉斯则哭他父亲，一会儿又哭
帕特罗克洛斯，他们的哭声响彻房屋。

（《伊利亚特》第二十四卷，第509—512行）[①]

阿基琉斯给予普里阿摩斯和赫克托尔以应有的尊重，才算摆脱了自己毁灭性的偏执和悲痛，并认识到了他人的人性。

众神对于凡人的关注以及他们不断干涉人间事务是荷马史诗最值得关注的方面之一。然而荷马笔下的诸神并不仅仅是文
22 学人物：他们表达了一种连贯的神学。古希腊没有国教，也没有经书为宗教信仰提供指导，诗人们便扮演了影响宗教观念的重要角色，荷马在这方面无人能及，他是一切教育的基础——包括希腊人对自己的诸神的观念。但要理解希腊宗教，就必须摒弃不当的（特别是基督教）神学观念，后者认为神本质上必是善良和仁慈的。因为虽然希腊（和罗马）的诸神的确关心人类，但

① 译文引自罗念生译，《伊利亚特》（《罗念生全集》第五卷），上海人民出版社2004年版，第517页。

他们绝非无私，他们对荣誉的看重一点儿也不亚于英雄。如果神的荣誉受损，就像特洛伊王子帕里斯把阿芙洛狄忒选为最美丽的女神而得罪了赫拉和雅典娜（《伊利亚特》第二十四卷，第25—30行），她们为了复仇，一点儿也不比震怒的英雄仁慈半分，这时她们超乎凡人的神力就意味着她们的复仇会更加恐怖。于是赫拉与丈夫主神宙斯做了一笔冷酷的交易，只要特洛伊被捣毁，她愿献出她最钟爱的三个城邦（阿尔戈斯、斯巴达和迈锡尼）（第四卷，第50—54行），并且毫不掩饰自己对特洛伊人的憎恨："我却不能让仇敌特洛伊人遭受不幸？"（第十八卷，第367行）[①]

凡人与神之间横亘着巨大的鸿沟：诸神享有永恒的生命，而凡人终将湮没在冥府。这一基本差异，即凡人必死，通过特洛伊人的同盟格劳克斯的一个比喻得到了有力的表达：

> 正如树叶的枯荣，人类的世代也如此。
> 秋风将树叶吹落在地上，春天来临，
> 林中又会萌发，长出新的绿叶。
> 人类也是一代出生，一代凋零。
>
> （《伊利亚特》第六卷，第146—149行）[②]

然而悖论就在于，英雄必死本身却让他们拥有了诸神所缺少的一种肃穆的悲剧力量。由于诸神"必然永世安康，长生不老"，他们不会面对生死攸关的危险。换句话说，诸神的力量和不朽 23

① 译文引自罗念生译，《伊利亚特》（《罗念生全集》第五卷），上海人民出版社2004年版，第474页。

② 同上书，第149页。

身躯就意味着他们无法以人类的孤注一掷来表现自己的勇气和耐力，因而反比人类略逊一筹。正如一位古代评论家所说："荷马竭力为《伊利亚特》中的人赋予神性，却又把神写成了人。"（"朗吉努斯"，《论崇高》9.7）

《伊利亚特》描述了战场上的压力，而《奥德赛》却通过奥德修斯这个人物探索了一种全然不同的英雄主义，这位"足智多谋的壮汉"不得不动用自己的智慧和计谋，克服返乡归家途中的诸多障碍。这样看来，《奥德赛》就是一部英雄流浪和返乡的故事，全世界许多文化中都有这样的故事。在这一故事模型中，英雄一般滞留在外，家人因他远离故土而备受苦难和煎熬，然而这位英雄最终克服重重障碍，救回了自己的妻子和家人。于是，在《奥德赛》的开头，特洛伊战争已经结束了十年，但奥德修斯还没有归家，他的家中一片混乱：一百多个骚乱又傲慢的求婚者争相要娶奥德修斯的妻子佩涅洛佩为妻，他的幼子特勒马科斯想要制止他们，却无能为力。

该诗的前半部分写到了奥德修斯自特洛伊陷落之后的冒险，我们看到他在返回伊萨卡的路上屡屡遇险：例如在食莲人的地盘上，美味的忘忧果让吞食者忘记了家乡的一切；在独眼巨人波吕斐摩斯的洞穴里，巨人杀死并吃掉了奥德修斯的许多船员；还有在魔女基尔克的岛上，魔女把奥德修斯的手下变成了猪，还把英雄留在岛上做她的情人长达一年之久。下半部分写到了奥德修斯在伊萨卡化装成一个乞丐，奋力夺回自己的家室和恢复英雄身份的过程。他和儿子特勒马科斯杀死了追求者，分别20年后，奥德修斯与佩涅洛佩终于团聚了。

因此，《伊利亚特》描述了整个社会（特洛伊王国）被彻底摧

毁的悲剧故事，而《奥德赛》则更为浪漫和乐观，讲的是英雄重返社会，让它恢复稳定。但尽管《奥德赛》的场景更偏向家庭， 24
它仍然涉及了贯穿《伊利亚特》全书的荣誉和复仇等概念，因为求婚者们无耻的行为绝不能逃过惩罚。求婚者们屡次受到警告却置若罔闻，继续肆无忌惮地享用奥德修斯家人的款待，甚至还计划谋杀特勒马科斯。有些现代评论家认为将他们悉数杀死的做法难免过分，但这样做完全符合古代希腊社会的伦理道德，即惩罚虽然无情，却是意料之中的（求婚者们非常清楚自己多么无法无天），因而合情合理。

当然，奥德修斯完成使命的最终目标，即叙事高潮，是与妻子佩涅洛佩团聚。全诗非常清楚地表明，佩涅洛佩不但美若天仙（只要她来到宴会厅，出现在求婚者们面前，他们就为之发狂），也聪颖过人。的确，她证明了自己的智慧绝不在奥德修斯之下，甚至比足智多谋的奥德修斯还略胜一筹。因为当他满身沾着求婚者们的鲜血站在她面前时，她拒绝相信此人就是她的丈夫。不过她知道他们的婚床是奥德修斯在房屋初建之时用橄榄树的树干制成的，因而坚固难移，就命人把床挪开，这刺激了愤怒的奥德修斯，使他讲起了制作婚床的故事（这是只有他和佩涅洛佩两人知晓的秘密），这才让妻子相信了他的身份。佩涅洛佩的小把戏表明她的冰雪聪明和伶牙俐齿都可与丈夫媲美，因而证明了他们为夫妻团圆而历尽艰险都是值得的。

在荷马之后过了好几个世纪，才出现了另一部完整保留下来的史诗的作者，即罗德岛的阿波罗尼俄斯，他的《阿尔戈英雄纪》创作于公元前270—前245年前后。在这四卷书中，阿波罗尼俄斯叙述了阿尔戈英雄探寻金羊毛的故事，金羊毛来自一只

神奇的公羊，由一条不眠不休的毒龙看守。伊阿宋带人乘船从
25 希腊的伊俄尔科斯到达黑海最东端的科尔基斯国（如今的格鲁吉亚）国王埃厄忒斯的宫殿，在那里，伊阿宋和国王的女儿美狄亚坠入爱河，美狄亚盗取金羊毛，和伊阿宋一起逃回了希腊。这是一个古老的神话：荷马也曾在奥德修斯的冒险故事中用伊阿宋的冒险作为原型，阿波罗尼俄斯又对荷马史诗进行了再加工，用希腊化时期“亚历山大里亚派”（见第一章）典型的博学和文雅的文风创作了一部史诗。

亚历山大里亚派诗人们认为，荷马的拙劣继承者们创作的史诗陈腐、臃肿又重复，就通过新的方式发展了这一文类，强调篇幅短小、精巧微妙和引经据典。反对缺乏创意的风格往往是文学变革的驱动力（例如，可参照浪漫主义对新古典主义“规则”的排斥），阿波罗尼俄斯的史诗以高度成熟的风格实现了该文类的彻底革新。诗人骄傲地展示自己的博学，把科学、地理和历史研究的新发现写入自己的英雄故事：阿芙洛狄忒拥有一个宇宙球，那是阿波罗尼俄斯的时代天文学的最新成就（第三卷，第131—141行）；阿尔戈英雄们在返回希腊的途中经过了多瑙河、波河和罗纳河，甚至还必须带着自己的船只穿越利比亚沙漠；全诗贯穿着各种故事，解释当时的仪轨礼节、地名和纪念物的起源。埃及的托勒密王朝何以任命阿波罗尼俄斯担任威望很高的图书馆馆长和皇室导师，就不难理解了。

荷马笔下的奥德修斯是人人皆知的“足智多谋”之人，但《阿尔戈英雄纪》中的叙述者却把伊阿宋描写成一个“缺乏智谋”或“茫然无措”的人，他面对使命常常显得力不从心。如此一来，阿波罗尼俄斯笔下的伊阿宋就被贬成次一等的英雄，乏味

无趣，但这样理解却有些不得要领：阿波罗尼俄斯知道他的读者
熟悉伊阿宋和美狄亚那个广为人知的神话故事，其中伊阿宋最
终会为了另一个女人而背叛自己的妻子，美狄亚为了报复，杀死
了她和伊阿宋的两个孩子，因此在阿波罗尼俄斯笔下，伊阿宋对
美狄亚帮助的依赖就让他们的爱情故事有了一种悲剧的反讽。 26
人们公认全书的高潮在第三卷，年轻善感的美狄亚一下子爱上了眼前这位英俊的陌生人。阿波罗尼俄斯从内到外描述她的爱情，对她的心理和生理欲望的描写反映了希腊化时期最新的医学理论：美狄亚的痛苦灼烧着她，“一股暗火在炙烤，极度地灼痛了她那/脆弱的神经与头颅下方的筋腱——/悲痛对那里的刺激最为强烈”（第三卷，第762—764行）[①]。事实证明，阿波罗尼俄斯笔下这位苦恋且脆弱的女主人公为史诗这一文类做出了极为重要的贡献，特别是影响了维吉尔笔下的狄多。

李维乌斯·安德罗尼库斯版本的《奥德赛》创作于公元前3世纪中期，我们对它以前的拉丁语史诗一无所知。虽然我们有十分的把握认为，关于意大利人伟大的祖先和昔日英雄的歌谣已经传唱了数个世代，但它们无一流传下来，而且到李维乌斯的时代，拉丁语史诗这个文类已经被彻底希腊化了。然而同样，李维乌斯的作品虽然是对荷马的逐字翻译，却也全然是罗马人的创作，借用希腊神话来表达罗马人的价值观：正因为如此，比方说，说英雄“如神一般”这一标准荷马式写法就不符合罗马人的宗教情感，因此李维乌斯把它替换为“最伟大的第一流人物”。那以后不久，奈维乌斯就用罗马本土的主题写下了第一部拉丁

① 译文引自罗逍然译笺，《阿尔戈英雄纪》，华夏出版社2011年版，第124页。

语史诗：他的《布匿战纪》不仅反映了他本人作为士兵与迦太基人战斗的经历，也开创了罗马人对历史史诗的偏爱（相比于希腊人），或至少是类历史史诗，而不是以传说中的过去为背景的故事。

要颂扬罗马在这一时期异乎寻常的军事功勋和扩张，史诗乃是最完美的体裁。因此，维吉尔之前最重要的拉丁语史诗——恩尼乌斯的《编年纪》，就涵盖了罗马的整个历史，从特洛伊陷落之后埃涅阿斯到达意大利，一直写到恩尼乌斯本人在公元前169年去世之前。到他去世之时，罗马已经称霸地中海
27 世界了。恩尼乌斯开篇即大胆地讲述了一个梦境，梦中荷马的鬼魂出现在他面前，透露他已经（为图近便）附身于恩尼乌斯了。但这位志向远大的罗马荷马也读过亚历山大里亚派希腊语诗人的作品，并向他们的博学广识看齐，自称“*dicti studiosus*”，就是拉丁语的“文学学者”。恩尼乌斯对罗马崛起的记述使得他的史诗成为罗马价值观的体现，罗马的黩武精英阶层自幼便熟记他精练的格言，如“罗马共和国依靠礼仪和长者方能巍然挺立”，用拉丁语写下的这句话（*moribus antiquis res stat Romana virisque*）前四个词的首字母拼出来就是MARS，即战神。恩尼乌斯的诗旋即成为经典，是好几代罗马人在学校里学习的课文，直到后来被维吉尔的《埃涅阿斯纪》取代。

维吉尔的史诗讲述了特洛伊英雄埃涅阿斯行至意大利，克服重重困难，在那里建造新家园的故事，那就是罗马的起源。因此这是一个建国故事，就像美国清教徒国父们的故事一样。在意大利，埃涅阿斯的传说可以追溯到公元前6世纪，但随着罗马势力的扩张，它变成了罗马历史和民族身份的一个基本元素，

维吉尔与他之前的奈维乌斯和恩尼乌斯一样，重写了这个神话，表达了他自己时代的焦虑和希望（见图2）。维吉尔在公元前1世纪20年代写作该史诗时，边写边诵读自己的作品，它的品质立即得到了认可和赞赏：例如，与他同时代的诗人普罗佩提乌斯就宣称，“一部比《伊利亚特》更伟大的作品正在孕育诞生”（2.34.66）。的确，维吉尔的史诗不久就在罗马文学和文化中获得了极高的地位和威望，堪比荷马之于希腊人的声望，因此维吉尔之后，几乎每一位古代作家（无论是诗人还是散文作家，非基督徒还是基督徒）都在某一时刻与《埃涅阿斯纪》有过文学创作上的对话。

在该史诗的前半部分（第一到第六卷），我们看到特洛伊船队在驶向意大利的途中被一场风暴吹到了北非的迦太基，在那里，埃涅阿斯对女王狄多讲述了特洛伊城的陷落，以及他的子民 28
在其后多年四处漂泊寻找新家园的故事。狄多和埃涅阿斯坠入爱河，英雄忘记了自己的使命，朱庇特不得不派墨丘利前来提醒他。但当埃涅阿斯离开时，狄多自杀了，临死时对埃涅阿斯和他的子孙发出了诅咒。埃涅阿斯于是前往冥府，见到了他的父亲安奇塞斯的鬼魂，后者向他透露了罗马未来的光荣前景。第二部分（第七到第十二卷）描写了英雄在意大利本土的战斗。埃涅阿斯受到拉丁族（意大利诸部落之一）国王拉提努斯的热情接待，国王接待了他派来的和平使团，并主动提出把自己的女儿拉维尼亚嫁给埃涅阿斯。但其他人，包括拉维尼亚的母亲阿玛塔，则憎恶这些特洛伊移民，战争不久就爆发了。埃涅阿斯前去拜访厄凡德尔，后者的城池就位于未来的罗马，厄凡德尔把幼子帕拉斯托付给埃涅阿斯，让他带着这位初出茅庐的武士参加即 29

图2　公元前1世纪末，布维利（位于罗马东南约12英里处）附近的一块大理石碑的微型复制品，上面描绘了特洛伊的陷落和埃涅阿斯出发“西行”去寻找新家园。这块石碑的雕工极为精细，它残存的部分（大概11平方英寸）上雕刻了大约250个人物，刻画了《伊利亚特》和其他希腊史诗中有关特洛伊被毁的场景

将爆发的战争。然而敌对的意大利部落首领图尔努斯却杀死了帕拉斯，致使埃涅阿斯发狂般地使用暴力。当埃涅阿斯和图尔努斯最终面对面单打独斗时，埃涅阿斯战胜了后者。听到图尔努斯乞求饶命，埃涅阿斯正要放了他之际，忽然看到帕拉斯挂剑的腰带，那是图尔努斯从年轻人的尸体上摘下来的。刹那间，爱、悔恨和愤怒的情感一同涌来，埃涅阿斯杀死了图尔努斯。

早期的罗马史诗逐个记载了罗马历史上发生的大事件，直到作者本人的时代，但维吉尔却遵循荷马的先例，创造了一种更为复杂和有趣的叙事，背景虽然是传说中的过去，却也展望罗马历史的未来。虽然罗马本身是在埃涅阿斯的时代很久以后由罗慕路斯和雷穆斯建立的，但整部《埃涅阿斯纪》充满了对罗马建筑、仪式和风俗的预言，特别是在埃涅阿斯游览未来罗马的胜迹之时（第八卷），在那里，我们听说了罗马的广场、塔尔皮亚岩、卡匹托尔山，如此等等。

正如荷马既写到了战争的荣耀，也写到了饱受其苦的受害者，维吉尔也成功地创造了一部史诗，既赞美罗马和罗马人的权力，同时也直面它的历史，特别是近代的连年内战留下的创伤。朱庇特承诺未来的罗马人，也就是意大利人和特洛伊人通婚融合后创造的民族，会有一个“远界寰宇之涯的帝国”（第一卷，第279行），安奇塞斯还解释了这个帝国应如何治理：

> 但是，罗马人，你记住，你应当用你的权威
> 统治万国，这将是你的专长：
> 你应当确立和平的秩序，
> 对臣服的人要宽大，对傲慢的人，通过战争征服他们。
>
> （《埃涅阿斯纪》第六卷，第851—853行）[①]

然而这样一个公序良俗的愿景并不符合诗中对罗马起源的宏大描述，即未来的罗马人（意大利人和特洛伊人）彼此杀戮，而像狄多这样很有同情心的人物也因为挡住了罗马的道路，而遭到了毁灭。 30

① 译文引自杨周翰译，《埃涅阿斯纪》，译林出版社1999年版，第170页。

《埃涅阿斯纪》关于罗马史的光荣和灾难两方面的思考就概括在奥古斯都本人出场的段落中。奥古斯都作为尤利乌斯氏族的一员，声称自己是埃涅阿斯之子尤路斯的后代，诗中有好几段赞扬他让罗马重归和平，甚至开启了罗马历史上的第二个黄金时代——安奇塞斯在冥府向埃涅阿斯展望未来的罗马英雄人物时如是说。奥古斯都在内战中获胜的确为饱受战争蹂躏的罗马带来了和平（当然是满足他的条件的和平），我们没有理由怀疑《埃涅阿斯纪》中为此成就对他表达的感激之情。然而由于该诗对损失和苦难的探讨更引人注目，这使得许多人在讨论其中的政治格局时，最重要的问题仿佛变成了该诗是亲奥古斯都还是反奥古斯都的问题。但这样的视角未免太过狭隘，因为这首诗的主题更多是数代内战造成的混乱和创伤，而不是奥古斯都本人。

全诗最后一幕的骇人场景最能体现这一点，埃涅阿斯怒不可遏，杀死了无力抵抗的图尔努斯。虽然他的父亲建议"对臣服的人要宽大"，埃涅阿斯却无法手下留情。和《伊利亚特》一样，《埃涅阿斯纪》全书写至此，一直认定宽大仁慈是令人钦佩的德行。从某个角度来看，埃涅阿斯的愤怒是可以理解乃至合情合理的，因为他急于为被图尔努斯杀死的帕拉斯报仇。但维吉尔用细腻的笔触把最后一场战斗描写成同类相残，这些自我毁灭的形象也就使得最后一幕成为罗马内战期间大屠杀的生动体现。因此《埃涅阿斯纪》一方面体现了对未来的希望和对和平的渴望——例如，正如图尔努斯被杀为英雄时代的意大利的战争画上了句号，奥古斯都的胜利大概也能终结当代罗马的流血杀戮——另一方面又非常清醒地知道，正如埃涅阿斯在最后一幕中所表现的那样，暴力随时可能再度爆发。

维吉尔之后的每一位拉丁语史诗作者都必须设法更好地利用维吉尔的文学成就。奥维德应对这一挑战的方法是采用了一个更大的主题（大至整个宇宙历史），并前所未有地探索了史诗 31
这一文类的可塑性，创作了《变形记》这样一部极为多样化的作品，以至于后世将它描述为戏仿史诗甚或反史诗。长达15卷的《变形记》记录了宇宙的历史，从创世之初直到奥维德自己的年代（奥古斯都在公元8年流放奥维德时，全诗刚刚完成）。但记录的方式非常巧妙，是通过讲述逾250个希腊和罗马的变形神话完成的，从卷一阿波罗追求达芙妮，她为了躲他而变成了一棵月桂树，一直到卷十五中把尤利乌斯·凯撒奉作神圣。维吉尔在自己的史诗中融入了其他很多文类，例如狄多和埃涅阿斯的爱情就混用了爱情诗和悲剧，而奥维德进一步发展了这一手法，创造了一种形式尤其多样混杂的史诗，恰如其分地表现他关于在不同形式之间变化的主题。

性与幽默是特别突出的主旨，因为许多变形都是由欲望激发的，通常是某个神对女人的情欲，突出了男性/天神的残忍无情，而叙事风格中充斥着机智诙谐的语言和文字游戏。奥维德甚至开了《埃涅阿斯纪》的玩笑，仅用四个字就总结了特洛伊的陷落（维吉尔用了整整一卷）：“*Troia simul Priamusque cadunt.*”（卷十三，第404行，意为“特洛伊灭亡了，普里阿摩斯也殉国了”[①]）作为以希腊–罗马神话形式写成的世界史，《变形记》就是罗马人改革希腊文化的极佳典范，而作为一部以奥维德高度可视化的想象力重写的神话百科全书，它对后世艺术家和作家的

① 译文引自杨周翰译，《变形记》，人民文学出版社2008年版，第273页。

影响甚巨。然而它同时也是最神秘的古代文学文本之一，因为奥维德随处可见的诙谐让人很难分辨他那些关于凯撒和奥古斯都的笑话有多少严肃的成分，他对人类身份（人与神、人与兽有何区别等）的质疑有多深刻。现代人的解读往往追求时髦，处处可见意识形态上的抵制，不过你会觉得，奥维德的鬼魂大概正用
32 托加袍的长袖掩住嘴，窃笑他们的一本正经呢。

与《埃涅阿斯纪》（以及与《变形记》）的对话，是公元1世纪重要拉丁语史诗作品的一个关键特征：卢坎的《内战纪》是尼禄在位时写下的；斯塔提乌斯的《底比斯战纪》、瓦勒里乌斯·弗拉库斯的《阿尔戈船英雄纪》以及西利乌斯·伊塔利库斯的《第二次布匿战争》都创作于弗拉维王朝（韦帕芗和他的两个儿子提图斯和图密善当政）的时代。虽然每一部作品都根据当代罗马世界灵活地表现了自己的历史或神话主题，其中最成功的却是卢坎的史诗，他不仅创造了一种与众不同的风格——巴洛克式修辞、哥特式暴力描写，以及沉迷于超自然和荒诞现象——而且还延续了《埃涅阿斯纪》探索罗马内战之遗产的做法。在该诗开头几行，卢坎描述了自己的主题，凯撒与庞培的冲突摧毁了共和国，因为“战争……比内战更糟，给犯罪披上了合法的外衣”（第一卷，第1—2行）。叙述者借助斗兽场上的暴力和表演，写到“有一对格斗者始终存在于我们中间，一边是自由，一边是凯撒”（第七卷，第695—696行），并说明了自由（*libertas*）最后是如何被消灭的。《埃涅阿斯纪》中关于奥古斯都会创造一个更和平美好的社会那点儿有限的希望破灭了，事实证明，随之而来的帝国体制把卢坎和他的同时代人全都变成了同一个暴君治下的奴隶。卢坎的史诗往往被称为“反《埃涅阿斯纪》”，但这

种看法忽略了维吉尔本人对未来的暴力的担忧；尽管如此，《内战纪》仍然果敢地探索了“疯狂”（*furor*），卢坎认为那是自野心勃勃的军阀在共和国末期崛起以来，罗马历史的主旋律。公元65年，卢坎参与了一场企图让另一位（不那么专制的）皇帝取代尼禄的阴谋，事情败露之后他自杀了，年仅25岁。

在古代读者看来，史诗这一文类是由韵文形式（以六音步扬抑抑格写成的诗歌，这是史诗的独特格律）而不是主题定义的。所以在本章最后，我们来考察一种截然不同的古代史诗形式，即教谕诗，它宣称自己的目的就是教育读者，主题多样，包括务农、
狩猎、哲学和科学等。虽然话题各异，但一切教谕诗都有一个共 33
同特点，即教师与学生之间的互动，它建立在诗人与他在诗中的受话者（或“学生”）之间关系的基础上，并进而延伸到了我们这些诗外的读者（或“学生”）。谁也不喜欢被说教，因此诗中的受话者既能让诗人说出自己的训导，又不像是在威逼读者。每个诗人处理这一基本三角关系的方式不尽相同，因此读者通常会被引导着认为自己就是那位受话者，但也有可能把受话者看成是应该避免的反面教材。

现存最早的教谕诗《工作与时日》就构建了后一种关系，鼓励读者比诗中的受话者更加积极上进。这首诗由赫西俄德（几乎是荷马的同时代人）写于公元前7世纪初，是一部关于自我提升和诚实劳作的沉思录，赫西俄德在诗中教导他的花花公子兄弟珀耳塞斯当如何过好自己的生活。赫西俄德精心建构出自己和兄弟这两个角色，为全诗关于努力劳作和公正公平的中心主题服务：赫西俄德是一个生硬粗暴、实话实说的农夫——因而他的家乡，位于希腊中部的阿斯克拉“冬季寒冷，夏季酷热，风和日

丽之日犹如凤毛麟角”（第640行）——而珀耳塞斯则好吃懒做、入不敷出。

和《圣经》中的失乐园神话一样，赫西俄德关于普罗米修斯违背宙斯的旨意（他因此而遭到的惩罚就是，宙斯创造了世上第一个女人，美丽迷人却满嘴谎言的潘多拉）以及人类的五个时代（黄金、白银、青铜、英雄和黑铁时代——我们就被困在冷硬的黑铁时代里）的神话，也解释了工作的必要性和诚实的重要性。虽然赫西俄德提出了一些关于农耕的实用指导，诸如哪些日子宜做何事、忌行何事之类（因此诗作的题目中才有了“工作”与“时日”），它却不是一部技术手册，而是一部仿照农民历书写成的成熟文学作品，其中不乏历史悠久的格言（“人们都会对慷慨者大方，但不会有谁如此对待吝啬者”）和讽刺性幽默（“你千万不要上当，让淫荡的女人用甜言蜜语蒙骗了你：她们的目光盯着你的粮仓”），从而把希腊人的民间智慧和道德说教呈现得更加
34 有趣生动。

现存最早的拉丁语教谕诗是卢克莱修的《物性论》，这部史诗完成于公元前1世纪50年代，不仅是关于原子论及其各分支（其本身就是罕见的成就）的成功诗作，也是最伟大的拉丁语文学作品之一。卢克莱修解释说，诗歌让他的技术主题更合读者的口味，他还说到要“用缪斯的糖蜜”包裹自己的哲学，就像医生在杯子边缘抹上蜂蜜，诱惑孩子喝下苦药。卢克莱修的使命是说服读者皈依伊壁鸠鲁哲学，也就是由活跃于公元前300年前后的希腊哲学家伊壁鸠鲁提出的关于世界及我们所处位置的包罗万象的理论。这部六卷本的史诗结构精密细致，从微观层面到宏观层面，从原子到原子复合物（第一和第二卷），到人类的

心灵、灵魂和感官（第三和第四卷），再到世界的创造和文明的发展（第五和第六卷）。卢克莱修认为，整个宇宙是由原子（数量无限、不可分割的微小物质）和虚空（无极的空白空间）组成的，并继续探讨诸如“偏转”等概念——所谓“偏转”就是一种随机且不可预测的原子运动，解释了我们为什么会有自由意志——以及除了我们自己的世界之外还有很多平行世界的说法，这些观念与现代量子理论倒也并非天差地别。

不过还好，这部诗作的目的不是帮助我们通过物理学考试，而是要让我们免于非理性的恐惧，尤其是对死亡和诸神的恐惧，从而获得幸福，卢克莱修认为这两种恐惧是人类社会最有害的两个方面。为此他提出了30种不同的论调为灵魂必死辩护，声称（我们不该惧怕死亡）既然我们在出生之前和死亡之后都将远离尘世，为我们不会在场经历的东西而恐惧是愚蠢的。和伊壁鸠鲁一样，他论证的**不是**诸神不存在，而是说他们的确存在，但不会关心人类事务，因为这么做无疑搅扰了他们众所周知的“无忧无虑”的生活。卢克莱修控诉的不是诸神，而是人类以神的名义建立的腐败的宗教体系，该体系中的祭司及其神话阻碍 35
我们去探究宇宙的真正本质——科学和宗教之间的这一辩论持续至今。但卢克莱修对同时代的罗马人提出的最大质疑在于，他谴责贪婪、腐败和野心即将把罗马社会拖入一场灾难性的内战。诗人鄙视凯撒和庞培之流富有的政客和军阀：

他们利用市民同胞的血水堆金积玉
哪管尸横遍野，贪婪地征敛无期。

（第三卷，第70—71行）

卢克莱修对公共生活中的腐败和暴力的回应相当激进：只有退出罗马的疯狂竞争，才能逃离当代社会的物质主义以及现代生活中所谓的“成功”在智力和道德上的贫瘠。真是“万变不离其宗”①。

最后一个教谕诗的例子是维吉尔的《农事诗》（题目“*Georgics*”来自希腊语的“*georgica*”，意思是“与务农有关的事”），吸收了赫西俄德和卢克莱修两人所写的内容。和赫西俄德的《工作与时日》一样，该诗也自称提供关于务农的实用建议并赞扬简朴的农夫生活；和卢克莱修一样，维吉尔也探讨了人类在世界中的位置，特别是我们与自然环境的关系，以及我们当如何在其中得到幸福。维吉尔探讨了农作物与天象（卷一）、树木与藤蔓（卷二）、牲畜（卷三）以及最后的养蜂（卷四），强调了 *labor*（“辛勤劳作”）所附带的道德价值观，特别是它作为一种为了我们的利益而改造充满敌意的自然世界的手段。然而与此同时，用于描述人类驯化自然所使用的武力和胁迫等隐喻，也意在指出人类生活本身所含暴力的破坏稳定的后果。

《农事诗》写于公元前1世纪30年代末，完成于屋大维（未来的奥古斯都）公元前31年在亚克兴角大胜之后，与《埃涅阿斯
36 纪》的后半部一样，关注内战的混乱动荡，并为建立一个平衡的、更加和平的社会而奋斗。维吉尔强调说，这些冲突既是天灾亦是人祸，因为农村遭到了战争的蹂躏：

世上这许多战乱硝烟
这许多罪孽，无人躬耕

① 原文为法语：Plus ça change。——编注

田园荒芜，农夫远行
弯曲的镰刀已被铸成冷硬的刀剑。

（第一卷，第505—508行）

和《埃涅阿斯纪》一样，维吉尔在这里也把屋大维看作唯一的希望，是意大利农村乃至整个罗马世界的复兴者，但他同时也意识到这样的希望有多脆弱，因为每一位读者都很清楚，屋大维就是近年流血杀戮的内战的主要参与者，“奥古斯都太平盛世”的稳定安宁仍遥遥无期。 37

第三章

抒情诗和个人诗

从早期希腊的抒情诗到罗马的爱情哀歌，本章将讨论各种类型的诗歌。这些纷繁多样形式的共同之处在于，它们都立足于说话者（即诗中的“我”）的世界，此人的想法和经历被凸显出来。虽说史诗和悲剧等文类通常关注的都是昔日神话世界，其中诗人的“我”只是偶尔会（例如在史诗中）或根本不会（例如在悲剧中）出现在瞩目位置，但本章的大部分诗歌似乎都源于说话者此时此地的情感和反应。

乍一看去，这类诗歌似乎是我们非常熟悉的。启蒙运动时期强调个人是对社会、政治和艺术起决定作用的因素，这种主张最终的成果就是浪漫主义观念，认为自发的真情实感才是最好、最真的诗歌的基础。华兹华斯在他的《抒情歌谣集》（1802）序言中对诗歌的著名定义，即“一切好诗都是强烈情感的自然流露”，就概括地指出艺术建立在诗人个体对世界的情感反应的基础上，这个观点的影响持续至今。不过，虽说古代抒情诗或个人诗都声称表达了说话者对世界的反应，而且毫无疑问，它也的确汲取了诗人(及观众)对爱情或战争(等等)的个人体验，但古代诗人的目标却不是反思他自己的经历，而是建构一个让观众觉得既可信又扣人心弦的第一人称(*persona*)。 38

换句话说，我们在阅读古代抒情诗或“个人”诗时，需谨防传记谬误。举例而言，上一章讨论过，赫西俄德为了写自己的教谕诗《工作与时日》，创造了抱怨不休的农夫和他的花花公子兄弟这两个角色。在抒情诗或个人诗中，我们会看到同样的过程更大规模地呈现，诗人们采用了五花八门的第一人称，但他们全都适用于诗人所选择的文类(例如阿尔基洛科斯的对骂歌)、表演情景(贵族酒会、公共节日等)以及叙述者的目标(不管是品达在合唱颂歌中赞美获胜的运动员，还是卡图卢斯哀叹情人的不忠)。

另一个应该提防的是，因为这些诗歌大部分是(或者声称是)“个人化”的，我们就会误以为它们没有那么传统，或者不那么关注与早期文学作品的互动了。这同样是一种现代观念：比方说，哲学家伊曼努尔·康德就声称“在一切艺术门类中，诗歌是最高品级的。它几乎完全出自天才，极少受到规范或典范的指导”(《判断力批判》)，表达了诗歌是纯粹的个人表达，不受文学规范和传统影响的观念；但古代诗人，不管是抒情诗人还是其他诗人，则恰好相反，他们对自己所写的文类及其历史始终有所关注。

先来看看古希腊抒情诗。这里的“抒情”一词是个笼统的词汇，因为它囊括了除史诗和戏剧之外的一切希腊早期诗歌，因而也就涵盖了各种各样的诗歌形式，展现出千变万化的人物角色。传统上把这些作品细分成更小的文类——短长格讽刺诗、哀歌以及抒情诗本身[1]，包括独唱诗和合唱诗（见下文）——但这不应该掩盖一个事实，即诗人可以自由地使用他或她认为合适的任何形式来创作：于是阿尔基洛科斯既写短长格讽刺诗也写哀歌，而萨福既写独唱诗（例如关于爱情的个人诗）也写合唱作品（例如婚曲）。所以说这些类别都是人工添加的，可能会掩盖不同
39 形式之间的延续性，它们本身也是基于不同的特征——“抒情诗”基于歌曲概念，哀歌基于格律，短长格讽刺诗基于主题——但它们仍然能够帮助我们大致了解早期希腊的“歌曲文化”。

这些不同形式诗歌的主要表演场所是酒会和公共节日。酒会是上层阶级的饮酒聚会，精英阶层的男性可以在其间听到诗人吟诵，或者自己表演。他们会选出一位“中心人物”或“酒会主事者”，由他来决定酒的烈性（也就是加多少水），并负责确保酒会不致沦为耍酒疯的胡闹场面。女人也在场，但她们不是谁的妻子，奴隶和妓女们或许会提供音乐伴奏或其他服务——幸存至今的酒缸和酒杯上就生动地（色情地）描绘了后一种场景。与之相反，民间节日是公共节庆，整个社群不但会聚在一起享受动物献祭（在古代可不是每天都能吃得上肉，因而吃肉是一大乐事），也会欣赏竞技、音乐和诗歌比赛。

现在来看看抒情诗的亚类。短长格讽刺诗（iambus）一词的起源大概与在祭献德墨特尔和狄俄尼索斯（与性交和繁育等相关的神祇）的节日上表演的诙谐和粗俗诗歌这一传统类型有关。但现存的短长格讽刺诗的范围表明，这一文类的发展大大超出了宗教

① 抒情诗（lyric）一词源自希腊文*lura*，即里拉琴（古希腊U形拨弦乐器），所以音乐寓意明显，也就是一种配乐吟唱的诗歌。一直到罗马时期贺拉斯的诗作，它才逐渐与音乐分离，变成无乐的诗文。此处的“抒情诗本身”意指有音乐伴奏的抒情诗。

崇拜起源，而囊括了多种多样的主题和目的。嘲笑和谩骂是主要特征，与性有关的猥亵和露骨话语也是一样（例如，“杂种”一词只会出现在短长格讽刺诗中），但这些诗中也会出现动物寓言，以及道德和政治劝谕。短长格讽刺诗相对较为“粗鄙”或通俗的语域，使它成为传播民主政治的理想介质：因此雅典政治家和诗人梭伦（活跃于公元前6世纪初，后来被尊称为开创民主的英雄）就用短长格讽刺诗来为自己的政治和经济改革辩护，声称自己解放了那 40
些因债务而沦为富裕主人之奴隶的雅典人（诸多成就之一）。

短长格讽刺诗的多样性在该文类的杰出代表人物阿尔基洛科斯身上得到了明显的体现，他的创作年代在公元前7世纪中期，在古代世界与荷马齐名，是最伟大的诗人之一。阿尔基洛科斯以其诽谤诗语言的鲜活和诙谐机智名扬四方，但他的嘲讽也会带上一种严肃的笔调，比如他在取笑“漂亮的好人”这一贵族典范时就表现出了这一点，那是一种将美、高贵和卓越全都混合在一起的意识形态：

> 那位将军我不喜欢，他迈大步，
> 鬈发整齐，自鸣得意。
> 我宁愿看见一位将军，腿弯人矮，
> 两脚站得稳，心中勇敢。
>
> （片段114）[①]

短长格讽刺诗将嘲讽看成是透过事物的表面揭示真相的手段，这里就把矛头对准了那位漂亮的贵族将军，他只不过看上去是

① 译文引自水建馥译，《古希腊抒情诗选》，人民文学出版社1988年版，第53页。

个人物而已。

阿尔基洛科斯还利用观众对动物的了解，特别是利用他们都受到了动物寓言这一民间传说传统的影响这一点，创作了含有影射意味的精练意象：

> 狐狸诡计多端，刺猬只有一个——但那是很管用的一个。
>
> （片段201）

如此处所示，阿尔基洛科斯往往会自比那个表面看来处于弱势，却最终打败了敌人的动物。刺猬"很管用的一个"计策就是蜷缩成一个满身是刺的球，诗人在其他地方明确指出了它与叙述者的相似性：

> 但我知道一件重要的事：
>
> 41 对那个伤害我的人，我会加倍奉还。
>
> （片段126）

这里的意思很清楚：如果有人试图伤害阿尔基洛科斯，他不仅会保护自己，还会（像刺猬一样）针锋相对——他暗示说，其中就包括创作关于此人的诽谤诗。

阿尔基洛科斯最著名的诗歌系列之一关乎他与一位名叫吕坎拜斯的人及其女儿的关系。根据把诗歌解读为诗人自传的古代传统，吕坎拜斯曾把女儿内奥布勒许配给阿尔基洛科斯，但后来悔婚了。阿尔基洛科斯的报复手段就是声称自己与内奥布勒和她的妹妹都曾发生过性关系，由此毁了两个姑娘（说她们淫乱）及其父亲（说他违背誓言）的名声，以至于他们全家不堪其辱而自杀。在其中一篇诗作中，叙述者认为他的前未婚妻内奥布勒是个烂货（“她对许多男人来者不拒”），转而勾引她的妹妹（片段196a）。该诗结尾既直白又含混：“我使出一身蛮力，只碰了碰她金色的秀发。”这就为观众（酒会上微醺的男人或节日里喧闹的众人）制造了悬念，让他们好奇心大增，不但争相猜测到底发生了什么，还热切期盼着阿尔基洛科斯关于吕坎拜斯及其女儿的下一篇粗俗诗作。不过这样用讽刺诗来辱骂他人不仅很刺激，还暗含了古代希腊观众应知的基本道德价值观——比方说这里就包括守信、未婚女孩必须守住贞操的重要性，以及性约束（当然是对女性的约束，这符合父权社会的双重标准）的价值观。

短长格讽刺诗的核心特征是内容而非韵律形式，哀歌（elegy）则不同，它包括以哀歌式对句写成的所有诗歌，是整个古代最受欢迎的诗歌形式之一。希腊哀歌通常是在阿夫洛斯管（*aulos*）的伴奏下演唱的，这是一种形似双簧管的乐器，由同一位乐师（阿夫洛斯管乐师）同时吹奏两根。切记不要把“哀 42
歌”理解为现代的挽歌或挽诗，因为虽然它在古代的确与悼词和祭文（即其现代定义的起源）有关，但哀歌是一种非常灵活的形式，用于表现千变万化的主题，从神话或历史叙事，到酒、女人（外加男孩）和歌曲这类酒会上的永恒主题。

和写作短长格讽刺诗的阿尔基洛科斯一样，哀歌诗人也使用各种不同的第一人称来满足表演场合和观众的需要。最突出的实例之一出现在公元前7世纪末的诗人泰奥格尼斯的哀歌中，诗人扮演的角色是一个心怀怨恨的贵族，在亲民主的革命中失去了地产，被迫流放，正在计划复仇。泰奥格尼斯对着他那位年轻的男性情人基尔努斯喃喃低语，敦促后者聆听和牢记。典型的抱怨如下：

基尔努斯，这座城市依旧如故，但平民却今非昔比：
他们曾对公正和法律一窍不通，
而是披挂着破烂的羊皮
住在城外，驯鹿一样卑微。
如今他们变成了士绅，基尔努斯，而昔日的贵胄
沦为败类。此情此景，谁堪忍受？

（第53—58行）

泰奥格尼斯的诗歌刻画出古风时期整个希腊的贵族群体的焦虑，民主政体的兴起或蛊惑民心的政客对他们的统治构成了威胁，后者依靠大众的支持掌权，但随后就把自己变成了暴君。泰奥格尼斯为现有的特权辩护，憎恶粗俗者和新贵（*nouveaux riches*），这些让他的哀歌在贵族酒会上大受欢迎。在酒会上表演那些诗歌有助于培养群体和阶级凝聚力，让他们共同面对威胁自身地位的变革。

凝聚力的创造也是提尔泰奥斯的军事哀歌的重要元素，这
43 位公元前7世纪中期的斯巴达诗人敦促他的斯巴达同志们誓死保卫自己的城邦和人民：“英勇杀敌为祖国而战/死于前线最美好……”（片段10，第1—2行）提尔泰奥斯的诗歌强调失败是可耻的，胜利是光荣的，反映了斯巴达社会残忍的军国主义，即便以古代的标准来看，其暴虐也非同寻常。提尔泰奥斯的时代之前大约50年，即公元前8世纪末，斯巴达曾经征服了他们附近的美塞尼亚人（同为希腊人），并把后者变成“赫洛特”（即“被俘

之人”），整个民族被永久奴役。他们的强制劳动既使斯巴达的军事化社会成为可能，又让它变得必要，前者是因为斯巴达人无须劳动，可以做全职士兵，后者则是为了消灭持续存在的奴隶起义的危险。提尔泰奥斯写被奴役的美塞尼亚人“像驴子一样，被身上的重负压垮”（片段6），他的诗歌写于又一场奴隶起义之后的所谓第二次美塞尼亚战争期间，宗旨就是要维护征服成果，强化斯巴达社会的军国主义价值观。在其后数个世纪里，他的军事哀歌始终激励着斯巴达军队英勇战斗。

传统上把其他诗歌（也就是既非短长格讽刺诗又非哀歌的诗歌）都称为严格意义上的“抒情”诗，并根据它是由合唱队还是独唱歌手表演，再把它进一步分为合唱抒情诗和独唱抒情诗。不过有时并不清楚一首诗是为独唱还是合唱而作，而原本的合唱抒情诗自始至终都可以由一个独唱歌手重新表演（例如在贵族酒会上）。无论如何，既然这种诗歌都是在阿夫洛斯管、里拉琴或其他弦乐器的音乐伴奏下吟唱的，它的主要特点就是音乐与歌曲至关重要（当然在合唱诗中，舞蹈也很重要）。

最著名也最迷人的抒情诗人或许当属萨福，她于公元前7世纪末在莱斯博斯岛上写作。萨福是古代最伟大的女性作家，被古代的仰慕者们誉为“第十位缪斯”。她写过各种形式的合唱诗，包括婚礼歌曲和献给神祇的赞歌，但她最有名的诗还是那些关于爱情，特别是女人之间的爱情的独唱诗（多半是独唱诗）。人们 44
往往会说萨福与她的女性圈子的公开情爱关系也实现了某种教育目的，她的“学生们”能够学到许许多多的活动，包括音乐、装饰和宗教仪式等，为日后为人妻、为人母做好准备。在这一模式下，萨福的圈子被认为是与男同性恋通过仪式相当的女性活动，现存的很多资料都能证明，在古风时期和古典时期，这种男同性恋通过仪式在希腊其他地方的年轻男子中非常盛行。

另一种情况是，她的那些关系可能就是单纯的情爱关系，不需要声称有什么教学目的。（换句话说，萨福的受话者们可能是她的一连串女性情人，不一定是某个体制内群体的成员。）无论如何，有一点很清楚，萨福的诗赞美的是女性之间肉体上的亲密关系和爱欲。例如在一首诗中，她安慰一位即将离别的情人，回忆起“你在柔软的床榻上满足你的渴望”（片段94，第21—23行）。维多利亚时期把萨福塑造成（贞洁的）女家庭教师形象，压抑了这些被认为有害的同性恋元素，不过奇怪的是，相关的男性学者——他们中的许多人都曾在寄宿学校接受教育——倒是不难接受古希腊有一个年轻男性同性恋活动频繁的时期。

许多男性抒情诗人与男女两性各色各样的情人尽享欢愉，但他们没有一个像萨福那样，坚信爱是人生中最不可或缺的东西：

有人说世间最好的东西
是骑兵，步兵和舰队。
在我看来最好是
心中的爱。

（片段16，第1—4行）[①]

这里，叙述者的观点与“男性”崇尚军功荣耀的价值观公然对抗，而另一首诗则剖析了说话者看到自己心爱的人与一个男人

① 译文引自水建馥译，《古希腊抒情诗选》，人民文学出版社1988年版，第123页。

在一起时，心中的妒忌和绝望（片段31）。让我们伤心的是，萨 45
福只有一首诗完整地保留至今，她在该诗中向阿芙洛狄忒祈祷，请求女神帮助她克服一个对她的爱不予回应的女人的抗拒（片段1）。然而萨福诗歌的碎片化恰恰突出了她的意象的微妙质朴和摄人心魄的美感，于是就有了下面这些例子：“爱摇动着我的心房，像一阵风落在山间的橡树上”（片段47），“让我浑身无力的爱神再度令我颤抖起来，那酸苦又甜蜜，谁都无法抗拒的精灵啊！”（片段130），还有（关于她自己的女儿）“我有一个好女儿，她的模样好似/金花几朵，我爱的克勒斯”（片段132，第1—2行）①。

合唱抒情诗是由古代希腊社会的各个阶层参与演唱和舞蹈的（一般来说，已婚女人、少女、男人和男孩各自在不同的合唱队表演），合唱的集体合声扮演一个重要角色，就是表达参演演员及观众群体的价值观。合唱表演是宗教礼拜和节日庆典中必不可少的部分，从婚曲到葬礼上的挽歌，它标记了一个人一生中的许多重大事件。比起独唱抒情诗，合唱诗歌所书写的场面要大得多，风格也更为崇高，使用精心构思的韵律、复杂的句式、华丽的辞藻和大胆的比喻。

现存的最大一部合唱抒情诗集是品达所作的40首凯歌（或*epinikia*，即胜利曲）全集，都是诗人在公元前5世纪上半叶为赞美四大运动会（其中最著名的就是奥林匹克运动会）的获胜者所作。委托品达创作凯歌的获胜者来自希腊语世界的各个角落，却因为都渴望用诗歌让自己的胜利名垂千古而走到一起。有些构思不够精妙的凯歌或许是在运动会之后不久的节日上创

① 译文引自水建馥译，《古希腊抒情诗选》，人民文学出版社1988年版，第126页。

作和表演的，但大部分都是为了在胜利者返回故乡城邦时表演而作，胜利者的家人会保留诗作的副本，以便在未来数年里反复
46 表演（只不过不一定像首演时那样，由大型歌舞团体来演出）。

品达因风格华丽而备受美誉，在现代人看来，他的诗作可能会显得古怪和夸张，但委托者们觉得要纪念他们伟大而耀目的成就，那样的风格再合适不过了。那些凯歌除了交代委托者或其家人此前所获胜利等个人经历之外，一般还会记述某个神话事件（往往与胜利者故乡所在的城邦有关），神话的细节会被精心构思，这些诗歌宏大的赞美修辞也是一样，从而突出胜利者能够获得成功的各种要素——天生的能力、刻苦训练、有德行的雄心抱负、众神的支持等。现代人看到这些颂歌强调天赋异禀和胜利者超乎常人大概又会犹疑不定，但品达的保守观念反映和强化了他那些有权有势的委托者的贵族世界观。品达认为，运动员在神的帮助下获得胜利的那一刻，人超越了生命的短暂易逝而获得了永恒：

> 一日之中的造物啊，谁是什么？谁又不是什么？人乃虚影之梦。然而，一旦宙斯赐予的澄辉拂照，
> 蔼蔼扶光委照于人，于是生命和顺。
>
> （《第八首皮托凯歌》，第95—97行）[①]

然而当人的潜力得以实现，诗人同时告诉我们，成功可能会激起妒忌，或许是他人的羡妒，又或许是诸神的嫉恨，所以这些凯歌

① 译文引自娄林：《城邦与诗人——品达第八首皮托凯歌解读》（中山大学博士论文）。

也用冷酷的笔调（在我们听来很是意外）重申人类生命易逝、力量有限，这也能保护胜利者免受随胜利而来的诸多危险。

按照罗马哲学家和剧作家塞涅卡的说法，“西塞罗说即便他的生命延长一倍，也不会有时间阅读抒情诗人的作品”（《道德书简》49.5）。还好，其他很多罗马人更喜欢抒情诗，拉丁文学也有很多抒情诗和个人诗可与希腊诗相媲美。其中最出类拔萃的或许要属卡图卢斯，他在共和国末期（公元前1世纪60年代—前1世纪50年代中期）写作，虽然作品不多（只有116首诗），但它们呈现出种类繁多的诗歌形式和风格，从微型史诗和宗教赞歌 47
到滑稽模仿文学作品和社会政治讽刺作品。但他的作品中最受欢迎的，还是关于他与一位他唤作莱斯比亚的已婚女人之间私情的那些诗作。这25首诗（大部分是短诗）中有关于他们关系的浮光掠影，却没有列出时间顺序，需要由读者把他们的私情故事拼接起来，从卡图卢斯最初的热恋和狂喜，直到当他知道除他以外莱斯比亚还跟其他男人上床时，心中的幻灭和恨意。

许多读者愿意相信这场情事，还去寻找文学化名“莱斯比亚”（暗指萨福，她就来自莱斯博斯岛）背后那位真正的女人是谁，这些都证明了卡图卢斯的诗歌艺术化的真情实感和表面上的真诚，下面这两句诗就是一例。卡图卢斯知道莱斯比亚的本性后，对她的渴望依然不可遏制，诗人只用短短两行，便将他此时的心理斗争生动地表现出来：

Odi et amo. quare id faciam, fortasse requiris.
nescio sed fieri sentio et excrucior.
我又恨又爱。为什么，你会问。

我不知道——却能感受到，那心灵的酷刑。

（第85首）

然而这一传记观点的问题就在于，它不仅忽略了这段关系的文学背景，在文学背景中发生的事件是对早期文学（特别是艳诗）的再加工，同时也会掩盖卡图卢斯叙事所隐含的性成见和意识形态，即男性诗人/叙述者可以随便通奸，却谴责他的女性同伴生活淫乱。也就是说，和他以前的希腊抒情诗人一样，卡图卢斯创造的第一人称所表达的个人感情和浓浓爱意既不难识别，又引人入胜。在莱斯比亚系列诗中，卡图卢斯的说话者是个一心一意却又遭到背叛的情人，一个永远都是受害者、把一切道
48 德缺陷归咎于另一方的男人。于是，举例而言，他把他们的关系描写为“这神圣友谊的永恒盟约”（*aeternum hoc sanctae foedus amicitiae*，第109首，第6行），掩盖了他自己也是通奸一方的事实，好像他的角色只是遭到莱斯比亚背叛的受害者。

卡图卢斯显然有意要让这类诗歌在罗马语境下惊世骇俗，不仅赞美奸情，还鼓吹了这样一种生活方式：拒绝传统的事业，却为充斥着爱和欢愉的生活大唱赞歌，既不像男人，也不像罗马人。卡图卢斯以自己的方式爱着莱斯比亚，公然藐视所有一本正经又根本不得要领的老式罗马人：

让我们活下去吧，我的莱斯比亚，让我们爱吧，
至于那些过于严肃的老男人的咕哝，
让我们认为它们全都一文不值吧！

（第5首，第1—3行）

而通过这样一个违背传统罗马一切道德规范的蛮横角色来取悦读者，卡图卢斯为下一代罗马作家创作的罗马爱情哀歌这种艳诗体裁铺平了道路。

科涅利乌斯·伽卢斯心爱的吕科丽丝、普罗佩提乌斯笔下的辛西娅、提布鲁斯的德利娅和涅墨西斯，以及奥维德的科琳娜，全都受到了卡图卢斯在莱斯比亚系列诗歌中发展出来的痴缠、妒忌和浪漫理想主义模式的影响。但这些诗人也各自杜撰了自己的哀歌情人的角色，并以自己的方式探索了这种文类的可能性。例如，在公元前1世纪20年代写作的提布鲁斯就把自己的爱情想象世界设置在乡间，而非卡图卢斯、普罗佩提乌斯和奥维德的城市世界。乡村场景让人可以逃离罗马城的压力，享受到浪漫的田园生活，在那里，提布鲁斯及其读者可以尽情展开罗马人对简朴的乡间生活的美好想象。普罗佩提乌斯在他的四卷诗集中逐渐拓展这一文类，吸收了各种主题，如罗马政治和历史，从而让哀歌回归了它的希腊本源——在古希腊，哀歌本是一种非常灵活的形式。他心爱的辛西娅占据了前两卷本的大幅篇章，他在第三卷结 49
尾处与她（以及他自己的爱情诗人生涯）告别，但她在第四卷中又回来复仇了——甚至从阴间回来，她的鬼魂出现在普罗佩提乌斯的梦里，谴责他不忠。奥维德的哀歌作品有时被称为“戏仿作品”，因为他有意识地（且高调地）戏弄爱情哀歌的传统——什么被关在门外的情人、奴隶从中做媒、富家子情敌等——不过我们还是要小心，把“戏仿作品”和“解构”等词语用在奥维德身上时，不能忘记在卡图卢斯、提布鲁斯和普罗佩提乌斯的笔下，情人的角色也同样是艺术创作，是建构而成的。

因此，他们的女性情人不光有文学化名，也象征着爱情诗本身的传统，以及诗人对该传统所做的贡献。和卡图卢斯一样，其他诗人也都被各自不忠的女友辜负了，那些女人不光美丽、热情、喜怒无常，而且饱读诗书——这同样是暗指她们的文学角色。哀歌的许多传统，比方说爱情就像战争，充满了争斗和苦难，或者甘心为情人所奴役等观念，都被哀歌诗人拿来加以修改，以使他们的罗马读者感到惊心动魄、欲罢不能。因此普罗佩提乌斯宣称爱情比守护家人和保家卫国更加重要，而提布鲁斯谴责贪婪和权利政治带来了战争："爱是和平之神，我们这些以爱为生的人崇尚和平，"普罗佩提乌斯如是说（3.5.1），早早就为后世的叛逆者们"要做爱，不要作战"的理想主义宣言埋下了伏笔。而如果说卡图卢斯对任性又不忠的莱斯比亚的痴迷看似要逆转现行性别角色中的权力关系，哀歌诗人们则更加出格，公然纵情于为爱所"奴役"的自我贬低——在一个像罗马那样的奴隶制社会里，这可是个令人震惊的形象，要知道罗马的奴隶不过是其男女主人的活工具。他们放弃自主权的状态有时简直像受虐：

> 这儿，我眼见着自己即将沦为情人的奴隶：
> 50 哦，永别了，父辈的自由。
> 我被卖给了残酷的奴隶制，被套上锁链，
> 爱让我痛苦，再也不会对我放松束缚，
> 又灼烧着我，不管我是有罪还是无辜，
> 我此刻正在燃烧，啊，残酷的女子，请移开你的火焰！
>
> （提布鲁斯，《哀歌集》2.4.1—6）

就这样，罗马的（男性）读者享受到了丧失权力和自控力所

带来的震颤，这两样是他的个人身份不可或缺的部分。后来的罗马人很为拉丁语爱情哀歌诗人而自豪——昆体良宣称，“我们的哀歌也能与希腊人媲美”（《论演说家的教育》10.1.93）——可以说，这些诗人成功地创造了一种和讽刺文学作品（见第八章）一样独具罗马特色的文类。

如果说“罗马化”是衡量拉丁语作者成功地继承希腊先辈衣钵的主要标准，那么贺拉斯在《长短句集》和《颂诗集》中为罗马读者彻底改写希腊讽刺诗和抒情诗，就必须与维吉尔在同一个动荡时期改革史诗的功绩相提并论了。《长短句集》作于公元前1世纪30年代，吸收了希腊讽刺诗的广泛主题，使之适用于深陷内战旋涡的罗马——如上所述，那些主题不仅有辱骂，也包括各种各样的社会政治论述。例如《长短句集》的第7和第16首大概作于公元前1世纪30年代初，其中贺拉斯敦促他的罗马同胞放弃疯狂自毁，但诗人明智地给自己留了一条退路，没有言明自己在内战中的立场。与之相反，在写于公元前31年亚克兴角决战之后的《长短句集》第1和第9首中，贺拉斯赞颂了他的朋友和赞助人梅塞纳斯在战斗中的功勋，相信了奥古斯都政权的宣传，即这场战争是为了反对腐败的外国敌人克莱奥帕特拉及其对马克·安东尼等弱者影响的正义之战，而不是罗马君主们争权夺利的内战。

然而贺拉斯在抒情诗领域最大的成就，当属他的四部《颂诗集》，它们继承了希腊抒情诗的复杂传统（从古风时期到希腊化 51
时期的各种风格），为奥古斯都时期罗马那个知识渊博的文学世界重新创造了抒情诗的音乐和主题多样性。心怀远大抱负的贺拉斯在四部诗集的第一首诗中就宣称，他的目标是要把自己的名字加在亚历山大时期九大抒情诗人[①]的正典中：

> 但你若给我抒情诗人的冠冕，
> 我高昂的头将闪烁群星之间。
>
> （《颂诗集》第一部，第1首，第35—36行）[②]

在第三部（前三部是公元前23年一同出版的）的最后一首诗中，他骄傲地重申自己光荣地成为首位拉丁语抒情诗人，也就是第一位用希腊抒情诗的艰深格律创作拉丁语诗歌的诗人：

> 我为微寒的出身赢得了尊严，
> 率先引入了艾奥里亚的诗歌，
> 调节了拉丁语的韵律。
>
> （第三部，第30首，第12—14行）[③]

因此，第一部的前九首诗歌都是用不同的格律写成的，展示了贺拉斯为了适应复杂的非本土传统而改造拉丁语的前无古人的技巧。此外，贺拉斯坚信音乐和表演的重要性，也突出了他作为一个重要的公共诗人这一新的地位。因为和他所效仿的古希腊典范不同，贺拉斯的《颂诗集》并没有拘泥于某一个特定的表演地点，而是主要为诵读而作，然而他反复提到音乐、歌手、诗人的里

---

① 亚历山大的学者们按照诗歌的韵律对诗人们进行分类，归纳出值得重点研究的古希腊九位抒情诗人，分别是阿尔克曼、萨福、阿尔凯奥斯、阿那克里翁、斯特西克鲁斯、伊比库斯、西莫尼德斯、品达和巴库利德斯。

② 译文引自李永毅译注，《贺拉斯诗全集：拉中对照详注本（上）》，中国青年出版社2017年版，总第511页。

③ 同上书，总第2079页。

拉琴、他的观众等，所有这些共同制造出一种表演的幻觉，创造出一种真情流露和共同体验的感觉（就像是在贵族酒会或公共节日中那样），并突显出贺拉斯诗人地位的提升——和他的希腊先辈们一样，他有权为自己所在社会的公共生活发声。

《颂诗集》反映了当时罗马社会的方方面面，从宗教赞歌到关于友谊、爱情和政治的诗歌。和希腊抒情诗一样，贺拉斯诗中 52
的第一人称也是根据主题不断变化的，有时是吟唱宗教和政治颂歌的庄重的祭司-诗人，有时又是酒会上慈爱甚或不失滑稽的哲学家，随时给出智慧的箴言，有些色情，有些抽象：

你当明智，滤好酒，斩断
绵长的希望，生命短暂。说话间，妒忌的
光阴已逃逝。摘下今日，别让明日骗。

（第一部，第11首，第6—8行）[①]

贺拉斯从希腊抒情诗传统的每一位伟大人物那里汲取营养，他熟读的诗人千差万别，迷人如萨福，华丽如品达，但贺拉斯最频繁地给予认同的诗人当属阿尔凯奥斯（与萨福同时代生活在莱斯博斯岛上，见图3），因为他既是著名的政治和战争诗人，也写了大量关于友谊、爱情和美酒的诗，因而最能体现贺拉斯抒情诗的广泛主题。

《长短句集》中反映的政治革命仍然是《颂诗集》的核心主题，贺拉斯既同情为共和国的事业献出生命之人，也无数次表达了对

① 译文引自李永毅译注，《贺拉斯诗全集：拉中对照详注本（上）》，中国青年出版社2017年版，总第615页。

图3　冷酒器上的一幅雅典红彩绘画，大约创作于公元前480—前470年，画上的人物为来自莱斯博斯岛的两位著名抒情诗人阿尔凯奥斯和萨福，他们正在为彼此表演

奥古斯都结束了内战并试图逆转罗马世风日下面貌的感激。诚然，停止内战而不再重蹈覆辙是四部诗集的一个主旋律。此外，和

维吉尔的《埃涅阿斯纪》一样，我们看到诗中既有希望又不乏焦虑：希望奥古斯都“返璞归真”的道德和宗教改革能够成功，却又害怕再次回到内战。因此，贺拉斯反复强调罗马社会的堕落：

父母的世代已经比祖辈更糟，却诞下
更邪恶的我们，很快，我们的子嗣
又将出现，罪孽更可怕。

（第三部，第6首，第46—48行）[①]

毁灭看似不可避免——除非，诗人暗示道，《颂诗集》中的建
议被世人采纳。换句话说，贺拉斯（和维吉尔一样）并非单纯地 53
在歌颂奥古斯都和他的政权，也试图为它指明方向。因此《颂诗
集》以其惊世骇俗的诗歌技巧和主题远见，跻身拉丁文学最出色
的作品之列。事实证明，贺拉斯骄傲的自夸（前三部的结尾处） 54
实至名归：

我完成了这座纪念碑，它比青铜
更恒久，比皇家的金字塔更巍峨，
无论是饕餮的雨水，还是狂暴的
北风，还是飞逝的时光和无穷
年岁的更替，都不能伤它分厘。

（第三部，第30首，第1—5行）[②] 55

① 译文引自李永毅译注，《贺拉斯诗全集：拉中对照详注本（上）》，中国青年出版社2017年版，总第1795页。

② 同上书，总第2079页。

第四章

戏　剧

本章将考察古代文学的两个最流行的文类，即悲剧和喜剧，并试图解释它们何以成为如此成功的大众娱乐形式。我们会看到希腊和罗马每一位有作品传世的主要剧作家如何利用观众的价值观，并鼓励观众把舞台上的世界与自己的经历联系起来。那么我们就从悲剧开始，这是起源于古希腊的最有影响的文学形式之一，它的发展与公元前5世纪雅典的流行文化密不可分。悲剧的起源不明，不过都是些学术界的猜测：不过幸好起源问题并不重要，因为即便有明确的答案，也不会对现存的剧目本身有任何启示。我们最多只能说，悲剧作为一种把合唱歌曲和舞蹈，与演员跟歌队之间的对话结合起来的戏剧形式，它（和喜剧一样）可能是由合唱表演发展而来的。但到现存最早的剧目——埃斯库罗斯的《波斯人》——于公元前472年问世之时，悲剧已经是一种成熟的戏剧类型，而且成为一种竞赛诗歌的形式，随着诗人们为在竞赛中拔得头筹而不断革新和实验他们的诗作，悲剧的发展早已远远超出了它的宗教或庆典起源（如果这些的确是它的起源的话）。

读者会注意到我在上面提到了“大众娱乐”和“流行文化”，那是因为，悲剧和喜剧不是少数社会经济精英阶层专属的 56
曲高和寡的文化（像大部分现代西方社会的戏剧那样），而是在大众节日上表演给大量观众看的，在公元前5世纪的雅典，观众曾多达6 000人，来自整个社会的各个阶层。（公元前4世纪末，剧场扩大到可以容纳多达17 000名观众。）举例而言，观众中很可能包括女人、孩子和奴隶，虽然数量不多，他们大概也不会在前排的豪华席位落座——数量不多是因为他们无权享受国家的票价补贴，所以要么自己有钱，要么得家人同意，他们才能前往观看；而前排的豪华座位是留给男性雅典公民和贵宾的，诸如从希腊其他城邦来访的达官显贵等。在雅典，表演戏剧的主要场合是一年一度的民间节日，即城邦酒神祭（或称大酒神节），该节日为期五天，其间有三位悲剧作家相互竞争，每人呈献四个剧目（通常包括三个悲剧和一个羊人剧；所谓羊人剧是对悲剧神话的滑稽讽刺表演，由吵闹的、半人半兽的羊人组成的歌队表演），还有五位喜剧作家，每人呈献一个剧目。

这是由国家赞助的盛大节日，当然富有的个人市民也会出资为歌队提供培训或服装等，而出现在这个节日上的杰出作品也就成了申请补贴这类艺术创作的理由（如果需要理由的话）。流传至今的古代戏剧文本都是表演剧本，但我们无法从中看到音乐、舞蹈和整个视觉场景，就只能在阅读的过程中重新想象它们了。女性角色由成年男性扮演（而不像莎士比亚戏剧中那样由男孩扮演），和多重角色扮演一样，这是靠使用面具、假发和戏服来完成的。因为在大型露天剧场演出，表演风格和身体动作都必须更大胆、更有表现力，但这并没有影响戏剧的情感效果。情节本身包含有大型歌队——悲剧中有15名合唱队员，喜剧有24名——创造了一种剧内观众，这群在戏中看戏的人也能与戏剧的主要人物互动，他们的想法和反应也是该剧意义的有机组
57 成部分。毫不奇怪，这一载歌载舞的歌队和诸神一样，是现代希腊戏剧演出中最难以成功复制的部分。

要记住的一个基本要点是，与我们受到现代（后古典主义或新古典主义）“悲剧”观念的影响而想象出来的希腊悲剧相比，真正的希腊悲剧要更为丰富多样。新古典主义学者和剧作家们基于自己对亚里士多德《诗学》的误读，发明了悲剧的特定“规则”，但这些多半没用，因为它们与现存的古代戏剧剧目毫无关系。同样将人们引入歧途的，是试图推断出一种本质上悲剧性的世界观（简言之就是没有大团圆结局），再把这种世界观反向投射到悲剧这种古代文类上，如此一来，那些不符合这一世界观的剧目，就被重新归类为“浪漫悲剧”“逃离悲剧”“悲喜剧”，甚或“情节剧”，这自18世纪德国浪漫主义以来尤其盛行，但远在那以前就已有了。然而，虽说这种寻找“真正的悲剧”的做法未免为该文类设置了过于狭窄的藩篱，它却回应了现存剧目所共有的某种特征，也就是人类的苦难，即便在所谓“大团圆”式悲剧中也有所体现。我们在莎士比亚的悲剧中也可以看到类似的东西，它包括幽默的元素（虽然没有多少大团圆），也不符合新古典主义的规则，却因此而变得更加深刻感人。

所以在希腊悲剧中，总有人在受苦，形势也都很危急。受苦受难的英雄存在于神话（和宗教崇拜）中，而神话是悲剧的素材，已经过数代史诗和抒情诗人的改造，现在被彻底转变成一个

全新的文类，为新的观众演出。神话的优点有很多：例如，观众的理解基础一致——不过为防他们不知道具体的神话故事，剧情一开始都会将具体细节一一交代，而诗人在处理或多或少为观众熟知的素材时，也大可发挥自己的想象力和创造力。观众对任何故事熟稔于心——比方说俄狄浦斯的神话，他在不知情的情况下杀死了自己的父亲，与母亲睡在一起并生下了四个孩 58
子——不但不会消除悬念，事实上反而会产生悬念，因为他们会好奇这位诗人将如何处理已知必然发生的可怕结果。神话的使用还使得此时此刻的观众与剧中的虚构世界之间存在一定的（也是不尽相同的）距离，以便在一个想象空间内探索伤痛的主题（战争、谋杀、悲伤、乱伦、强奸、妒忌、复仇……），并激发起强烈的情感，又不致给观众造成心理创伤。

希腊悲剧最基本的道德范式之一，是所谓的“从苦难中学到教训”。这样一种“道德说教”剧的概念，也就是可以使我们变成更好的公民的戏剧，在我们的（后）现代自我听来格外教条，但古代思想的一个基本前提就是，任何形式的艺术都应该教会我们真实和有用的东西，从而使我们变得更好。众所周知，柏拉图驳斥了悲剧的教义，他的理想国会审查诗歌，确保诗歌符合他的道德和宗教观。在柏拉图看来，悲剧生动地描绘了那些容易遭遇灾难又长吁短叹的英雄，在道德和心理上侮辱了我们的人格，但他尤其憎恶这种文类（他曾鄙夷地提到“剧场政体”）也跟他对民主本身的藐视有关，因为他认识到悲剧是一种主要的大众艺术类别，有着广泛的号召力。

相反，柏拉图最出色的学生亚里士多德却驳斥了导师的反动政治和审美观点，他认为人能够通过*mimesis*（意为模仿，或虚构）来学习，并重申悲剧这种艺术形式的价值就在于，它能给人们灌输重要的知识。亚里士多德还提到了所谓的“悲剧悖论”，也就是说，我们能够通过观看舞台上的他人受苦受难而获得审美愉悦：模仿给了我们必要的距离，把这种静观变得怡情悦性、有益身心。这个问题自提出以来一直让悲剧理论家苦苦思索，令人印象尤深的是，它是由悲剧本身提出的，在欧里庇得斯的《酒神的伴侣》中，乔装的酒神狄俄尼索斯在诱惑彭透斯走向毁
59 灭时，问他：“你真的想知道自己痛苦的根源是什么吗？”（815）

但悲剧的愉悦也有重要的道德和形而上层面的意义。因为悲剧提出的问题是，我们应该为人的苦难负多大的责任，对此，它给出的答案是令人振奋的，而非悲观沮丧的。至关重要的是，悲剧关心的是源于人类选择和行为的灾难：与现实生活中的苦难不同，悲剧中的苦难从来就不是纯粹偶然的，而是被放置在一个更大的道德和宗教框架内，这个框架赋予了人类灾难以形式和意义。因此悲剧是一个恐怖的文类，但同时也会给人带来极大的安慰，因为我们意识到宇宙是残酷的，却并非没有意义，我们在舞台上的混乱、痛苦和悲伤的背后看到了万事万物的秩序。我们或许会想起塞缪尔·约翰逊的妙语（*bon mot*）：“写作的唯一目的是让读者更好地享受生活，或更好地忍受生活。”看过悲剧的我们会心怀悲悯，提醒自己：他人的苦难更加深重。

悲剧描述的是一个脱轨的英雄世界，借此探讨了从生存困境（我们为什么会受苦？）到时政（雅典民主制度和帝国的裨益与风险）等各种问题。反复出现的核心主题包括各种生动刺激的傲睨神明（*hybris*，即僭越的思考和行为）；人类知识和理解力的格局和局限，特别是与诸神相比；战争的原因和后果，延续

了荷马对战争的看法，即战争既是残酷的，也是光荣的；卓越领袖或成功政体的品质，显示出明显的民主倾向，反对君主制、暴政和寡头政治；男人和女人的地位和角色及如何处理人类的性欲；种族和民族主义，体现在希腊人与野蛮人的关系，以及雅典人与其他希腊人的关系中；还有或许最频繁出现的，复仇的欲望及其往往自我毁灭的结果。下面详细考察其中的两个主题（知识和性别）。

自亚里士多德赞美索福克勒斯的《俄狄浦斯王》高超的情节构思和排山倒海的情感冲击力以来，该剧已经上升到了原型 60
悲剧的地位。比如说，曾有一位古代评论家这样概括索福克勒斯的同辈悲剧作家伊翁：“真的，没有一个神志清醒的人会觉得伊翁所有的作品加起来能比得上《俄狄浦斯王》这一部作品。”（“朗吉努斯”，《论崇高》33.5）在现代，对该剧最著名的诠释当属西格蒙德·弗洛伊德的解读，他认为这是一个普遍存在的男性幻想的故事，但不得不说，既然俄狄浦斯事实上不知道他父亲和母亲的真正身份，他本人就不可能有所谓的“俄狄浦斯情结”。然而该剧那种令人震惊和不安的力量至今不减，我们看到俄狄浦斯渐渐发现他打破了人类社会两个最基本的禁忌（弑父和乱伦），发现他生活中那些重大的成功标志——身为国王、丈夫和父亲的角色——事实上都是终将毁灭他的诡异幻影。俄狄浦斯的毁灭之所以可怖，不仅因为他所发现的事实骇人听闻，还因为该剧迫使我们想到，我们也很容易懵懂无知地采取行动，毫不知情地铸下大错。俄狄浦斯为他并非有意的行为受到了惩罚，因此该剧就呈现了一个残酷却无可逃遁的道德真理，用一位著名的现代哲学家的话说，“在一个人的人生故事中有一种至高无上的权威，它的行使者是此人已经做出的行为，而不仅仅是此人有意做出的行为”（伯纳德·威廉斯，《羞耻与必然性》）。

三位悲剧作家都探讨了他们的时代中男女相互界定的性别角色，不光提出了做一个好男人（作为丈夫、父亲、儿子、公民、士兵等）意味着什么，也主张给予女性应有的尊重，特别是对身为妻子和母亲的女性，也就是说那仍是在基本的父权社会边界内的尊重。若论男人虐待妻子和家人会有怎样灾难性的后果，没有哪一部戏剧呈现得比欧里庇得斯的《美狄亚》更加有力。在该剧中，伊阿宋抛弃了美狄亚和他们的两个儿子，转而高攀上了一位希腊公主，致使美狄亚杀死了自己的孩子，来惩罚伊阿宋的不忠。在开场白中，美狄亚列出了女人命运的种种不公：她谴
61 责丈夫占有着妻子的身体这一事实，指出性别双重标准允许男人三妻四妾，却不许女人有婚外情，最后发出了那句掷地有声的宣言：“我宁愿手持盾牌三次上阵，也不愿生一次孩子！”（《美狄亚》230—251）[①] 这也就是为什么在20世纪初妇女争取参政权的集会上，人们高声诵读美狄亚的话的原因，即便从整体上来看，在它起源的文化背景中，该剧绝对不是一部女性主义作品，也绝无争取现代意义上的平等权利的论调。然而虽说如此，这部剧的确戏剧化地表现了当女人的地位和权力不受尊重，会产生怎样的灾难后果，并痛斥了伊阿宋身为丈夫和父亲的失职。和希腊悲剧中经常发生的情景一样，男人先犯错，也因侵犯女人的权利而承担苦果。在（或许）有男有女的观众看到的戏剧世界中，社会的崩溃是两面的，以此来引导观众认识到，两性都应

① 译文引自张竹明译，《古希腊悲剧喜剧全集·欧里庇得斯悲剧（中）》，译林出版社2007年版，第462页。

该尊重彼此的权利。所以说，虽然希腊悲剧的作者都是男人，但我们在这些剧目中清晰地看到了女人的视角，其力度或许超过了古典文学的任何其他文类。

和悲剧一样，作为一种文学类型的喜剧的早期阶段也鲜有人知。它或许是自满篇下流话和辱骂的大众娱乐中发展而来的（与第三章中讨论的讽刺诗相似），这些娱乐形式会作为次要部分在节日中表演，不过到现存最早的喜剧剧目，即阿里斯托芬的《阿卡奈人》于公元前425年问世之时，喜剧已经是一个成熟的戏剧门类，（和悲剧一样）综合了念白、歌曲和舞蹈。希腊化时期的学者们试图为这一文类的发展排序，把它分成了三个阶段：旧喜剧、中喜剧和新喜剧。遗憾的是，我们对中喜剧基本上无从评价，因为没有一个留存下来的例子，不过旧喜剧（政治的、淫秽的、荒诞的）和新喜剧（关于家庭的、克制的、写实的……）之间大体上的差别十分清楚。我们能够从阿里斯托芬的最后两部现存剧目，《公民大会妇女》和《财神》中看到一种转变，两部戏剧都写于公元前4世纪初，它们中包含的下流淫秽内容、针对个人的奚落和政治讽刺都较以前更少了，合唱的作用有所减 62
弱，而到前4世纪末的新喜剧时代，作为一个戏剧人物的歌队就彻底消失了。

正如悲剧有三大剧作家（埃斯库罗斯、索福克勒斯、欧里庇得斯），旧喜剧也一样：克拉提努斯、欧波利斯和阿里斯托芬。虽然只有阿里斯托芬有完整的剧目存世，总共有11部（占他全部作品的四分之一），但我们有很多其他作品的片段，足以看出它们有很多主题和风格上的共同点。旧喜剧与它的戏剧手足悲剧有很多差异——比方说，怪异而非庄严的面具（见图4）；为了幽默，戏服在腹部和臀部加垫料，（所有男性角色）还吊着一个皮革做成的阴茎；口语化和淫秽下流的语言；明显的元戏剧元素，例如剧中会提到舞台设施；面对观众的旁白（迄今仍然是喜剧的一个广受欢迎的特征）——但二者虽有这么多明显的差别，喜剧和悲剧一样，也是反映当时雅典社会万象的文类，只不过喜
63 剧多是以批评和嘲讽的形式来实现这一目标的。

喜剧的场景通常就设在观众所在的此时此地（而不是遥远的神话世界），不过它的情节充满幻想，例如前往云中鹧鸪国（《鸟》中新建的鸟类城市）或冥府（《蛙》）的旅行等。这些剧目都是根据它们的鸟类或蛙类歌队命名的（阿里斯托芬的《马蜂》也是一样），旧喜剧中频繁使用动物作为人类行为的模型或衬托，是它与讽刺诗的另一个共同点。喜剧“主人公”不是英雄神

图4　哈德良位于台伯（如今的蒂沃利）的庄园中的罗马墙壁，上有悲剧面具和喜剧面具的镶嵌图案，该庄园始建于公元118年前后，是历史上最大的罗马庄园

话中的某个大人物（某个阿基琉斯或奥德修斯），而是一个普通的雅典人，他对某一方面的社会现状不满，便费尽心思想出了一个别出心裁的实现梦想的计划（《蛙》在部分程度上是个例外，因为该剧的“主人公”是酒神狄俄尼索斯，他到冥府去请一位悲剧诗人来拯救城邦，但整部剧对这位神没有半点尊重敬畏）：因此，比方说，在《阿卡奈人》中，狄凯奥波利斯安排与雅典的大敌斯巴达私下签署了一份和平条约；在《鸟》中，两位雅典人受够了雅典和它没完没了的官司，说服鸟儿们在天空中建起了一座新城，大获成功；在《吕西斯特拉特》中，同名雅典女主人公说服来自好几个交战城邦的妇女加入她的性爱罢工，绝望的男人们因而被迫停战讲和了。

大笑和喜剧当然也可以很严肃，让观众捧腹的东西恰恰揭示了他们的担忧和焦虑。阿里斯托芬的戏剧创作生涯大多集中在伯罗奔尼撒战争期间（公元前431—前404），对一个交战中的民主社会而言，有很多针对政客和指挥将军的讽刺不足为奇，但民主本身却从未被质疑，人们渴望和平是理所当然，但这并不意味着他们愿意为了和平付出任何代价。喜剧还会取笑性成见，例如聪明又高尚的吕西斯特拉特就跟她竭力争取过来实施其计划的那些满嘴性谎言、一心只想狂饮的女人构成了鲜明的对照。同样，和悲剧一样，这些喜剧文本不是性解放文件，在这些剧目的结尾，女人们回到了她们“自然的”领域——家中；但它们还是有力地展示了当前的男性领导人有多愚蠢、多无能。 64

试图描述幽默本来就会显得荒诞可笑。不过我们至少可以指出阿里斯托芬为了制造噱头所使用的一些典型的素材和技巧。首先要强调的是，当时表演的喜剧类型极多，无论你喜欢屎笑话（就是关于屎的笑话，而不是……）、屁笑话、粗俗闹剧或双关语，抑或你的口味更倾向于复杂的文学戏仿作品和政治讽刺，每个人都能从阿里斯托芬的作品中得到满足，和悲剧一样，喜剧也对各个阶层的民众有着极大的吸引力——这倒在意料之中，因为它们在同样的节日里上演，都想赢得各自竞赛中的第一名。那个经久不衰的喜剧修辞“生活如今真是糟糕啊！我年轻的时候就好一些……”被频繁使用，因为它针对的是一切形式的文化变革——音乐、诗歌、科学、哲学等多个领域的新风格，而通常由一对彼此互不理解的父子来表现代沟，是引发观众大笑的固定套路。

正如我们对旧喜剧的看法主要来自阿里斯托芬，我们对新喜剧的理解也在很大程度上受到了米南德的传世作品的影响，这位雅典剧作家的写作生涯从公元前4世纪末延续到前3世纪初。米南德写过逾百部剧目，但他的作品并没有被纳入中世纪的手稿传统，直到最近，我们对他的作品的了解还全都来自其他古代作家的引用，以及他对普劳图斯和泰伦提乌斯（下文还将写到这两位）等罗马剧作家的影响。然而自1890年代以后（对古典学者来说，这就是“最近”啦……），不断有新出版的莎草纸作品问世，改变了我们对米南德的成就的看法，现在我们至少有了一部完整的剧作《恨世者》（*Dyskolos*），还有很多其他作品的完整和大幅篇章。如上所述，新喜剧与旧喜剧的不同之处在于它的风格更加写实，相比之下，显得更加平淡：例如新喜剧中没有辱骂或政治讽刺，那个充满活力的皮革阴茎也不见了。一位古代评论家曾在总结米南德高妙的写实主义戏剧时问道：“米南
65 德和生活：是谁模仿了谁？”所以说，我们在米南德的喜剧中大

概看不到阿里斯托芬的下流语言和超现实奇想，但他的作品有一种更温和也更反讽的幽默，展现古希腊社会风貌的力道丝毫不弱。

新喜剧的关注点从雅典的社会政治转向家庭生活场景，有好几个原因。最重要的是，被腓力二世和亚历山大大帝征服之后，此时的雅典处于马其顿的统治之下，没有民主，没有言论自由，直接对政治说三道四可能会很危险。不过说得更积极一点，关注日常生活的典型矛盾和问题——特别是家庭和恋爱关系——的艺术形式一定能吸引观众，因为我们都生活在家庭中，又（引用无数低俗歌曲的说法）都希望被爱。此外，许多人无疑会像今人一样，觉得政治太无聊了：比方说，简·奥斯汀的小说中没有提到多少她那个时代的卢德主义者[①]或当地政府的改革，而是专注于爱情和家庭生活，但她仍然是拥有读者数量最多的英语经典作家。因此，新喜剧转向爱情和家庭问题不仅使之成为一切现代家庭和浪漫喜剧的先驱，也让它获得了一种普遍的共鸣，回响至今。

在米南德的时代（简·奥斯汀的时代也是一样），青年男女之间的爱情不仅是他们两人的事，也是涉及整个家庭的大事，特别是因此而结亲的两家的父亲。于是那些剧目就聚焦于相关的矛盾和障碍，戏剧焦点变成了令人苦恼的状况和紧急关头的真相大白，如被绑架的女儿、不忠嫌疑或私生子女和弃婴等。值得注意的是，这些戏剧化事件中也处处都有强奸，这是我们认为喜

① 卢德主义者（Luddites）是19世纪英国民间对抗工业革命、反对纺织工业化的社会运动者。由于工业革命运用机器大量取代人力，使得许多手工工人失业，因此该运动的参与者常常摧毁纺织机。后世也将反对任何新科技的人称为卢德主义者。

剧中最不该有的东西。但由于它危及女人的生命、女人及其家人的荣誉以及即将出生的孩子的合法性和继承权，强奸事件成为古代家庭戏中的情节设计也是可以理解的。使用该桥段可能对剧情的发展有至关重要的作用，比方说在米南德的《公断》
66 中，卡里西奥斯极端地指责他的妻子潘菲勒被人强奸，却对他自己过去曾犯过同样的罪行毫不在意——既然这是喜剧，结局必是“大团圆”，因此卡里西奥斯最终得知他就是孩子真正的父亲，他在他们婚前的一个节日里与潘菲勒发生了性关系，最终他意识到自己的双重标准和对妻子缺乏同情，流露出悔意。米南德的戏剧往往是这样的，复杂纠缠的剧情最终得到解决，突显了宽容和同情在人际关系中的重要性。

与希腊戏剧相比，罗马戏剧的门类更加宽泛，既有严肃的又有幽默的：悲剧；罗马历史剧；两种截然不同的喜剧，一种基于希腊新喜剧，另一种以本土的意大利传统为基础；闹剧，由一群定型角色（小丑、吹牛大王、贪吃者、罗锅儿、阴谋家等）表演充满憨傻蠢笨和下流言语动作的小品，以及对悲剧和神话的戏仿。还有两种由希腊戏剧改编的门类，在帝国时期非常流行：默剧更像我们今天的芭蕾舞剧而不是那种“他就在你身后！”的默剧表演，其中一位戴着面具的男性舞者在乐师与歌队的伴奏下表演（通常很悲惨的）神话场景（古希腊语*pantomimus*的意思就是“能模仿一切的人”）；最后还有滑稽剧，虽然英文名是mime，但它同样也与现代的mime（哑剧）大相径庭，因为在罗马的滑稽剧中，男演员和（居然还有）女演员不戴面具，表演有台词的小品，或淫荡下流，或议论时事，也有些是对爱情哀歌等严肃文学形式的滑稽模仿，其常有套路包括“丈夫、妻子、她的情人和女仆”的桥段，无异于现代闹剧中的“圣杯”桥段。

唉，和希腊戏剧一样，罗马戏剧也极少有作品存世，因而我们对罗马戏剧的看法也基本上是支离破碎和顾此失彼的，这是因为在公元前205—前160年前后的普劳图斯和泰伦提乌斯之后，便再无完整的罗马喜剧存世，也没有写于公元1世纪40—60年代的塞涅卡之前的完整悲剧存世。普劳图斯和泰伦提乌斯的喜剧都是迷人的作品，不仅因为他们是现有拉丁文学最早的完整实例，也是因为我们第一次可以详细地考察罗马人对一种希 67
腊文学类型的改革。（如第二章所述，早期罗马史诗只有些片段存世。）这些作品虽然是在希腊原本的基础上改写的，却都表现出极大的创造力，而普劳图斯和泰伦提乌斯或许重复使用了新喜剧的场景、情节和人物，但他们的改写不是单纯的翻译，也为吸引新的意大利罗马观众而加入了各自不同的演绎：普劳图斯在《粗鲁汉》的序曲中骄傲地开玩笑说，“德谟菲勒斯［除了这里提到他之外，我们对这位希腊剧作家一无所知］写了这个剧目，马尔库斯［普劳图斯］把它改编成了野蛮人的剧［意即把它罗马化了］”。毕竟观众席上的许多人都不知道希腊语原著，因此罗马喜剧的兴衰完全取决于它自己的价值。在表演那些喜剧的节日上，它们也要与其他的大众娱乐形式争夺观众的注意，像杂技、走钢索的小丑、拳击手、摔跤手和角斗士等。我们从这些剧作的序曲中了解到，观众本身也是来自各个社会阶级和年龄层的人，包括男人和女人，他们可能非常粗鲁，要是觉得表演不够有趣，甚至会随时起身制止表演。

普劳图斯写了约130部喜剧，流传至今的有20部。首先令人吃惊的是这些剧作与米南德和泰伦提乌斯的写实风格截然不同。普劳图斯剧作的情节结构松散、语言丰富、有双关语、广泛使用吟唱抒情诗，还频繁玩弄戏剧传统，让人联想到希腊旧喜剧，比方说在阿里斯托芬的戏剧中，幽默的形式就很多样，从笼统的笑闹剧到形体喜剧，再到文学戏仿。“机智的奴隶”这个曾出现在阿里斯托芬喜剧中的人物，在普劳图斯笔下得到了进一步发展，他在大部分剧作中都用到了这个人物。典型的情节是，年轻的主人不知该如何得到自己心爱的姑娘，但他那位足智多谋的奴隶成功地哄骗了所有阻止他们在一起的人——情敌、奴隶贩子、皮条客、严厉的老父亲——最终皆大欢喜。罗马观众大概很享受这个乱套世界带来的令人颤抖的快感——奴隶居然比
68 高他们一等的公民更聪明，但幻想永远以“常态”收尾，奴隶制度的权力关系当然也会复旧如初。社会和道德秩序总会回归，坏人或缺乏同情心的人物终将遭遇挫败。

泰伦提乌斯的作品共有六部喜剧，全都完整地保存至今，这在古代作家中是非常罕见的。一个主要原因是泰伦提乌斯的剧作在古代和后来被选入学校的课本，因为他自然优美的拉丁语及克制温和的道德说教被认为正是孩子们需要学习的东西；相反，普劳图斯的语言更难，他的喜剧被认为有伤风化，接近于闹剧和滑稽剧。（如果真像古代资料显示的那样，泰伦提乌斯最初是以奴隶身份从北非迦太基来到罗马的，他那堪称典范的拉丁语就更加惊人了。）泰伦提乌斯的六部剧中有四部是根据米南德的剧作改写的，众所周知，他因此而被尤利乌斯·凯撒贬称为“半个米南德”，这很不公平，因为他不单改写希腊语原著来迎合罗马人的喜好和兴趣，也巧妙地把好几部希腊语原著的材料综合到一部剧中。泰伦提乌斯的剧作不像普劳图斯的作品有那么

多性爱描写，那么热闹和富有音乐性，但它们仍有独特的喜剧魅力，他善辩地把自己更为雅致的风格转变成一种优势，暗示一群如此有学问的观众自然会喜欢他的剧目胜过对手们那些粗俗的闹剧，这样的恭维让观众们受用不尽。

和希腊新喜剧一样，罗马喜剧也基本上避免直接对当代政治说三道四（更不要说像旧喜剧那样攻击具体的政治家了），但它仍然反映和交代了影响罗马社会的基本问题。本书第一章提到，公元前3世纪末到前2世纪初是罗马历史的一段引人注目的关键时期，彼时罗马的胜利使它成为地中海沿岸的超级大国，这些戏剧就探讨了战争和帝国带来的（有好有坏的）变化。例如在普劳图斯的《俘虏》中，主要人物是一群最终重获自由的希腊战俘，这是有历史基础的：公元前194年，罗马将军弗拉米尼乌斯解救了1 200名罗马人，使他们免于在希腊为奴，而公元前216年的坎尼会战[①]之后，成千上万的罗马士兵却没有这么好的运气，那时罗马元老院拒绝向汉尼拔支付赎金赎回他们。罗马的 69
扩张也影响了他们自己的种族和文化身份的发展，在普劳图斯的《小迦太基人》等剧作中，我们就能看到剧作家使用民族的刻板印象来达到喜剧效果：迦太基人奸诈狡猾，罗马人诚实直率。然而和米南德一样，罗马喜剧关注的不仅仅是日常生活中反复出现的问题——特别是婚姻、忠诚、育儿和金钱（举例而言，在普劳图斯的《一坛金子》中，老吝啬鬼欧克利奥一门心思想着在房前地里挖出的金子，根本没注意到自己的女儿被人强奸，即将产

① 公元前216年第二次布匿战争中的主要战役，以迦太基主帅汉尼拔入侵意大利罗马的粮仓坎尼城开始，以汉尼拔以少胜多击溃意大利大军结束。因汉尼拔用兵战术之高妙，成为军事史上最伟大的战役之一。

子）——也同样关注这些危机在紧急关头的解除，这是它对后来的西方喜剧传统巨大影响的核心所在。

如前所述，我们对罗马悲剧的观点和对喜剧的看法一样失之偏颇，虽然从公元前3世纪中期以后存在着一个延续的罗马悲剧传统，但大部分剧作都佚失了。留存下来的只有十部剧作，全都创作于这种艺术形式发展后期的罗马，全都被认定为塞涅卡的作品。不过其中一部，《奥塔山上的赫拉克勒斯》很可能不是由他所写，另一部《奥克塔维娅》，也就是现存的唯一一部罗马历史剧，写的是尼禄谋杀了自己第一个妻子的故事，显然不是塞涅卡所写（他是剧中的一个人物），因为它提到了塞涅卡死后发生的事件，包括尼禄自杀。许多学者认为其他八部确实由塞涅卡所写的悲剧是为了阅读或背诵而作，而不是为舞台表演而写，但我们对此并无十分把握，而且不管怎样，最重要的是这些剧作的内容和主题，它们深刻地揭示了公元1世纪40—60年代，在克劳狄一世和尼禄两位皇帝的统治之下，这些戏剧创作的政治和文化背景。

塞涅卡曾在公元41年遭到克劳狄一世流放，罪名是与前皇帝卡利古拉的妹妹私通，但又在公元49年被克劳狄一世的第四任妻子阿格里皮娜召回，还被任命为她12岁的儿子尼禄的导师。
70 尼禄在公元54年登基之后，塞涅卡成为他最亲近的顾问并获得了极大的权力和财富，也为他的朋友和家人谋得了不少肥差。因参与推翻尼禄的阴谋败露，塞涅卡受牵连而被迫在公元65年自杀。因此，塞涅卡的大部分创作生涯都是在帝国权力和影响的中心展开的，鄙视他为人虚伪自是容易——比方说，这位亿万富翁满怀激情地宣扬财富乃身外之物的哲理，这样的立场在他生活的时代已经遭到了质疑，一位同代人问道："是哪一门学问，哪一派哲学可以给他作为依据，可以在取得皇帝宠信的四年当中搜刮到三万万谢斯特尔提乌斯的财产？"（塔西佗，《编年史》第十三卷，第42章）[①]——但塞涅卡的确对人性的弱点有着敏锐的观察。

和希腊悲剧一样，塞涅卡也使用希腊神话的君主制世界来反思自己所在时代的忧虑，其中很重要的，便是独裁统治所创造的风雨飘摇的政治世界。我们一次又一次地看到"绝对权力导致绝对腐败"，虽说剧中没有明确提及当代政治或批判罗马独裁政体——这么做在帝制时期的罗马是自找麻烦，在提比略统治时期已经有作家因此而被杀了——但塞涅卡笔下那些强大的主人公们被自私的邪恶逼近的阴森氛围，必定会在当时的读者或观众心中引起共鸣。抛开政治不谈，塞涅卡的悲剧在其他方面也反映了时代风貌：比方说它们恐怖的暴力和怪异的修辞——用T. S. 艾略特刻薄的半夸张说法，他的人物"似乎都用一个声音说话，还大叫大嚷"——或者剧中描写的人类情感不受约束时会引发何种混乱和苦难，显然受到了斯多葛派哲学的影响。最后，这些剧作展现了一种惊人的元戏剧意识，意识到它们本身就是历史悠久的悲剧传统的一部分，例如当美狄亚奋起杀死他们的孩子来报复伊阿宋时，她高声宣布："现在我是真正的美狄亚"（《美狄亚》910），或者当俄狄浦斯发现了自己的罪行并出于羞愤弄瞎双目时，他说："这张［双目失明的］脸正适合俄狄浦斯"（《俄狄浦斯王》1003）。塞涅卡的悲剧对伊丽莎白一世和詹姆 71

① 译文引自王以铸、崔妙因译，《塔西佗〈编年史〉》（上册），商务印书馆1981年版，第438页。

斯一世时期的英国戏剧（尤其是马洛、莎士比亚、琼森和许多复仇悲剧的作家）产生了极大的影响，对观看过大量现代戏剧，特别是电影形式的戏剧的观众来说，他所突出的暴力和怪诞气氛定不陌生。

总之，戏剧是古代世界社会生活的一个重要组成部分：在最小的城镇，在古典世界的遥远边陲，希腊和罗马殖民者们建起剧院，那是他们文化生活的必要元素。在我们的时代，没有哪一种古代文类像希腊悲剧那样生机盎然，它在全世界各地演出，仍然被看作是直面当代诸多问题的重要方式，包括战争、帝国主义、
72 种族问题、性问题，不一而足。

第五章

撰　史

本章将考察希腊人和罗马人如何构想和撰写他们自己的过去。我们将看到，由于对过去的考察历来会受到当前的影响，因此历史学家的著作对于他或她自己所处时代的披露一点儿也不亚于其他时代。我们也会考察其他文类（例如史诗、悲剧和演说）对历史编撰的影响，以及古代作家在何种程度上进行我们认可的历史研究，而不单单是改写早期作家关于过去的版本。我们还会看到各个历史学家如何捍卫各自声称的真相，以及历史发现的过程如何旨在解释很多不同的事情——比方说，波利比阿是为了解释罗马共和国的兴起，而撒路斯特和塔西佗则是在解释共和国的消亡。虽然以历史准确性或客观性的现代标准来看，它们各有缺陷，但本章还将论证古代历史学家的伟大成就，其中很多人成功地收集了不少冷僻的资料，并将其整理成为复杂事件的连贯叙事。

撰史，即“历史”撰写，定义是对过去进行科学的（也就是基于证据的）调查，于公元前5世纪在希腊发展起来。然而正如

我们在前几章所见，我们可以（谨慎地）把史诗或抒情诗等无文
73 字记载的文学作为早期希腊历史的一种指南。在希腊人自己看来，荷马史诗就是撰史的绝佳典范，因为它们叙述了其社会的英雄本源，即便如希罗多德和修昔底德这样开拓性的历史学家，也会把荷马当作早期希腊文化的一个宝贵的信息来源，要知道这两位对早期的（神话的）过往叙事都持相对怀疑的态度，特别是由诗人讲述的叙事，在他们看来更不可信。不管是希腊还是罗马的历史学家都不得不参考史诗，一个重要原因就是，他们写作的素材非常相似：伟大的战争和英勇的行为、糟糕的决定和悲惨的失败、幸存与复兴。的确，从一开始，历史就从其他各种文类中汲取了不少养分，从所有形式的诗歌到哲学和包括地理与民族志在内的科学。

我们在早期历史学家那里已经看到了神话时代不同于历史时代的观念，以及历史学家应该关注后者，因为只有在历史时代，他才能够核对证据。然而神话和历史之间并没有清晰的界限，因为人们仍然严肃地相信自己与神话过往不可分割，比方说，他们仍然吹嘘自己的城市是由某个神话英雄建造的，或者贵族家庭仍然声称自己是那些英雄的后代。尽管如此，最早的历史学家还是采取了与神话截然对立的立场，因此，希罗多德强调自己关注历史时代，而修昔底德认为希罗多德及其前辈们对过去的神话或诗化叙述所持的怀疑态度都不够，并由此提升了他自己标榜的准确性和客观性。

有作品存世的最早的历史学家是希罗多德，他继承并参与了起源于公元前6世纪伊奥尼亚（现代土耳其的西海岸）的希腊各城邦的一场理性革命，在那场革命中，思想家们开始用科学的方

法考察自然世界，并开始以怀疑的态度调查现有的传统，包括一代代传承下来的对过去的叙述。赫卡塔埃乌斯在《族谱》一书的开头就明确表达了这种对过去的批判性态度：“米利都的赫卡塔埃乌斯如是说——我写下这些文字是基于自己认定的真相。因 74
为在我看来，希腊人的传说不计其数，荒诞不经。”（片段1）

希罗多德常常因为轻信而受到批评，但他很清楚，自己的任务是尽可能找到最真实的资料并加以权衡比较，而不是单纯地将一切信以为真：“我的职责是报道我所听说的一切，但我并没有义务相信其中的每一件事情。——对于我的整个这部历史来说，这个评论都是适用的。”（7.152）[①]希罗多德称自己的著作为“*historiē*”，意思就是“调查”和“研究”，这个名词本身就突出了他作为调查者的个人身份：因此他整部著作都强调游历（他提到自己曾在希腊各地调查，这不足为奇，但他也去过意大利、埃及、俄罗斯南部、黎巴嫩，甚至幼发拉底河流域的巴比伦），与当地的专家聊天（如有必要会通过翻译），也亲自去察看风土民情（实地勘察）。

无论在古代还是现代，都有一些评论家受到修昔底德的影响，认为希罗多德愿意讲述那些不可思议和荒诞不经之事，这损害了他自称为真正的历史学家的可信度，但把科学历史学家与轻信的说书人（甚至说谎者）二元对立的做法太过简单粗暴。我们最好能认识到，希罗多德把辛苦的实证考察和理性分析相结合，本身已经是了不起的成就，特别是有鉴于当时初露头角的历史学家所能获得的资料极其有限，游历也危险重重。“历史之

① 译文引自徐松岩译注，《历史》，中信出版社2013年版，第1258页。

父”这一称号，希罗多德当之无愧。

希罗多德开宗明义的第一句话，就阐明了《历史》一书的范围和目标：

> 以下所表现的，乃是哈利卡纳苏斯人希罗多德调查研究（*historiē*）的成果。其所以要展示这些研究成果，是为了保存人类过去的所作所为，使之不至于随时光流逝而被人淡忘，为了使希腊人和异族人的那些值得赞叹的丰功伟绩
> 75 不致失去其应有的光彩，特别是为了把他们相互争斗的原因记载下来。
>
> （1.1）[①]

“展示”（display）一词提醒我们，希罗多德和诗人一样，是对着希腊观众诵读自己的作品的（我们大概会更新这个词，说“以下所发表的……”）。[②]他的中心研究课题是希腊人和野蛮人之间的战争（即我们所谓的希波战争，公元前490—前479年），但他立即认可战争双方的伟大成就，以及把他们的记忆保存下来（另一个史诗主题）的重要意义。卷一至卷五跟踪记录了波斯帝国的扩张，高潮是波斯两次入侵希腊，第一次由国王大流士领兵入侵（第六卷），公元前490年在马拉松惨败；第二次发生在公元前480—前479年，由大流士的儿子和继承人薛西斯一世领兵（第七至第九卷），入侵的规模大得多，最著名的战役包括陆地上

① 译文引自徐松岩译注，《历史》，中信出版社2013年版，第101页。

② 需要说明的是，徐松岩先生对“display”一词的翻译就是“发表”，但译者考虑到作者在此处的解释，改成了更符合作者原意的“展示”。

的温泉关和普拉提亚战役，以及萨拉米斯海战。

在整部《历史》中，希罗多德使用了某些基本的解释模式，它们不仅让他庞大芜杂的叙事有了统一性，还宣传了他的作品的普遍适用性和重要价值。或许最基本的就是接替原则，也就是“人类的幸福从来不会长久驻留于一个地方”（1.5）[1]这一观念，希罗多德首先指出了曾经弱小的城邦如今变得强大，而曾经不可一世的城邦如今变得弱小（1.5）。第二个原则是傲睨神明必遭惩罚，最明显的例子就是无数希腊暴君和野蛮国王因行为过激而遭遇惨败，从卷一的吕底亚国王克洛伊索斯——愚蠢的野心导致他忽略了德尔斐神谕模棱两可的含义，神谕回答他说：“如果克洛伊索斯进攻波斯人，他就可以摧毁一个大帝国”[2]（1.53——事实证明他摧毁了自己的帝国）——一直到愤怒的薛西斯因为自己所建的桥梁被海上的风暴所摧毁，下令痛笞赫勒斯滂海峡，并把一副脚镣抛入海峡之中，还吩咐烙刑吏给赫勒斯滂加上烙印（7.53）。最后，希罗多德在历代统治者和民族的兴衰中看到了一种基本的相互关系模式，也就是“以德报德”“以怨报怨”，这种模式不仅推动了变化（成为互相做出正面或负面反应的动因），也因为这是众神支持的，从而建立了一种普遍的秩序感。

希罗多德在地中海沿岸各地及更远的地方游历之时，亲眼
见到了形形色色的社会，它们有着各种各样的风俗律法（希腊 76
语中的“*nomoi*”一词就包括“风俗”和“律法”两个意思），他非常敏锐地观察到，每个人都认为自己的文化是最优秀的（3.38）。既然意识到了风俗律法的多样性，希罗多德便十分谨慎，以免不

① 译文引自徐松岩译注，《历史》，中信出版社2013年版，第106页。

② 同上书，第146页。

尊重其他民族的律法和风俗，但这并未让他成为现代意义上的文化相对论者，拒不对文化发表看法，因为他也认为某些生活方式优于其他。他在分析希腊城邦联盟何以打败波斯帝国的强大军力时，就最有力地表达了这一点。因为风俗不光是文明生活的证据，也决定了一种文化的潜力，希罗多德认为，希腊的自由生活方式优于波斯的专制生活方式，这是希腊能够取得重大胜利的根本原因（见图5）。

图5　一只雅典红彩酒杯的内壁，由画家特里普托勒摩斯于公元前480年前后所绘，画面是一名希腊装甲步兵打败了一名波斯武士。注意波斯人的异族服饰（身穿条纹长裤），在古希腊观者看来，这样的服饰大概会显得颓废而古怪

这倒不是说希罗多德诋毁野蛮人——恰恰相反，以公元前5世纪希腊的标准来看，他有着异乎寻常的宽容和开明，并不认为东西方冲突是非黑即白的善恶之争，而把它看作一个有着不同文化价值观的谱系，其两端一边是专制，另一边是言论和行动自由以及法律面前人人平等。所以也会有贤明的外国统治者和糟糕的希腊统治者（暴君），但他分析希波战争隐含的结论，是希腊人为维护自由而战，而波斯试图实施独裁统治，希腊获胜是正义战胜了邪恶。在全书中有一处，希罗多德甚至让波斯人就君主政体、寡头政治和民主政体的相对优点展开了辩论（3.80—83），说明他们**选择**了专制政体，这个选择带来的结果是灾难性的，因为他们的统治者恰恰败于独掌全权的典型恶行，包括妄想症、反复无常、无视宗法和风俗、侵犯女人、谋杀政敌等。

希罗多德兴趣极为广泛，与他相反，修昔底德的关注面较窄，只探讨政治、战争和经济，这种倾向对后来认为的真正的历史研究产生了极大影响，至少到20世纪之前一直如此。20世纪后，人
们才开始重新关注社会史，把（比方说）性别和宗教纳入研究范 77
围，使得历史学科重新回到了更倾向于希罗多德的视角。修昔底德的研究课题是伯罗奔尼撒战争，这场发生于公元前431—前404年雅典和斯巴达之间的战争以雅典失败而告终。修昔底德来自雅典的一个富裕家庭，本人就曾在那场战争中担任将军，后因未能在布拉希达斯统帅的斯巴达大军压境时保住希腊北方城市安菲波利斯，于公元前424年被雅典人流放。修昔底德在书中记述了自己的失败和流放，但也自始至终强调布拉希达斯高超的领兵能力（言外之意，输给布拉希达斯并不能证明修昔底德不通兵
法），还说遭到流放让他能够从交战双方处收集证据，并非坏事 78

（5.26）。修昔底德遭到流放或许还让他对在雅典政治家及领袖伯里克利死后上位的大多数雅典政客和将军充满蔑视，修昔底德最欣赏伯里克利，可惜此人在公元前429年死于瘟疫。修昔底德活到了战争结束，却未能完成对那场战争的记录，全书在讨论公元前411年的大事时，一句话未完便戛然而止。虽说如此，从现存的八卷本中仍然能够看出修昔底德对这场战争的整体构想，包括雅典失败的原因，他对"现实政治"（*Realpolitik*）阴谋和人在战争压力下的行为的分析，至今都是独一无二的。

修昔底德在古代就已经被尊为首屈一指的历史学家，现代人则称他是科学和客观历史学的创始人，他在著作的开篇段落便以这一形象示人，罗列出自己的研究方法，声称他对资料进行了准确彻底的考察，对历史原因有着深刻独到的见解，全然不同于前辈们粗制滥造的治史技巧。他们是"诗人"和"说书人"而非历史学家（1.21），（修昔底德声称）他们的目标是为了娱乐大众，而他自己的历史著作却是对过去的真正理解，有着永恒的价值：

> 我这部历史著作很可能读起来不引人入胜，因为书中缺少虚构的故事。但是如果那些想要清楚地了解过去所发生的事件和将来也会发生的类似的事件（因为人性总是人性）的人，认为我的著作还有一点益处的话，那么，我就心满意足了。我的著作不是只想迎合群众一时的嗜好，而是想垂诸永远的。
>
> （1.22）[①]

① 译文引自谢德风译，《伯罗奔尼撒战争史》（上册），商务印书馆1985年版，第18页。

这一段落明确表示，修昔底德自信观众（或读者）会从他关于伯罗奔尼撒战争的历史中了解现实世界的规则。和史诗中一样，修昔底德笔下的战争也是人性的试验场，既表现了勇气、 79
才智和坚韧不拔，也展示了自私、残酷和惨绝人寰。雅典人在公元前415—前413年试图入侵和占领西西里的后果是灾难性的，最终没有一位士兵逃过被杀或被奴役的结局，这就证明了一切战争都充满风险，如若过于自信，没有做到知己知彼，更是危险。武装冲突的恐怖在内战中尤为骇人，因为内战使一个社会内部反目为仇，这必将导致道德沦丧、社会崩溃。修昔底德对科西拉岛（如今的科孚岛）内战的记录，就对“人性”（这是修昔底德历史想象的一个关键元素）面对暴力和社会崩溃的压力作何反应做出了深刻的分析：

> 在和平与繁荣的时候，城邦和个人一样地遵守比较高尚的标准，因为他们没有为形势所迫而不得不去做那些他们不愿意去做的事。但是战争是一个严厉的教师，战争使他们不易得到他们的日常需要，因此使大多数人的心志降低到他们实际环境的水平之下。
>
> （3.82）[①]

正如他写到了战争的荣耀和残酷，修昔底德也分析了帝制的魅力和风险，他认为，帝制是人渴望权力和地位的必然结果。雅典人最为直言不讳地为他们的帝国辩白：“弱者应该屈服于强者，这是一个普遍的法则。”（1.76）修昔底德还写到了伯里克利

① 译文引自谢德风译，《伯罗奔尼撒战争史》（上册），商务印书馆1985年版，第237页。

本人曾为雅典大举征服其他希腊城邦和他们充满活力的帝国精神而自豪（2.64）。然而修昔底德也明确指出了帝国固有的危险和动荡，不光是因为它受到战争的不可预见性的影响，这是必须要赢得和维护的，也因为它会激起恐惧和妒忌，正如（修昔底德如此分析）雅典势力的扩张导致了斯巴达宣战。他还描绘了帝国的受害者，米洛斯岛试图保持中立就是一例：雅典人把岛上的男人悉数处死，把妇女和儿童掳来为奴。这个例子和其他类似
80 事件都说明，人为了权力和优势而战或许是不可避免的，但权力一旦获得，也会被滥用。（米洛斯在公元前416年被毁之后，雅典紧接着就试图征服西西里而惨败，也是报应。）

修昔底德是一位保守的贵族，对民主心怀警惕：在提到公元前411年5 000位民选公民短期控制雅典城的寡头政治时，他说，“雅典人看起来国治家齐，至少在我有生之年，这倒是第一次”（8.97）。他让步说，当民主政治的领袖是一个人，即伯里克利时，它便可运作有序——“雅典在名义上是民主政治，但事实上权力是在第一公民手中”（2.65）——他认为伯里克利的继承者们破坏了这种人民与其优秀领袖之间的平衡，他们彼此争权夺利，目光短浅地诉诸民粹，在他看来，这些是导致雅典战败的主要原因。

然而虽然有着这样那样的偏见，修昔底德对领导力的分析仍然鞭辟入里：政治家需要智慧和远见，才能以良好的规划对意外情况（这是政治和战争的一个永恒特征）作出反应并避免灾难。所以，虽说我们应该抵制诱惑，不要把修昔底德关于公元前5世纪希腊历史的旷世之作当成权威，但必须承认，他的著作力求准确，并根据仔细观察（他是第一个为自己的时代撰写历史的

人）、概率准则（所以，试举一例，他才能够重构出雅典将军在西西里决战之前会说些什么）以及对人的动机的全面但难免悲观的分析来解释历史，代表了历史编撰的巨大进步。

许多历史学家都曾在希腊化时期撰写历史（标准的现代版本罗列了850位历史学家），但没有完整的文本存世，不过其中最重要的人物波利比阿的著作却有很大一部分留存下来，他的主题是罗马在公元前220—前146年崛起，成为地中海世界的主 81
要势力。在这段时期写作的历史学家中，没有谁能够无视罗马的大举扩张，波利比阿的目标乃是记录和解释罗马的成功。他既是为罗马人而写（罗马的政治精英都看得懂希腊语），也是为自己的希腊同胞而写，目的既是撰史也是说教，因为每一位读者都可以从他的记录中学到，是什么样的道德品质及何种政体促成了罗马的胜利。他有一整卷书（第六卷）都在记录罗马共和国及其政府机构，延续了希罗多德对不同政体（君主制、贵族/寡头政治和民主制）及其结果的关注，但希罗多德突出了君主政体的危险和民主的裨益，而波利比阿却认为罗马的三头政体利用了这三种政体形式的元素，是罗马获胜的主要原因，当然他还说，不可一世、所向披靡的罗马军队也必不可少。

不过值得一提的是，在罗马帝国发展的这一早期阶段，波利比阿就在自己的著作中强调了帝国成立后随之而来的腐败和堕落的危险（18.35, 31.25, 35.4）。罗马腐败和衰落的观念是罗马文学，特别是罗马历史编撰的一个主旋律。促成这种叙事的原因有好几个：罗马的权力异常庞大；罗马文化的传统性质强调“宗法”（*mos maiorum*），对新生事物持怀疑态度；还有很重要的一点是，共和国因内战走向毁灭并沦为独裁。

希腊历史编撰对罗马人的影响巨大，第一位罗马本土历史学家法比乌斯·皮克托写作的时间在公元前3世纪末，他甚至用希腊语写作，他早期的继承者们也是如此。第一位用拉丁语散文体撰写罗马历史的作家是老加图，我们曾在第一章讨论过他，说他支持脚踏实地的罗马风格，反对老于世故而过于精明的希腊人。老加图在公元前168年左右开始写他的《创始记》，前149
82 年去世时，仍笔耕不辍。虽然只有片段存世，但我们已经能够在《创始记》中看到罗马历史编撰的许多独一无二的特征了。

第一，如书名所示，老加图的著作讲的是罗马和意大利“从一开始”直到他自己时代（老加图本人就是他故事中的一个人物）的故事，这成为广受罗马历史学家欢迎的形式，他们往往从传说中的埃涅阿斯到达意大利（法比乌斯·皮克托和老加图就是这么写的），或者从罗慕路斯和雷穆斯在公元前753年建立罗马城之时开始讲。第二，关于早期罗马史的书面资料完全缺失，因此在写到这一时期时，老加图的依据是民间记忆和“历史神话”，并改写它们，以适应自己的时代。这并不是说罗马历史学家不追求真相——那显然一直是他们的理想，而且罗马历史学家们一直声称自己摆脱了偏见——但他们在寻找可靠资料，特别是早期资料时面临着巨大难题，也很少质疑先前历史著作的准确性，那通常是他们撰史的依据。因此对他们而言，撰史固然要在元老院的档案馆里长时间埋头苦读，也同样需要（在很多情况下是更需要）依赖诗歌和修辞。第三，老加图认为历史应该传授有用的教训，历史的道德和说教性质是罗马文化的突出特点。因此罗马历史学家往往会关注能够从过去的典型人物和事件中学到什么，不论那些人物是正是邪，事件是好是坏。与此相关，老加图还强调公共利益，他不单独讨论个别的执政官和指挥官，而是略过他们的个人功绩不提，转而强调他们为罗马所做的贡献。

第一位有完整著作存世的罗马历史学家是撒路斯特，他的《喀提林阴谋》和《朱古达战争》都写于公元前1世纪40年代末，采用了专论的形式，探讨近代史上的独立事件：罗马贵族喀提林于公元前63—前62年密谋颠覆共和国而败露，以及公元前110—前104年罗马与北非的努米底亚国王朱古达的战争。撒
路斯特在两场斗争中看到了罗马统治精英中普遍存在且无可救 83
药的腐败迹象，他们对财富和权力的痴迷正在腐蚀公共生活，导致他们（除了其他危险行为之外）误用了罗马军队（如在《朱古达》中），或利用穷人的铤而走险（如在《喀提林》中），来实现自己个人的野心。虽然他的作品有着相当先验图式的说教，但撒路斯特尖刻的文风和对罗马强权政治的清醒分析广受青睐，他对最深刻的罗马历史研究者塔西佗产生了巨大的影响。

撒路斯特曾在公元前1世纪40年代初在内战中为凯撒而战，碰巧，另外两部绝无仅有的从共和国时代完整留存至今的“历史”著作，就是凯撒本人的《高卢战记》和《内战记》。在七卷的《高卢战记》中，凯撒记述了他征服高卢的过程（公元前58—前51），包括在公元前55和前54年两次远征不列颠，第二次曾迫使赫特福德郡那些长发的游牧部落之王卡西维劳努斯向他进贡。凯撒把征服高卢描写为正义之战，是高卢各部落为了击退来自彼此或来自日耳曼侵略者的进攻主动要求他来的，以此来掩盖他的真正目的，即为了增加战斗资金（用于在罗马国内贿赂收买）和为不久后的政治斗争训练兵团。他关于内战的三卷

本著作强调自己爱国、仁慈和渴望和平，说自己是共和国及其传统的保卫者，与元老院的政敌们刻画的危险革命者的形象截然相反。他通篇提到自己时都用第三人称（“得到这一消息，凯撒命令军队前进”等），创造了一种客观的姿态，但事实上却突出了自己的权威和韬略。

显然，凯撒的两部著作都更像宣传而非历史，但时至今日，我们仍然很难看到有哪一位将军或政治家的回忆录不用大量篇幅为自己辩白。这些文本或许受到了凯撒政治野心的影响，但仍然十分引人入胜，因为它们揭示了整个古代世界最有影响力
84 的人物之一的战略战术，何况那还是欧洲历史上最动荡、最残酷的时期之一。凯撒平实直白的文风主要是为了诱惑读者相信他对那些事件的讲述是未经修饰的真相，却也让他成为数个世纪以来孩子们学习拉丁语的痛苦之源——要是他们还记得那些课本，就一定知道“高卢全境分为三部分……”（1.1）——现代人之所以认为罗马人冷酷无情、穷兵黩武，在很大程度上归结于此。

与撒路斯特和凯撒关注近代或当代历史的具体事件不同，李维那部142卷的浩瀚巨著——《建城以来史》，涵盖了从罗马的起源一直到公元前9年的整个罗马史。只有35卷留存了下来：1—10卷（公元前753—前293）以及第21—45卷（公元前218—前167）。李维对手头的材料采用逐年纪事的方法，越接近他自己的时代，涉及的细节越多，因为他有更多的文字资料可用：因而到第21卷，也就是罗马与汉尼拔交战之时（公元前218年），他已经写了足足500多年的历史。和波利比阿（李维的主要信源之一）一样，李维的目的也是要为罗马势力的扩张写一部

编年史，并说明是何种德行和品质巩固了它的成功。李维在前言中明确指出历史研究的目的和价值：

> 在认识往事时，尤其有利而有益的在于：你可以注意到载于昭昭史册中各种例子的教训，从中为你和你的国家吸取你所应当仿效的东西，从中吸取你所应当避免的开端恶劣和结局不光彩的东西。
>
> （前言10）[①]

把历史写成各种正面和反面事例，听来着实单调无趣，而李维的说教性巨著并不乏味，这要多亏他是个讲故事的高手，能够创造出令人信服的人物和戏剧化的叙事。李维讲述的很多罗马历史故事都是他的读者非常熟悉的，从英雄主义到自我牺牲的著名片段（例如贺雷修斯·科克勒斯守卫台伯河上的桥梁）到 85
暴君的残酷行径（例如卢克雷提娅被强奸，导致君主制被废以及罗马共和国成立）——但它们在他的笔下充满悬念、引人入胜，罗马人喜欢他的戏剧化历史文风大概相当于我们喜欢阅读历史小说家希拉里·曼特尔或威廉·博伊德，而李维还有额外的功绩，他保存了很多历史细节，如若不然，它们早就佚失在历史的长河中了。

李维后来的著作没能保存下来真是巨大的遗憾，因为看看他怎么写奥古斯都及他自称共和国的复兴者一定十分令人着迷。有一点很清楚，那就是从共和制到元首制（principate）——

① 译文引自穆启乐译，《建城以来史》（前言·卷一），上海人民出版社2005年版，第21页。

princeps 意为“第一公民”，是表示皇帝的绝对权力的委婉语——的转变对历史撰写产生了深刻影响。在奥古斯都的继任者提比略的统治下，历史学家克莱穆提乌斯·科尔都斯因为撰写了亲共和国的内战史而被控叛国罪：胆怯无能的元老院谴责克莱穆提乌斯，他的书被焚烧，而他本人绝食而死（公元25年）。相反，倾向于帝国的历史学家和道德家如维雷乌斯·帕特库鲁斯和瓦勒里乌斯·马克西姆斯的作品则毫不掩饰对提比略的谄媚奉承，他们对当权派的坚决支持也能解释为什么帝国体系能够维持那么长时间。不过所幸有一部对元首制的批判性记述保留了下来，它的作者是罗马有史以来最伟大的历史学家。

塔西佗于公元2世纪初在图拉真和哈德良的统治下撰写了自己的历史著作《历史》和《编年史》，但他很明智地没有写到当代史，到那时，这么做已经非常危险了，除非能够昧着良心阿谀奉承。相反，他的《历史》写的是公元69—96年这一段时期，从尼禄之死和“四帝之年”（加尔巴、奥托、维特里乌斯和韦帕芗）一直到专制的图密善之死。塔西佗描述了内战的混乱和另一个帝国王朝靠血腥杀戮的兴起：韦帕芗和他的两个儿子提图
86 斯和图密善。但对帝国制度及其对皇帝和臣民两方面的影响最深入、最有批判性的描写却是在《编年史》中，它写于《历史》之后，涵盖的却是较早的朱里亚-克劳狄王朝时期，从提比略登基到尼禄自杀。

《编年史》现存的卷本中提到的三位皇帝，每一位都有着不可救药的缺陷：提比略奸诈虚伪、暴虐成性；克劳狄一世生性懦弱，妻子不贞，还是个学究；尼禄是个弑母的疯子，喜欢炫耀凭空想象出来的表演、唱歌和战车比赛天分。（遗憾的是，描写堕落而

残暴的卡利古拉皇帝的卷本佚失了。）多亏了塔西佗，如今每当我们想起罗马帝国，眼前就会出现罗马被烧时，尼禄弹琴——或者更准确地说，和着里拉琴唱歌——的一幕（《编年史》15.39）。然而除了生动地为疯狂的独裁者画像之外，塔西佗也强烈指责了他的统治阶级同僚，认为正是他们的奴颜婢膝纵容了帝王的残暴任性。塔西佗一开头描述提比略登基时这些人作何反应的段落，就是整部作品的代表性内容：

> 但这时在罗马，执政官、元老和骑士都在争先恐后地想当奴才。一个人的地位越高，也就越是虚伪，越是急不可待地想当奴才；他需要控制自己的表情：既不能为皇帝的去世表示欣慰，又不能为一位皇子的登基表示不当的忧郁。他流泪时要带着欢乐，哀悼时要带着谄媚。
>
> （《编年史》1.7）[①]

他们如此没有骨气，连皇帝本人也感到恶心：

> 人们传说每次在提贝里乌斯离开元老院的时候，他总是习惯于用希腊语说，“多么适于做奴才的人们啊！”看起来，甚至反对人们的自由的这个人，对于他的奴隶的这种摇尾乞怜、低三下四的奴才相都感到腻味了。
>
> （《编年史》3.65）[②]

① 译文引自王以铸、崔妙因译，《塔西佗〈编年史〉》（上册），商务印书馆1981年版，第7页。

② 同上书，第186页。译文中的“提贝里乌斯”即提比略。

因此我们说，虽然塔西佗哀叹共和制自由的丧失（特别是对像他这样的元老院成员而言），他还没有天真到忘记了导致共
87 和国崩溃的政治野心和派系斗争，他知道，如果随之而来的是内战，专制是不可避免的。然而正如“四帝之年”表明的，元首制本身并非不打内战的保证，帝制的罗马仍然饱受着导致其走向帝制的野心、腐败和暴力之苦。

在《编年史》开头，塔西佗提出了历史学家一贯的公正宣言，说他探讨奥古斯都以降的历代帝王时，“既不会心怀愤懑，也不会意存偏袒”（*sine ira et studio*, 1.1）[1]。但他个人坚信元首制必会导致统治者和被统治者双方的堕落，这在他的整个叙事中时时有所体现。因而在古代历史学家中，塔西佗与希罗多德比肩而立，因为他有着深刻的认识和洞见，以此分析了专制政府形式对个人和社会两方面的破坏。他在后代撰史或生平传记中无人可比。因为只关注一个人，尤其是此人的性格和对权力的使用，生平传记成为帝国制度下备受欢迎的文类。塔西佗对那个帝国的回应不仅成为历史叙事的一部杰作，也证明了即便在政
88 治镇压面前，真相也从未曾丧失过一丝一毫的力量和意义。

① 译文引自王以铸、崔妙因译，《塔西佗〈编年史〉》（上册），商务印书馆1981年版，第2页。

第六章

演　说

言之有物、言之成理的演说技巧在每一个人类社会都必不可少，在希腊和罗马社会，能言善道一直是一项了不起的技能。本章将考察演说何以在古典世界如此重要，以及它如何不断发展，以满足演说者和观众不断变化的需求。有效的交际所依赖的规则和技巧在古代世界被称为“修辞”，从公元前5世纪以后，学习修辞术一直是希腊人和罗马人高等教育的重要支柱。严格说来，我们这里关注的是演说而非修辞，也就是说，我们关注的是现存的演说词，而不是它们背后的技术规则，虽然出于不言而喻的原因，此二者密不可分。演说或许是我们这个时代最不看重的一个古代文类了，似乎受到了政客等种种人士“修辞”（带有贬义的）的玷污，但这个文类中包含了希腊语和拉丁语散文的某些最佳典范，而现存的演说词也阐释了希腊和罗马社会的许多基本特征。

早在技术论文和正式培训出现之前很久，早期希腊史诗中就已经提到了演说的重要性，因为荷马理想中的英雄就既是“实

89 干家”，也是“演说家”。但演说繁荣发展成为一种为说服大众而不可或缺的主要形式，却是在公元前5世纪的西西里和雅典等民主城邦。无论在民主集会上还是在法庭上，演说者的成功取决于他说服大多数同侪为自己投赞成票的能力——这里的代词绝对是“他”，因为女人被视为政治和法律上的“次要群体”。（集会有数千人参加，而每个雅典陪审团包括几百位公民，具体数字取决于案件类型。）雅典这样的民主社会对个体公民的言论自由权利极为自豪，但要享受这项自由，就必须承担起直接参与政治和在法庭中代表自己的责任，不过如有必要，也可以请一位演说撰稿人帮忙。由于（在某些案件中）演说者的生命或生计悬于一线，又没有法官或专业律师引导舆论，一个人赢得广大听众赞同的能力就显得至关重要，难怪现存的政治和法律演说词每一篇都慷慨激昂，动之以情，晓之以理。

和现代民主社会一样，在为言论自由而自豪的同时，他们也会对那些油嘴滑舌的空谈者充满疑虑，并为毫无原则的如簧巧舌而深感不安。民主的批评者们，例如保守的修昔底德或反动的柏拉图，都曾指出民众（*dēmos*）总会被利己主义的演说者（或煽动民意的政客）动摇，但雅典人在明智地权衡利弊之后，觉得为了政治平等，付出被骗的代价也是值得的。或者说我们总能指出这样的问题：高超的修辞技巧会说动陪审团宣判被告无罪，即便案情的事实证据指向被告有罪，但时至今日仍是如此——我们都知道，一位出色的律师能够左右结果，以及还是必须要说服陪审团或法官。柏拉图反对民主修辞的怪异做法无人理睬，而对希腊演说最有影响的分析，是由柏拉图那位实用主义的学生亚里士多德撰写的，他认识到了这一文类在公共生活中正当合理的作用。正是从亚里士多德那里，我们知道了把演说分为三大类这个简略但有用的做法，这三大类分别是政治演说、诉讼演说和典礼演说。① 90

政治演说通常是面对政治集会所做的，或许可比现代的议会演讲。古代世界没有政党，政治是由个人推动的。谁也不知道辩论的具体走向如何，因而成功的政治演说家需要即兴演讲的能力。关键事实和段落可以默记在心，但如若不能够当场快速作出反应，演说者的政治生涯就不会太长久。由于原告和被告都是代表自己演说的，诉讼或法庭演说者通常是外行，（如果能雇得起的话）要依靠一位专家来为自己写演说稿，而衡量专业演说家技巧的一个必要尺度，就是看他能否在演说中为自己的客户创造一个角色，帮助他赢得诉讼。在法庭上不能念稿，因此演说者必须依靠记忆，但同样，一位技巧高明的演说稿撰写人应当可以创造一种即兴演说的假象。法庭也是政治宿敌的舞台，对各种各样的欺诈和行为不端的指控满天飞，优秀的演说家总有用武之地。最后，炫耀式演说或典礼演说出现在社会生活的重大事件中，最庄严的要属葬礼演说这一门类，在葬礼上，城邦对那些为保卫它而献出生命的公民给予无上的光荣。这类演说明确维护了演说者和听众共同的价值观，强化并赞美了他们共同的身份。

① 译文引自罗念生译，《修辞学》，生活·读书·新知三联书店1991年版，第30页。罗念生先生在译文中注释如下："政治演说"原文意思是"审议式演说"（deliberate oratory），演说者在这种演说中对政治问题加以审议，提出劝告，这实际上就是政治演说。这种演说在公民大会上发表，听众为公民。"诉讼演说"（forensic oratory）指法庭上的控告与答辩，听众为陪审员。"典礼演说"原文意思是"炫耀式演说"（display oratory），这种演说用于典礼场合（例如泛希腊宗教集会），多数用书面形式发表，少数当众发表，演说者卖弄才华，讲究风格，"听众"为一般人或阅读者。

下面来考察一些例子。吕西亚斯的题为《论埃拉托色尼的谋杀》的法庭演说词是流传下来最迷人的演说词之一，盖因其中充满了古代雅典家庭日常生活的细节。被告尤斐利托斯因为杀死了公民埃拉托色尼而受到审判，但（他辩解说）他当场抓住了埃拉托色尼与他的妻子通奸[1]，有理由当场杀死埃拉托色尼。这篇演说词是历史学家梦寐以求的珍品，因为它展现出大量社会和法律问题，从对女性行为的管制以及对通奸和合法子嗣的关
91 注，到雅典房屋的形状和布局。但它的文学技巧也非常出色，吕西亚斯看似简单明了的文风为演说者创造了一个角色，对赢得此案来说简直无懈可击。比方说在这里，尤斐利托斯描述了妻子可疑的行为和他自己无辜的反应：

> 过了一阵子，先生们，我意外地从乡下回家了。晚饭后，孩子开始哭号，这是因为女仆故意折磨孩子让他哭闹，因为那个男人就在我家里——这些都是我事后才知道的。我就让妻子去给孩子喂奶，让他别再哭了。她先是拒绝，那样子就像是很高兴在分别这么久之后又见到我回来了。后来我生气了，命令她去，她说："哦，可不是嘛，这样你就能在这儿跟小妖精女仆亲热一番了！你以前喝醉之后就抓住她不放呢。"
>
> （吕西亚斯，1.11—12）

这里的叙事把尤斐利托斯塑造成了一个天真轻信的人，而他的妻子却欺上瞒下，让家里的仆人与主人反目，甚至利用嗷嗷待哺

① 原文为拉丁语：*in flagrante delicto*。——编注

的婴儿来进一步满足自己的情欲：这里说的每一个字，目的都是在由雅典男性公民组成的陪审团中引发最大的愤怒。

尤斐利托斯巧妙构思的平实语言让我们看到了一个诚恳老实、不太聪明、说话直率的人，但他的风格也可以升华，带上一股庄严的语调，比方说当被告回忆起他对奸夫说的最后几句话时：

> 他本人对罪行供认不讳，但他苦苦哀求，恳求我不要杀他，而是索要一笔钱私了。但我回答他说："不是我要杀你，而是城邦的法律不容，你践踏法律，把它看得还不如自己的情欲重要，宁愿对我的妻子和孩子犯下如此丑恶的罪行，也不愿奉公守法，体面做人。"
>
> （1.25—26）

这是个极其高明的策略，利用了雅典陪审团对自己的法律体系以及它优于仇杀暴力的自豪感。通过对陪审员们宣称"我没有杀死埃拉托色尼，是你们的法律杀死了他"，尤斐利托斯呈现出 92
的自我形象不是个预谋已久残忍复仇的愤怒丈夫，而是雅典人法律的正义之剑，当场代表雅典人对罪犯执行了处罚。

德摩斯梯尼在古代即被认为是最伟大的希腊演说家，他努力激励和建议雅典人拿起武器抵抗马其顿的腓力二世的崛起，最终成就了几篇有史以来最精彩的演说。公元前351年，德摩斯梯尼发表了第一篇被恰如其分地命名为《反腓力辞》的演说，他在其中时而激励雅典人回忆自己光荣的过去（或以此来羞辱他们），时而尖刻地批评他的听众如今这副胆小如鼠、慢慢吞吞的模样：

> 雅典人啊，你们有无可匹敌的资源，战舰、步兵、骑兵、税收，应有尽有，但时至今日，你们从未曾合理地利用过这些，你们对腓力二世的战争就像野蛮人打拳击赛。野蛮人每次挨打，总会用手去抓被打之处；然后另一侧被打，他又是用手去抓挠：从不知道也不关心防守，也不知该如何直面对手。
>
> （《反腓力辞》1.40）

像未经训练的外国拳击手一样，雅典人的士兵被腓力牵着鼻子走，一点儿也没有先计后战的谋略。不足为奇，德摩斯梯尼所有关于马其顿崛起的演说都把德摩斯梯尼本人描述为一个在反对暴政的战争中为自由振臂高呼的大无畏斗士。我们知道他的呼吁徒劳无益，雅典人最终还是屈服于腓力及其子亚历山大大帝（以及其继承者）的君主制，于是这些演说词就有了一种发人深省又令人黯然的气质，仿佛是为民主的终结书写的祭文。

罗马精英阶层的成员们熟读雅典演说家的演说词，那是他们所受教育的一部分，在很大程度上，这一教育关注的是那些能够培训罗马公民，让他们在未来的公共生活中挑起大梁的修辞
93 典范。同撰史一样，老加图在罗马演说的初期扮演了重要角色，不过他的演说词只有片段存世。虽然他懂希腊语，但还是坚持在雅典人的集会中用拉丁语演说，证明拉丁语才是当时地中海世界的主要语言。关于如何做一个言之有物的演说者，他著名的建议言简意赅：“把握题目，话语自然从之”（*rem tene, verba sequentur*），这一建议建立在絮絮叨叨、巧言令色的希腊人，直言坦率、没有废话的罗马人这一对比之上——这是老加图为了自己的政治目的颇为擅长之事。现存的演说词片段表现了他简洁

有力的文风和合乎时宜的主题："盗窃私人财务者银铛入狱；公贼却穿金戴紫。"（《演说词》片段224）

和希腊一样，能言善辩也是罗马一切公共生活领域的基本技能，在法庭和政治集会（无论是对着集会公众还是只有少数人参加的元老院演讲）上尤其如此，但在军事、外交和宗教场合也一样重要。在法庭演说领域，罗马的做法与希腊有所不同，它允许一位辩护人代表某人讲话，这样的演说者必须是罗马社会有头有脸的人物（或者必须给人以这样的印象）。但该辩护人的角色也是不断变化的，所以罗马最伟大的演说家（也是共和国时期唯一一位有完整演说词保留下来的演说家）西塞罗总是为了某个具体场合的需要变换自己的角色，比如说，他在《反庇索》中是个义愤填膺的传统卫道士，反对的东西太多，包括军事无能、省府腐败、道德败坏以及糟糕的（伊壁鸠鲁式）哲学，而在《为凯利乌斯辩护》中又是个具有长者风范的辩护人，用"孩子终归是孩子"这类的经典"论调"为他的当事人放荡无耻的生活方式辩护，把后者描述成一个无辜受害者，受到了不道德的年长女人的诱惑。西塞罗审时度势的能力远近闻名，以至于卡图卢斯一语双关，说他是"*optimus omnium patronus*"（第49首），意思既可以是"所有人中最好的辩护人"，也可以是"最好的'所有人的辩护人'"，也就是只要能推进自己的事业，可以毫无原则地代表任何人的演说者。 94

在前一章，我们谈到历史学家撒路斯特写过罗马贵族喀提林推翻共和国的阴谋落败的故事。西塞罗认为自己在公元前63年担任执政官的最后几个月里参与挫败了喀提林的阴谋，乃是他政治生涯的顶峰（见图6）。虽然五年后西塞罗因为未经审判而处决了某些共谋者从而遭到流放，但他从未停止过美化自己的行为或为之辩护，甚至写了一首诗来称颂自己的执政官生涯，这首诗还有零星片段存世（当然，它们也有可能是对原诗的戏仿，后者在出版时曾遭到嘲笑），其中最直白的一句是："啊，在我做执政官的日子里，罗马共和国是何等的荣幸！"（*O fortunatam natam me consule Romam*）

所幸，西塞罗的演说才能要高明得多，他的四篇喀提林演说都是原演说词的修订版本，是西塞罗在公元前60年写成文字，为他三年前备受争议的行为辩护的。它们生动地描写了导致共和
95 国最终毁于内战的派系斗争和暴力，修辞华丽而直白：西塞罗是祖国无私的守卫者，喀提林是奸诈邪恶的敌人，罗马本身也被拟人化，恳求喀提林还她以安宁。（1.18）西塞罗单方面的分析或许没有触及导致他那个时代野心和动荡的潜在的制度弱点，他的

图6 《西塞罗谴责喀提林》，切萨雷·马卡里，为意大利共和国参议院而作（1888）

自我陶醉也令人厌烦，但他试图以自由和国家安全的名义为处死共谋者辩护的做法，至今仍不乏现实意义。

公元前56年，也就是西塞罗结束流亡生涯回国的第二年，西塞罗发表的法庭演说《为凯利乌斯辩护》，让我们看到了西塞罗演说天才的另一面。他的当事人马尔库斯·凯利乌斯·鲁弗斯被控煽动暴力，但西塞罗在演说词中完全回避了涉及埃及外交官出任罗马大使时被暗杀的严重指控。相反，他把全部焦点集中在克劳狄娅这个人被暗杀的事件上，克劳狄娅是原告的证人之一，声称凯利乌斯曾从她那里借钱购买毒药。避免陷入冗长的法律细节是一回事——众所周知，德摩斯梯尼就很善于省略这些细节，因为他知道这些会让观众感到腻烦——但像西塞罗这样全然无视真正的指控就是另一回事了：相反，他竭尽全力把克劳狄娅刻画成一个荡妇，说她曾与自己的亲哥哥克劳狄乌斯乱伦，而这位克劳狄乌斯碰巧就是赞成流放西塞罗的提案的人，当然这很可能并非巧合。在西塞罗事件陈述的版本中，克劳狄娅诱惑了天真无邪的年轻人凯利乌斯，但他最终因为厌倦而离开了她，于是这位遭到冷落的情人就出击报复了。

如果诸位觉得这样的桥段耳熟，那是因为这些的确是我们熟悉的，西塞罗故意把自己的演说构思成为一出娱乐大众的戏码，混合了悲剧、喜剧和滑稽剧的台词，为的是娱乐和误导观众。于是乎，克劳狄娅就被比作惨遭拒绝而复仇心切的美狄亚，西塞罗对比了罗马喜剧中两位父亲的反应（一位严厉而乏味无趣，另 96
一位宽厚且充满同情）来为凯利乌斯的年少气盛开脱，所谓的下毒桥段则变成了一场闹剧，其中还有设置在公共浴室里的打闹剧场景。西塞罗在此处和其他地方巧用幽默，打破了他是个夸夸其谈的饶舌者这一不公平的名声，他的喜剧性误导策略最终奏效了，凯利乌斯被判无罪。（凯利乌斯在即将到来的内战中讨巧地支持凯撒，却因公元前48年参与反对凯撒的叛乱而被杀。）

西塞罗的政治演说，包括他反对马克·安东尼的《反腓力辞》（这个题目会让人想起德摩斯梯尼捍卫希腊自由的演说），是用演说来影响罗马政治生活的最佳也是最后一篇典范。西塞罗于公元前43年12月被安东尼的手下杀害，他的头和双手被砍下后钉在广场的演说讲坛上，象征着随着共和国制度继续沦为独裁，自由政治演说的时代也结束了。在元首国治下，演说仍然是教育和公共生活的重要组成部分，无论在拉丁语社会还是在希腊语社会，无论在法庭上、当地议会还是各种民间场所；擅长表演的演说家在整个帝国都享有盛名和威望。但政治自由的丧失让人们付出了沉重的代价。

小普林尼的《颂词》是他于公元100年在元老院发表的感谢图拉真皇帝“选举”他为执政官的演讲的增补版本，为尽赞美皇帝之义务，他把这位皇帝与暴虐的前任图密善进行了鲜明对比：“我们不应把他奉为圣人或神祇；这里所说的不是一位暴君而是一位公民同胞，不是一位君主而是一位人父。”（2）在这里，小普林尼暗示，权力不再需要阿谀奉承——这是长达81页的一篇颂文中最值得关注的看法。所有现存的用拉丁文写成的皇帝颂词，虽然读起来令人作呕，但它们都是珍贵的资料，揭示了帝国制度如何使用权力，并促使我们自问，如果处在专制政府统治
97 下，我们又会有怎样的言行。

因此，虽然修辞的技巧在古代受到批判，人们也意识到演说（和其他技能一样）可能会被滥用，但古代人同时也看到了它是

公共生活的一个重要组成部分，言论自由的理想之所以宝贵，一个重要原因就是它始终面临着种种威胁。最后，如本书其他章节中讨论的文类一样，演说在各类文学文本中的突出地位也同样显示了它在社会中的基本作用，它的影响几乎触及每一种古典文学文类，从（例如）史诗、戏剧和历史中的大段演讲，到讽刺作品中的高度修辞化的表演。 98

第七章

田园诗

本章将探讨田园诗在希腊化时期的埃及亚历山大港这座大都市的创作，阐释这个文类的文学造诣及所抒发的对乡村简朴生活的怀旧之情，如何吸引了在城市居住的有学问的诗人及其读者。我们还将考察这个文类在罗马经历了怎样的转变，因为随着当代政治和内战进入乡村世界，那里作为逃离或替代城市生活的世外桃源的可能性也一并土崩瓦解。不出所料，在一个基本上以农业为主的社会，诗人们总会写到乡村，忒奥克里托斯在公元前3世纪初写于亚历山大港宫廷的作品正式确立了这个文类，但早在那以前很久，希腊文学就已经出现了田园的元素。比如说我们在本书第二章曾看到，早期史诗诗人赫西俄德在他的教谕作品《工作与时日》中，就把乡村描述成一个诚实劳作的地方；而强调乡村是一个美丽和宁静的所在，作为田园诗这种文类的标志之一，早已出现在“*locus amoenus*”（意即“乐土”）这一古老的主旋律中，这一旋律贯穿了自荷马以降的整个希腊文学，特别是《奥德赛》中描写的法伊阿基亚人和独眼巨人拥有的

肥沃土地、迷人的卡吕普索和基尔克的岛屿，以及奥德修斯日思夜想的伊萨卡岛。 99

不过虽然忒奥克里托斯不是第一个写乡村生活的作家，他却是创作了主题为“牧歌”（“bucolic song”，希腊语*boukolos*的意思是“牧牛郎”）——也就是说，他关注的主题是牧人在乡村场景中的音乐表演——的组诗的第一位诗人，因而确定了他田园诗创始人的地位。忒奥克里托斯的作品涉猎广泛多样，八首田园诗只是其中的一部分，但它们一直是他最受欢迎，也最有影响的作品。因此，古代人把他所有的诗歌都称为“田园牧歌”（或*eidyllia*，意为“小插曲”），但正是因为这个词被用于田园诗，才使得“idyll”或“idyllic”在现代英语中有了乡村美景和宁静空间的意思。牧牛郎、绵羊倌、山羊倌表演或比赛音乐和歌曲这些在我们看来充满古意的场景，就是从古代世界的现实中取材的。在那里，孤独的牧人靠唱歌或吹奏木笛来打发无聊的时光，如果在山上遇到一个劳动者同伴，他们大概也会一起吹奏或歌唱，或者互相比试。因此，忒奥克里托斯的诗作是建立在乡村生活真实特征的基础上的，但把它极大地风格化和理想化了，如此创造出来的田园世界在很大程度上是人为的、虚假的。因为不同于赫西俄德对辛苦的农业劳动的写实主义记述，这些田园牧歌中的人物更关注如何炫耀自己的音乐才能，或悲叹得不到回应的爱情（二者往往合而为一）。

忒奥克里托斯使用史诗的格律来描写与英雄无关的内容——说着土气的多利安方言的牧人，有时甚至还用下流的语言打趣——创造了一种艺术化的失谐效果，旨在用它的独创性和技巧取悦世故的亚历山大港读者。此外，最终的效果并非嘲笑这些“乡巴佬”，而是分享他们对诗和歌曲的巨大享受。第一首的开头几行就明确传达了这一主旨，绵羊倌塞尔西斯对一位没有名字的山羊倌说：

塞尔西斯
山羊倌啊，那棵松树的低语是如此甜美的音律
每到春天便会响起，还有你美妙的牧笛
当是仅次于潘神的妙韵。
要是潘神选了那只荣耀的公山羊，你会得到母山羊作为奖励。
要是他选择母山羊作为第一名的奖品，
你会得到羊羔，产奶之前的小羊羔肉质鲜美无比。
山羊倌
绵羊倌啊，你的歌声比那从高岩上
倾落的潺潺水声更加甜美。
如果缪斯把母绵羊给了泉水作为奖品
你会得到一只肥美的羊羔，
要是泉水觉得羊羔不错，那只母绵羊就归了你。

（第一首，第 1—11 行）

换句话说，正如赫西俄德的《工作与时日》和维吉尔的《农事诗》只是貌似写到农业（见第二章），忒奥克里托斯的田园诗与其说写的是山羊或羊羔，毋宁说更关心诗歌及其在诗歌传统中的地位，不管那些羊是多么珍贵的奖品。这样的“元诗歌”，也就是对诗歌本身的创作及其价值的诗化思考，在其他古代文类中也

有出现（例如在抒情诗、喜剧、爱情哀歌或讽刺文学中），但它对田园诗尤其重要，因为诗中的乡村劳动者同时也是诗歌的创作者。

这一点在题为《丰收节》的第七首诗中体现得最为明显，这首诗的叙述者希米奇达斯本人就是田园诗的创作者和表演者。这首诗讲述了希米奇达斯数年前曾在科斯岛上遇到了山羊倌利希达斯。他们还未比试歌唱，利希达斯就承诺把自己的牧羊棍送给希米奇达斯作为奖品：

> 我要把我的牧羊棍送给你，因为你
> 是宙斯独为真理创造的一棵幼苗。
> 我痛恨那些盖房子的人，企图
> 跟奥若梅顿山的顶峰一比高下，
> 还有缪斯的那些公鸡，总是徒劳地耗费体力
> 跟希俄斯的吟游诗人荷马唱对台戏。
>
> （第七首，第43—48行）

忒奥克里托斯在这里呼应了他同时代的亚历山大里亚派诗人卡利马科斯的审美，后者偏爱博学的小篇幅诗作，因而也抵制夸夸 101
其谈、学荷马史诗学得不伦不类的作品（见第一章）。此外，利希达斯把自己的牧羊棍作为礼物，这样的场景会让读者忆起从前那些诗学上的指引，像赫西俄德在赫利孔山上放牧羊群时，缪斯出现了，给了他灵感，让他成为一名诗人（《神谱》，第22—34行）。文学宣言与希米奇达斯成为一名诗人的授衔仪式相结合，让许多人把叙述者理解为忒奥克里托斯本人的象征，但事情没有这么简单，这里也幽默地捉弄了希米奇达斯一下，他神气十足

地以田园“诗人”自居，恰与山羊倌利希达斯真正贴近乡村及其传统形成了鲜明的对比。

田园诗还将乡村生活的朴素和真实与都市生活的世故和伪装进行了更加宏观的对比，虽然悖论是，这一对比是由居住在城市的诗人通过博学的诗歌为自己和读者表达出来的。利希达斯与乡村世界的联系更加令人信服，就是这一对比的微观体现。田园诗于城市扩张时期在最绚烂繁华的希腊化城市亚历山大港发展起来，也并非巧合。我们的脑海中会涌现出现代时期类似的例子：德国浪漫派的自然哲学（*Naturphilosophie*），以及他们通过柯勒律治对华兹华斯和其他湖畔诗人的影响，这一切都是在欧洲北部工业革命最繁荣的时期（约1760—1820）发生的。如此说来，把乡村世界作为逃离都市生活的避风港这一观念的历史十分悠久，它让今天的我们不时产生隐居乡野的乌托邦想象，但早在前工业社会就已经散发出诱人的魅力了。

古代田园诗的确利用了这种对乡村的理想化想象，这是城市居民而非在土地上生活和劳作之人虚构出来的，他们以为在那里地位低下但知足常乐的劳动者们享受着与自然世界的神秘相通——但忒奥克里托斯也揭露了这一切的虚伪和乌托邦性质。在取笑过于圆滑的田园诗人希米奇达斯时，忒奥克里托斯
102 明确表示这是供都市读者取乐的，我们不禁会问到底什么样的都市人会真正了解乡村，并质疑他们的怀旧——他们对那种受到威胁或业已消失的古老的简朴生活方式充满眷恋，但事实上他们所怀念的东西根本不曾存在过。于是，忒奥克里托斯与田园理想之间的反讽性距离，也让他的作品摆脱了令人腻味的感伤主义，不管是在他早期的继承者比翁的《阿多尼斯挽歌》中，

还是在现代欧洲田园诗传统的许多文本和画作中，都充斥着这种感伤情怀。最后，忒奥克里托斯的田园诗对乡村生活的关注也是希腊化时期文学和艺术走向“写实主义”的大趋势的一部分（这类田园诗场景在后来作为昂贵庄园装饰品的罗马壁画中非常流行），而他对乡村安逸和简朴的赞美也与他同时代的哲学学派有所共鸣，如力图灌输“无忧无虑”和“朴素生活”的伊壁鸠鲁派。

忒奥克里托斯的田园诗继承人，公元前2世纪的希腊诗人莫斯霍斯和比翁，在他们非常优雅的诗作中改写了田园诗主旋律，特别借鉴了忒奥克里托斯对爱情失望和痛苦的描写。但真正成功地让田园诗这种体裁有了惊人的原创性，并为其指出发人深思的方向的，却是写出了《牧歌》的维吉尔，那是他出版的第一部作品，完成于公元前1世纪30年代初中期。与忒奥克里托斯不同，维吉尔创作了一部独立的田园诗集，因此就田园诗而言，是罗马人对希腊作品的模仿和改写才使得这种文类最终成形了。维吉尔对田园诗传统的继承在这部诗集最初的书名中体现得更加清楚——*Bucolica*（“牧牛歌”），后来他才把书名改成了较为直白的*Eclogues*，原意是（从更大的文本作品中选出的）“选集”。维吉尔这部诗集包括十首田园诗，他进行了精心的选择和编排，实现了多样性（避免将形式或主题相似的诗作安排在一起）和对称性。鉴于上一代最著名的罗马诗人卡图卢斯的诗作关注都市生活，维吉尔选择田园诗可能会显得很不时尚，但那也是它的魅力之一，因为他可以选用一种从未用拉丁语写过的体裁，使它与当代罗马人的生活息息相关，来显示自己的诗歌技巧和独创性。

令人惊叹的是，维吉尔能够做到这一点，是因为他拓展了田园诗的边界，随着整个罗马世界陷入内战，他把当代政治纳入了田园诗的主题范围。大约同一时期（公元前37年），学者瓦罗出版了一部以对话形式写成的散文体农业专论《论农业》，以一种带有戏弄讽刺意味的方式来表现罗马乡村的怀旧和理想化形象，但维吉尔选择田园诗则更为切中时弊，因为政治和战争进入乡间田园，破坏了那里的稳定宁静，令人更觉心酸和愤怒。因此，维吉尔的田园诗是革命性的，在他的笔下，一个原本远离政治的文类变成了对正在摧毁共和国的内战和政治暴力的深刻思考。

在安东尼和屋大维的军队击溃了布鲁图斯和卡西乌斯的军队，尤利乌斯·凯撒被暗杀，以及公元前42年的腓立比战役之后，屋大维军团中那些复员老兵被安置在整个意大利被没收的土地上，以武力驱逐大批人口，给乡村生活带来了灾难性的后果。《牧歌》的开头几行就明确阐明了随之而来的混乱——梅利伯诉说了自己被剥夺财产和流放的痛苦经历，相比之下，同为牧羊人的提屠苏则更加幸运：

提屠苏啊，你在榉树的亭盖下高卧，
用那织织芦管试奏着山野的清歌；
而我就要离开故乡和可爱的田园。
我逃亡他国；你则在树荫下悠闲，
让山林回响你对美貌阿玛瑞梨的称赞。

（第一首，第1—4行）[①]

① 译文引自杨宪益译，《牧歌》，人民文学出版社1957年版，第1页。

在《牧歌》第九首中，情绪变得更加低落，莫埃里必须在曾经属于他的农田上耕作，而那片土地如今却成了一位疏远而冷酷的士兵的财产。莫埃里向他的朋友利西达斯解释说，就连他们的歌手同伴，伟大的梅那伽，也无法用他的诗歌挽救这片土地：

> 诗歌对我们有什么用处？
> 利西达斯呀，要是用它对战神的刀兵抵御，
> 就像卡昂尼的鸽子对进攻的鹰隼一般。
>
> （第九首，第11—13行）[①] 104

“鹰隼”也是罗马军团的军旗，象征着战争毁灭了牧羊人的和谐世界。他们的诗歌不仅无力回天，也正在从记忆中消失——莫埃里难过地说：“而现在这么多的歌都忘了”（第九首，第53行）——全诗结尾，两位等待着梅那伽，谁也不知道他什么时候回来，甚至怀疑他还会不会回来。

和他后来的作品，即（第二章讨论的）《农事诗》和《埃涅阿斯纪》一样，《牧歌》表达了对和平的强烈渴望，却没有那么自信，因为它们创作的时候，屋大维还没有明确地以“共和国的复兴者”自居。话虽如此，维吉尔在诗集的头一首诗中虽然对被剥夺财产的梅利伯表达了极大的同情，却也赞扬了某个“年轻人”（即屋大维）让乡村恢复了和平和秩序，而《牧歌》第四首期盼着一个孩子的出世，那会是罗马重回黄金时代的好兆头。这个孩

① 译文引自杨宪益译，《牧歌》，人民文学出版社1957年版，第40页。

子最有可能的原型是安东尼和屋大维娅（屋大维的姐姐）未出世的儿子，但希望中的继承人最终没有出世，而且无论如何，两位军阀于公元前40年通过联姻缔结的条约不久也土崩瓦解了。可能是为了适应不断变化的时局，维吉尔修订了这首诗，表达了无所不包的对和平和复兴的渴望。

在拓展田园诗的政治边界的同时，维吉尔也保留了忒奥克里托斯关注爱情、自然以及诗歌本身的性质和力量的特点。和忒奥克里托斯的《田园诗》第七首一样，《牧歌》第六首也体现了亚历山大时期对小篇幅博学诗作的审美，诗中阿波罗本人劝导诗人说，“一个牧人应该把羊喂得/胖胖的，但应该写细巧一些的诗歌”（第4—5行）[①]。维吉尔在这里改编了卡利马科斯《起源》中的一个著名场景，紧接着的那首诗则写到了维吉尔的朋友伽卢斯的授衔仪式，他成为在技巧和博学方面与卡利马科斯媲美的诗人。在《牧歌》第十首中，维吉尔写到了伟大的爱情哀歌诗人伽卢斯（见第三章），他因为遭到爱人吕科丽丝的残酷拒绝而前往阿卡迪亚那无忧无虑的田园世界寻求安慰，甚至试图放
105 弃爱情哀歌转而写田园诗，最终却没能抵挡住自己的激情，因为（他的结束语说）“爱情征服万物，我们也只有向爱情投降”（第69行）[②]。因此，维吉尔既赞美了伽卢斯是一位卓越的爱情诗人，同时也吹捧了他自己对（不同）诗歌体裁的把握。诚然如此，这首诗（和整部书）的最后几行暗含着转向新的诗歌“领域”之意，维吉尔与田园诗说再见，而歌者从树下的田园式安逸中站起身来，在苍茫的暮色中赶着山羊回家：“山羊们吃够了，回家去

① 译文引自杨宪益译，《牧歌》，人民文学出版社1957年版，第25页。

② 同上书，第47页。

吧，黄昏星已经升起。”（第77行）[①]

然而维吉尔并没有真正抛弃田园诗，因为田园诗的主旋律弥漫在《农事诗》和《埃涅阿斯纪》中，特别是其中关于意大利乡村遭到内战蹂躏的伤痛意象，它们也影响了整个奥古斯都时期的文学，因为奥古斯都强调，在整个意大利和帝国范围内重振乡村生活是他的诸多卓著功勋之一。维吉尔的古代田园诗继承者中有作品存世的很少，而且他们都缺乏维吉尔对政治和文学格局的敏锐感知，因为他们笔下的牧羊人吹奏的都是让皇帝们感觉良好的颂歌。诗人与诗意田园之间的距离、“阿卡迪亚”（只有维吉尔偶尔提起，后来却成为田园安逸生活的重要象 106
征）和不怎么理想的混乱现实之间的差距，是忒奥克里托斯和维吉尔的田园诗作品最大的成功之处，它们的缺席导致了后来很多田园诗传统文学和艺术的滥情倾向。最成功的现代田园诗作

图7　英国浪漫主义的田园风光：《快活的牧牛人从田间载歌而归》，是威廉·布莱克为罗伯特·J. 桑顿编辑的《维吉尔的田园诗》（伦敦，1821年）所作的一系列木刻版画中的一幅

① 译文引自杨宪益译，《牧歌》，人民文学出版社1957年版，第48页。

品是能够批判地利用这一差距的作品——比如弥尔顿在自己的田园哀歌《利西达斯》(1638)中谴责了教堂的腐败——而这些作品也证明，用以写作田园诗闻名的一位当代诗人的话来说，田园诗仍然能够警示读者“那张色彩斑斓的文学地图与现实世界的丑陋情状之间，始终难以协调”(谢默斯·希尼，《牧歌“弥留
107 之际”：关于田园诗的生命力》；参见图7)。

第八章

讽刺文学

本章将追溯从公元前2世纪的卢基里乌斯到公元2世纪初的尤维纳利斯这段时期罗马讽刺文学的发展，说明讽刺的目标、作者借以攻击目标的角色，如何反映了罗马共和国和罗马帝国不断变化的社会和政治背景（比如说言论自由的情况）。我们还将探讨普遍存在于罗马思想中的衰落叙事（见第五章）如何成为讽刺作家的主题元素，并考察他们对罗马社会和罗马文学的批评在何种程度上巩固了文化规范，又对那些规范提出了怎样的质疑。

在本书中讨论的所有文类中，讽刺文学是罗马作者受到希腊先辈影响最小的：众所周知，罗马修辞学教师昆体良曾经吹嘘说，“无论如何，讽刺文学完全是我们自己的”（《论演说家的教育》10.1.93）。严格地说，鉴于它忽略了希腊传统——特别是讽刺辱骂诗（第三章）及旧喜剧中的人身和政治攻击（第四章）的传统——对罗马讽刺作品发展的影响，这种说法失之偏颇。话虽如此，如果从罗马讽刺诗没有希腊先驱这个意义上来说，昆体

良的说法也有一定的道理，这十分重要，因此虽说他忽略了讽刺文学受到早期希腊各种文学形式的影响并从中汲取了不少元素
108 这一事实，但他还是恰如其分地强调了罗马讽刺文学的独特性，以及罗马人为创造出这种文类而生出的自豪之情。

罗马讽刺文学的起源不一、形式混杂（有散文，有韵文）、内容多样（从文绉绉的文学滑稽模仿到最粗俗的辱骂攻击），这些都能在“讽刺”这个名字中看出，“satire”一词源于“*satura*”，意思是“加馅香肠”，预示着这是一种包裹着形形色色的不同材料的文学形式。我们将会看到，讽刺作品（特别是尤维纳利斯的讽刺诗）中充满了各种不同的语调、主题和个性，它们也探讨一切形式的过度消耗的观念，探讨贪婪、贪食以及对大量财富和奢侈的贪欲。（在讽刺作品中，确是人如其食，但这句话还带有一种道德寓意。）而从*satura*是罗马独有的一道菜来讲，这个名字还暗含着昆体良在高谈罗马人的独创性时表现的那种民族自豪感。

虽然恩尼乌斯（公元前239—前169）写下了第一批名为“讽刺”的作品（只有几行存世），这个题目的意义更倾向于“杂糅的”形式和内容，真正被罗马人认定为讽刺文学创始人的，是在一个世代之后写作的卢基里乌斯，他让这个文类正式成为一种以人身辱骂和社会批评为特点的诗歌形式。他写过30本书，如今只有大约1 300行存世，但从这些诗行中足以看出卢基里乌斯为何有着如此巨大的影响力。他使用了一个强有力的诗歌第一人称：“我”这个人物总是在表现自己，谈论自己的经历和观点。他也会拿自己取笑，这始终是讽刺作家的一个额外优势，因为可以让自己显得不那么高高在上和吹毛求疵：所以有人说，

“我们听说他请了一些朋友，包括那位不道德的卢基里乌斯”（片段929）。他还为该文类建立了全套社会功能：他喜欢道德说教，并攻击其他人的道德缺陷。除了政治和社会外，他还讨论他那个时代的罗马人会感兴趣的话题：哲学、文学、友谊，甚至如何正确拼写，而且他也（在一个会让人想起老加图的段落中：见第一和第六章）嘲笑那些明明可以用拉丁语表达，却非要使 109
用希腊语的装腔作势的罗马人：“还有，本来说‘沙发腿儿’和‘灯’就可以了，我们非要庄重严肃地说‘*les pieds de divan*’和‘*les lampes*’。”（片段15—16）

卢基里乌斯的另一个贡献是他把六音步确定为讽刺诗的格律，不过在最终确定之前，他也尝试过许多其他格律。六音步从前是用于史诗的，因此这是个故意打趣的颠覆之举，他采用了与最高等级的诗歌形式，也就是讨论众神和最伟大的英雄行为的史诗相关的格律，把它用于一种毁谤的、世俗的、与人类生活那些最不体面的方面有关的文类。在后世罗马人，特别是讽刺作家看来，卢基里乌斯还体现了自由（*libertas*）的原则，就是说他可以随意批评他自己时代的权势人物。这一方面源于他自己的社会地位（他出身的富裕家庭享有元老院议员的地位）和有权有势的保护人，另一方面则是因为当时共和国的风气十分自由，但后来的讽刺作家写作的时代更加动荡和压抑，都知道自己无法这般毫无顾忌地坦率直言。

卢基里乌斯的言论自由可与卡图卢斯在公元前1世纪60年代—前1世纪50年代攻击凯撒等当代政治家的做法相提并论。但与这两位不同，下一代罗马讽刺作家、在动荡的公元前1世纪30年代写作的贺拉斯，既没有很高的社会地位，也缺乏自由的公共辩论氛围。贺拉斯对比了卢基里乌斯的自由时代与自己所处的形势，却只字未提自己对共和国自由的渴望，这是可以理解的，他宁愿把政治留给专家们去讨论，与卢基里乌斯和卡图卢斯相比，这种淡泊无为大概会显得软弱无力。然而挑剔贺拉斯审时度势固然容易，但看他如何把对讽刺作品束手束脚的因素变成有利条件才是更有趣的。因此，贺拉斯明确区分了自己的讽刺风格和卢基里乌斯的风格，声称他那位伟大先辈的诗歌事实
110 上很啰唆很不讲究，而他自己的文风更加简洁优雅：

> 我的确说过，卢基里乌斯的诗行有些
> 笨拙。他的支持者中谁会如此愚蠢，
> 竟不承认这一点？
>
> （贺拉斯，《讽刺诗集》第一卷，第10首，第1—3行）

贺拉斯强调稳重端庄而不喜欢粗俗辱骂；他的《讽刺诗集》仍然充满幽默和道学气，但他说教的方式更加温和自谦，没有多少明显的攻击性。贺拉斯的《讽刺诗集》呼应了卢基里乌斯对奢侈和堕落的抨击，旨在教授人们节制和自足的好处，但他采用了一种更为谨慎克制的方式。

第三位伟大的罗马讽刺作家佩尔西乌斯写作的时代正逢皇帝尼禄当政（公元1世纪50年代—60年代初），他采用了卢西里乌斯的义愤填膺的角色，表现为一个反对当代社会及其价值观的愤怒年轻人。为了与年轻的叛逆者身份相匹配，他还以一个夜夜醉酒、上学迟到的学生形象示人（《讽刺诗》第三首）。佩尔西乌斯用艰涩而精练的语言解释了哲学启蒙优于虚张声势的帝

国政治或当代文学现象的种种好处，在《序曲》中宣称当代诗人只是为钱写诗，以此驳斥了诗歌灵感的陈词滥调：

哪怕骗人的金子闪出一道微光，
你都会以为是聒噪的男诗人和絮叨的女诗人们
正在为珀伽索斯[①]的甘露歌唱。

（第12—14行）

与贺拉斯随和的人格相反，佩尔西乌斯严厉而无情，他的愤怒只有一人可比，那就是最伟大的罗马讽刺作家尤维纳利斯，他在公元2世纪初那几十年里写过五卷《讽刺诗集》（共16首诗）。

作为一位讽刺诗人，尤维纳利斯的姿态是有话直说，省去所有的谎言和虚情假意，直指真相，越振聋发聩、莽撞无礼越好。然而他也和贺拉斯及佩尔西乌斯一样不敢批判当代公众人物：相反，他讽刺的目标要么是刻板印象中的外来者（外国人、罪犯等），要么是过去的人，特别是图密善皇帝统治时期（公元81—96）那些现已作古、无法实施报复的人，以及该王朝的最后一位图密善，在历史学家塔西佗（第五章）以及小普林尼（见第六章关于他的《颂词》的讨论）等公元2世纪初的其他作家笔下，这位图密善也是头号恶魔。在《讽刺诗集》的第一首，尤维纳利斯伪装成一个卢基里乌斯那样的人物，即一位愤怒的武士，随时准备不顾安危唇枪舌剑，但他却在该诗结尾削弱了这个形象，承认他只敢采取安全的策略，只敢攻击死者：

① 希腊神话中的奇幻生物，形状是一匹长有双翼的马，通常是白色。这里这样写是因为他是缪斯女神的朋友。

“所以在军号响起之前你要三思；
一旦戴上头盔，再想后退只怕太迟。”
于是我会想想只批评他们可否脱身，
就是那些骨灰埋在弗拉米尼亚大道和拉丁大道下面的人。

（第一卷，第168—171行）

这是个奇怪的反高潮，却是诗人有意为之，因为它不仅戏仿讽刺了当代作家对过去的历史愤愤不平的倾向，也把过去的人物写成对当前的威胁，由此暗示过去和现在事实上有着密不可分的联系。换句话说，之所以把政治过往作为安全的攻击目标，不单单是因为那些人都死了，更是因为历史及其弱点是理解当前社会问题的关键途径。

尤维纳利斯无疑是讽刺文学发展史上最重要的人物，因为正是他的作品（特别是《讽刺诗集》第一到六卷）重点探讨了道德沦丧和政治腐败，以及与之伴随的道学家和政客的虚伪，对现代人关于讽刺文学这一类型的看法和期待产生了最为重大的影响。简言之，正是因为有了尤维纳利斯的作品，我们才觉得讽刺文学首先是政治的（最笼统意义上的政治）、愤怒的、滑稽的。尤维纳
112 利斯那个愤怒角色的喜剧潜力在《讽刺诗集》的第一卷中就已经清楚地表现出来，他假装把愤怒作为自己诗歌的源头：“如果没有天生的才能，只好让义愤激发我的诗兴。”（第79行）尤维纳利斯讽刺诗的大部分话题都很像以前的讽刺作品。讽刺作家们探讨社会和道德价值观，或是建议人应该如何生活，或是抨击在他们看来做错之人。这不单单局限于狭义的政治：因此，比方说，尤维

纳利斯在《讽刺诗集》第三卷中对罗马及其城邦生活腐败沦丧的分析，在第六卷中对妇女及家庭生活的分析，都借鉴了卢基里乌斯、贺拉斯和佩尔西乌斯等人作品中的道德、社会和哲学观点。

尤维纳利斯在《讽刺诗集》中确立的攻击目标创造了一种明显保守的道德立场：他和他的叙述者们不喜欢外国暴发户们拥入罗马，希望对贫穷但生而自由的罗马公民给予更多的尊重：

> 那个希腊人
> 要在我之前签名，躺在一张比我的躺椅更舒服的沙发上歇息吗——是不是那股给我们带来了梅子和无花果的南风，把他吹到了罗马？是不是我，从童稚时期就呼吸着阿芬丁山的空气，吃着萨宾的浆果长大的事实，现在已变得全无意义？
>
> （第三卷，第81—85行）

尤维纳利斯哀叹贵族保护人与平民之间的纽带已经瓦解，在他看来，那是罗马社会的一块基石：

> 疲惫的老平民离开了门廊
> 放弃了他们的希望——虽然对一个人来讲
> 没有什么比对饭食的思虑更长。穷苦的家伙得去买卷心菜和引火柴。
> 同时，他的老爷将大口咀嚼着来自森林和海上最精妙的作物，
> 独自一人，卧在空空的躺椅上。
>
> （第一卷，第132—136行） 113

社会流动性以及形形色色的人现在都摇身一变，成了骑士（*equites*），让他的叙述者们深感不安：

> “如果你还存有一丝耻感，”有人说，
> “如果你的财富没有达到法律规定的下限，
> 就请站起来，离那些留给骑士的软座远一点。
> 你的位置会被皮条客的儿子抢占，也不知他出生在哪个妓院。
> 一个油头粉面的拍卖商之子会在这里就坐鼓掌
> 身边都是些角斗士或驯兽师的小子，身着盛装。”
>
> （第三卷，第153—158行）

他也不赞成现代的颓废风气，不管是《讽刺诗集》第二卷中的男同性恋、第六卷中淫荡的女人，还是第四和第五卷中的豪奢盛宴。因此，尤维纳利斯的《讽刺诗集》的道德观念相当一致，他认为现代社会是堕落腐败的，他站在穷苦但生而自由的罗马公民这边，他们通常都是破落户的子弟。

在这一点上，尤维纳利斯听起来可一点儿也不滑稽——事实上他的口气更像是《每日邮报》[①]的社论：反动、道学、装腔作势。但这样说忽略了尤维纳利斯在发出这些抨击之词时字里行间的大量微妙细节——因为尤维纳利斯通常会设定这样那样的情景，让我们质疑他的抨击是否真实或真诚，让我们对自己应当取笑谁狐疑不定。举例而言，在《讽刺诗集》第三卷中，我们被

① 英国每日发行的老牌报刊，观点保守，曾因散播种族主义、虚假科学消息而受到指责。

引导着质疑叙述者、尤维纳利斯的朋友乌布里修斯是否可靠（此人的名字很有意思，意为“鬼祟先生”），他出于厌恶而即将离开罗马。在对希腊人不讲道德，特别是擅长阿谀奉承发出一大通抱怨之后，乌布里修斯总结道：

> 罗马人在这里已经没有地位了，这个
> 普罗托格尼斯或狄菲卢斯或赫马库斯当政的国度。 114
> 一个那样的人从未有朋友（那是他的种族的一个缺陷），
> 而是始终一人独处。曾有一次他在保护人乐于倾听的
> 耳朵里
> 滴了一滴毒液，那是他和他的国家现成的资源，
> 我就被迫离开门阶，白白浪费了多年为奴的岁月。
> 再没什么比抛弃一介平民更小的事，谁都不以为然。
>
> （第三卷，第119—125行）

然而乌布里修斯抱怨的并非希腊人虚伪的阿谀奉承本身，而是他们比他更擅长此事。换句话说，乌布里修斯抱怨的是他自己那么多年心甘情愿地给一个富人“为奴”（就是阿谀奉承，鞍前马后），结果却被巧舌如簧的希腊人超越，让他的服务变得多余了。这里描述的乌布里修斯绝不是什么良善的老派罗马价值观的捍卫者，而是一个伪善的人，不过是因为丢了职位而心怀妒忌和愤愤不平罢了，所以他抨击外国人的，恰恰是他艳羡的他们更胜一筹的技能。

尤维纳利斯自己那些愤怒的角色在抨击目标时使用的过激话语本身，也有一种类似的疏离效果。举例而言，在《讽刺诗集》

第六卷中，尤维纳利斯对女人的谩骂，因为其明显的哗众取宠而被消解。两个女人图利娅和毛拉没有被描述为淫荡和狡诈（这是厌女类诗歌中典型的指控），相反，尤维纳利斯想象出她们在象征着贞操的神坛上撒尿，然后两人在自己的尿液中做爱的丑陋形象（第309—313行）。这些段落既让我们取笑他辱骂的对象，也让我们嘲笑这个讽刺角色本身所持的荒谬观点。

所以在尤维纳利斯的《讽刺诗集》中，道德的裁决者往往因为自己的原因被暴露为伪善或荒唐的过激之人。叙述者既令人捧腹，同时也令人厌恶，这就创造了一种令人不安的效果，让我
115 们为跟他一起大笑而感到不适。不妨对比一下那些以尖锐或故意冒犯的方式讨论争议性话题的现代喜剧演员，我们作为观众一旦为他们的玩笑捧腹，会深感不安。如此说来，尤维纳利斯的《讽刺诗集》就在不止一个层面上实现了效果：天真的读者可能会发现自己的信仰或偏见得到了证实，尤其当目标是众矢之的（堕落者或寄生虫）或边缘群体（外国人、同性恋者、女人）时更是如此。或者他会认为自己就是尤维纳利斯笔下的那个普通人的角色，尤其在他为担心自己丧失社会地位的诚实体面的罗马人辩护时。但这位愤愤不平的道学家往往比他抨击的那些人好不到哪儿去。于是尤维纳利斯那位不可靠的叙述者就开始挑战读者，看他或她能否从中认出自己的自欺和伪善。乔纳森·斯威夫特有一句名言：“讽刺是一种玻璃，观看者通常从中看到每一个人，却看不到自己”（《书的战争》序言，1704年），而尤维纳利斯不断转换讽刺攻击的目标就表明，我们得当心自己嘲笑的人，因为稍不留意，我们自己就变成了众矢之的。

最后，我们必须谨记不要太过一本正经地讨论尤维纳利斯

或者其他任何喜剧作家，因为他（和现代政治喜剧演员一样）虽然不时针砭时弊，真正的目的却是娱乐大众，他的诙谐机智和喜剧节奏自是十分出色。最后一个例子就足以说明问题，它选自《讽刺诗集》第三卷，描写了在大城市生活的种种危险（塞缪尔·约翰逊作于1783年的《伦敦》就是以这首诗为原型的）：

> 你有没有见过一个地方如此凄凉、如此孤单
> 跟它相比一切都不再令人着慌，什么葬身火海
> 什么房屋倾塌，什么住在野蛮罗马的上千种危难——
> 更何况还有诗人在炎热的八月诵读他们的诗篇？
>
> （第三卷，第6—9行）[116]

第九章

小　说

本书最后一章将讨论古代小说，小说相对来说是希腊和罗马文学的后起之秀，却也证明了贯穿整个古代文学的创新和活力。我们将从现存的五种希腊小说实例（均写于公元1世纪中期以后）开始，探讨它们典型的爱情和冒险主题如何广受大众欢迎，并了解它们日趋复杂精妙的叙事技巧。本章还将考察这些希腊散文体虚构作品中所体现的社会和政治价值观，与罗马帝国治下的希腊和罗马观众的价值观有何联系。我们会看到，希腊小说中对文类传统的运用和演绎在佩特罗尼乌斯和阿普列尤斯的拉丁语小说中更加突出，此二人的作品很好地（又一次）验证了罗马作家们以一种独特的罗马风格改写文学传统这一至关重要的能力。

虽然本章讨论的重点是希腊和罗马小说，但还是应该强调一下，古代散文体虚构作品有很多不同的种类——从虚构信函到传记作品到乌托邦故事或奇幻游记。因此，现代世界的虚构散文体叙事作品能有多种形式（从侦探小说到传奇故事，从历史

小说到科幻小说，等等），是延续了古典文学的特点。古代读者 117
没有为小说这一文类取一个具体的名字，因为它是在希腊化时期亚历山大港发生的体裁分类的形成时期（见第一章）之后发展起来的。虽然它没有古代的名称，我们仍然能够从现存的文本中看到家族相似性和成熟的定例，于是现代学者专门用“小说”这个名称来指代这七部散文体虚构作品——五部希腊语，两部拉丁语作品——把希腊小说的浪漫重点与拉丁小说的喜剧写实主义风格区分开来。

像自《堂吉诃德》（1605—1615）以来的现代欧洲小说一样，古代希腊小说也是一种包罗万象的文类，吸收了来自很多不同文学形式的元素，像史诗（特别是荷马的《奥德赛》，其中有着各种充满异域情调的冒险故事）及戏剧（特别是新喜剧中那些受到阻挠却最终结局圆满的爱情戏），但也吸纳了来自埃及和近东文化的影响。除了朗格斯的田园牧歌《达夫尼斯与赫洛亚》外，现存的文本展现了不少典型桥段，诸如出身很好的男孩和女孩坠入爱河，然后被分开，经历了种种险境，最后总算重聚。在最早的小说，即卡里同的《卡利罗亚》（公元1世纪中期）中，作者用了一个段落来总结这一文类的主要主题，其中叙述者在第八卷即最后一卷的序言中承诺读者，他们将看到一个圆满的结局：

> 我觉得这最后一卷应该是让读者特别愉悦的一卷，因为这里将不再有先前情节中那些令人难过的事情。不再有海盗或奴役或官司或战斗或自杀或战争或被俘，只有有情人终成眷属。
>
> （8.1）

然而如果认为这些情节都是程式的堆砌而对其不屑一顾，就大错特错了，因为古代读者显然很喜欢这样的套路（现代类型小说的读者也是一样），而在一定程度上，每一部作品的趣味和技巧就在于它能否为这一文类的那些为人熟知的流行主题
118 带来一些变化，那些主题包括：一见钟情、被海盗劫持、风暴与海难、锒铛入狱、生命和贞操危在旦夕、最后一刻的相认，以及婚姻的幸福。

卡里同在《卡利罗亚》中使用的“亲爱的读者”技巧提醒我们，有意操控读者的文学期待从一开始就是小说这种文类的一个特点，这一点很重要，因为希腊（及罗马）小说的文学造诣表明，它的读者是受过教育的群体。（古代评论家忽略了小说，认为它是“次等”文体，但那并未影响读者对它的喜爱。不妨想想那些既喜欢“获得高度评价”的作品，也喜欢最新畅销书或低俗小说的现代读者。）在色诺芬的《安蒂亚与哈布罗科斯》（公元2世纪初到中期）中，我们看到的是一个快节奏的动作惊悚故事，充满悬念的情节一个接着一个，女主人公被活埋了，但随后又被闯入她的坟墓寻找宝藏的劫匪“解救”。在阿基里斯·塔蒂乌斯的《琉基佩与克勒托丰》（公元2世纪下半叶）中，故事是由克勒托丰本人对作者讲述的，这是希腊小说中唯一一个第一人称叙事的例子（其他的都是第三人称叙事），由于我们与主人公共享观察事件的有限视角，从而巧妙地创造出反讽和张力，就像他（和我们）以为琉基佩被杀害了，但事实上她好好的——不过阿基里斯三次使用这一场景本身就表明，他在取笑其他小说中惯用的貌似死亡的桥段。

朗格斯的《达夫尼斯与赫洛亚》（公元2世纪末或3世纪初）

是融合了浪漫小说与忒奥克里托斯式田园诗（第七章）的作品。两位年轻的主人公是在莱斯博斯岛上做牧羊人的时候相遇和相爱的，即便他们最终发现自己本是富有的都市人的后代，他们还是在短暂体验了大城市生活之后，回到自己的牧歌式乐园结婚和养家糊口。最后一部，也是篇幅最长的希腊小说——赫利奥多罗斯的《卡里克勒亚和特阿革涅斯》（共十卷，公元3或4世纪），就展示了相当娴熟精湛的叙事技巧。赫利奥多罗斯带领读 119
者直接切入主题，小说一开头就是一个异乎寻常的神秘场景：一片埃及海滩上到处都是尸体和战利品，一位美丽的女性幸存者正在照顾她受伤的男性同伴——作者用好几卷的篇幅讲述了精彩的背景故事（就像荷马的《奥德赛》那样）之后，我们才了解到两位主人公如何陷入了这样的困境。

和现代小说一样，古代小说也向读者提供了一个可以逃离现实、获得愉悦的世界，然而这些虚构的希腊世界的性质很能说明问题：例如，场景通常是古典的过去，甚至当故事背景设置在罗马帝国时，通篇也没有一个罗马人。因此，和希腊旧喜剧（第四章）中的幻想和乌托邦世界一样，这些小说中的“逃避主义”都带有文化和政治色彩，由此透露出希腊人对政治独立时代的怀念——整个帝国的“希腊”（也就是说希腊语的）社区都有这种情绪，无论是埃及人、叙利亚人、犹太人……——以及罗马人对希腊文化遗产的热爱。

这些小说对理想化的浪漫爱情的关注，对于它们所揭示的性政治也具有重要意义：女主人公在婚前应该保持贞洁，但她们的男性爱人却可以偶尔屈于诱惑。在朗格斯的《达夫尼斯与赫洛亚》中，我们目睹了天真的年轻牧羊人（达夫尼斯15岁，赫洛亚13岁）所受的性教育，包括达夫尼斯由一位来自城市的年长已婚女人进行性启蒙，而在少男少女试图做爱却失败的场景中，既有幽默，又不乏性窥探，“就像公绵羊对母绵羊，公山羊对母山羊”（3.14）。乡村的田园牧歌式“天真无邪”与两位乡下主人公的纯洁无瑕相符（这同样更多是城里人的想象：见第七章）。和早期的英国小说一样，典型的希腊小说情节也都围绕着婚姻展开，而且往往是聪敏而充满灵气的女主人公给读者的印象更为深刻，也是她引导着情节一步步走向大团圆。男人最后仍然占得上风，但如果他们让体面的女人名誉受损，必会因此而受到惩
120 罚。举例而言，在卡里同的《卡利罗亚》中，凯勒阿斯因妒忌而脚踹他怀孕的妻子，一心想要杀了她，最后沦为奴隶（不过别担心，他们还是会从此幸福地生活在一起……）。

现存的主要罗马小说，佩特罗尼乌斯的《萨蒂利卡》（约公元1世纪50—60年代）和阿普列尤斯的《变形记》或《金驴记》（约公元150—180），都假设读者非常熟悉希腊传奇小说的典型故事套路，但又各自把这种文类引向了一个独特的创作方向。佩特罗尼乌斯可能就是尼禄宫廷中的那位政治家和“品味的引领者”（*elegentiae arbiter*，是塔西佗对他的称呼），后来因尼禄的心腹提格利努斯妒忌他的影响力并告发他，被迫于公元66年自杀。塔西佗曾描写过这位佩特罗尼乌斯拒绝以禁欲主义的方式死去，而是在死前的最后几个小时里聆听浮夸的诗歌，又在自己的遗嘱中揭露了尼禄沉湎酒色的种种细节（《编年史》16.18—19）。无论如何，《萨蒂利卡》中显示了一种同样不恭和戏仿的精神，它借鉴了许多写于尼禄时代的文学形式（包括史诗、悲剧、哲学专著和讽刺文学），创作的小说既是独树一帜的文类大杂

烩，也是对当代罗马社会令人捧腹的尖刻批评。

佩特罗尼乌斯的小说原著很长（或许有20卷），但只有片段存世。不过这些片段中充满各种插曲，描述了小说主人公也是叙述者恩柯皮亚斯的传奇流浪冒险，他和（不忠的）男朋友吉东一起，为寻找奢华无忧的生活和免费晚餐，在时髦的那不勒斯湾和意大利南部那些乌烟瘴气的地方游荡。佩特罗尼乌斯对传奇情节套路的戏仿也是英国小说早期反复使用的技巧：例如，亨利·菲尔丁的《约瑟夫·安德鲁斯》（1742）就宣称自己是一部"喜剧传奇"，一开篇就是对塞缪尔·理查逊的《帕米拉》（1740）的戏仿。关于修辞的争论、诗朗诵、情人间的争吵、放纵的双性恋——《萨蒂利卡》随心所欲的叙事能够满足每一种读者的口味（见图8）。 121

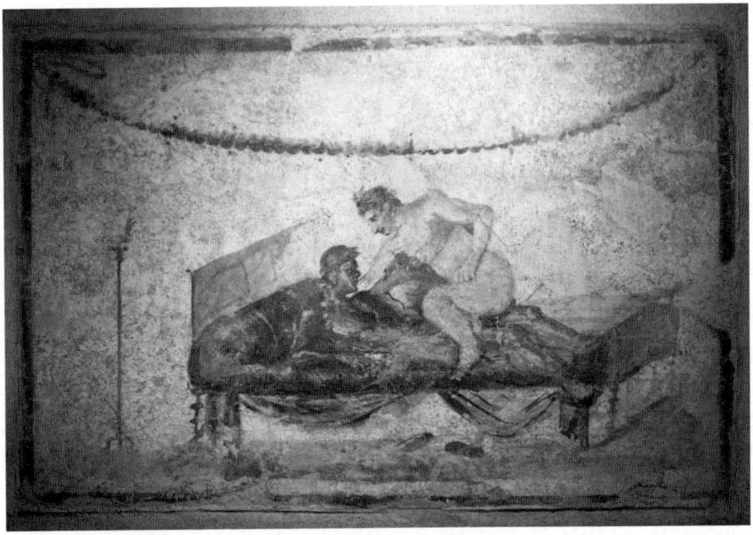

图8 庞贝古城的一所妓院里的壁画，画的是一个年轻人和妓女在一起（公元1世纪）。佩特罗尼乌斯的叙述者频繁地光顾这类场所

小说的题目“萨蒂利卡”本意为“萨蒂的故事”，本身就显示了它淫秽下流的主题，让人想起希腊神话中那些充满兽欲且终年淫荡妖媚的神物们。和萨蒂一样，恩柯皮亚斯和他的朋友们贪图享乐，一心追求情爱欢愉。但萨蒂的主旨也被喜剧化地削弱了：虽有一位明艳动人的女色情狂（“基尔克”，让人想起荷马的《奥德赛》中勾引男人的女妖）大献殷勤，恩柯皮亚斯（此名意为“裤裆先生”，名副其实）仍然无法勃起，他情急之下，威胁阴茎说要把它阉割，还用一种模仿英雄的悲愤口吻对阴茎说，“这就是我在你那里应得的吗？我人在天堂，你却要将我拖向地狱？”（132）后来，恩柯皮亚斯又把自己的性无能归咎于生殖之神普利阿普斯“可怕的愤怒”（139），戏仿了史诗中那些不友善的神祇。同样，在早先利卡斯（“口交船长”）船上的一个场景中，乔装的恩柯皮亚斯因自己的阴茎而被人认出，他把这一发现比作荷马的《奥德赛》中的著名场景——英雄最终因为身上一处打猎的伤疤而被认出（105）。暂且不论阴茎，“萨蒂利卡”这一题目还
122 暗指罗马的讽刺文学（*satura*），其不恭不敬的影响在书中的许多情节中非常明显，特别是特立马乔做东的那些浮夸而毫无品位的宴会，恩柯皮亚斯和他的朋友们下了一番功夫才受到邀请。

《特立马乔的宴会》是这部小说现存的最长的片段，是阶层喜剧和社会讽刺的杰作。特立马乔出身奴隶，白手起家成为百万富翁，力图用琳琅满目的菜肴大宴宾客，但他令人作呕的炫富只会突显他对文化和礼节的无知，如他对希腊神话断章取义——“我有一个碗，上面画着代达罗斯把尼俄伯关进了特洛伊

木马中[①]”（52）——还有他对满桌宾客大谈憋屁的危险：

> “相信我吧，上升的气体会侵袭大脑，冲击整个身体。我认识的很多人都是这么死的，因为他们对自己不诚实。”我们感谢他对我们如此慷慨和体贴，赶紧干了好几杯酒，才总算没有大笑出声。
>
> （47）

叙述者恩柯皮亚斯对粗俗的暴发户特立马乔的鄙视，反映了出身奴隶之人的社会地位变化给罗马人带来的焦虑，但作者并没有单纯地鼓励读者去嘲笑特立马乔，因为他也同样讽刺了恩柯皮亚斯的势利（他本人就是个窃贼和吃白食的人）。因此，这段故事是对当代罗马拜金主义、财富和阶级的尖锐和滑稽的批评，不仅嘲讽了尼禄时代社会的腐败和堕落，每个人都在争抢金钱、性和权力，同时讽刺了那些和虚伪的希腊人恩柯皮亚斯一样自命不凡，表现出一种道德或社会优越感的人。因此，和自那以后的许多伟大的喜剧小说一样，《萨蒂利卡》也是一部尖锐的社会分析杰作。

就文学视野和精湛技艺而言，阿普列尤斯的小说可与佩特罗尼乌斯的《萨蒂利卡》相媲美，那部小说的原名叫《变形记》，但它更广为人知的题目是《金驴记》（圣奥古斯丁为它命的题目 123
是《神之城》，18.18）。阿普列尤斯于公元125年前后生于玛多

① 代达罗斯是希腊神话中的著名工匠，他有一个儿子叫作伊卡洛斯。尼俄伯是古希腊神话女性人物之一，曾多次吹嘘其子女，后来因为阿波罗杀了她的子女而悲痛万分，化为石头。特洛伊木马是希腊军队在特洛伊战争中，用来攻破特洛伊城的那只大木马。这里将希腊神话中毫无关系的人物和事件张冠李戴了。

鲁斯（如今的阿尔及利亚），他这部雄心勃勃的著作（11卷）是唯一一部完整流传下来的罗马小说。叙述者是一个名叫卢修斯的希腊人，小说讲的是他在打探魔术的诀窍时，意外地变成一头驴的故事。然后他讲述了自己从一个狡诈的主人转手给另一个主人，那些通常十分下流的冒险经历（还有许多是他用自己那双硕大的驴耳朵听到的），直到最后女神伊希斯把他变回了人形，并让他从此崇拜自己。在穿插入主要情节的许多故事中，篇幅最长也最著名的，是丘比特与普赛克的故事（4.28—6.24），普赛克的好奇心（想看看自己的神圣爱人）导致她四处流浪，受了很多苦，多亏神的介入才总算终结——与卢修斯自己的故事十分相似。

和《萨蒂利卡》中的恩柯皮亚斯一样，卢修斯/那头驴也常常对发生在自己身上的事情感到震惊或困惑，他的反应也催生了大量喜剧情节。《变形记》将粗俗与哲学-神秘元素相结合，是它最有创意也最有趣的特点之一。因此，举例来说，当一个有钱的女士看到卢修斯/那头驴在巡回马戏团中变戏法时，她爱上了他，还跟他做了爱，这让他的主人想出了一个聪明的好主意——这头驴可以在付费观看的大众面前表演与一个被定罪的女囚犯做爱。但卢修斯逃跑了，向天后祈祷，后者以伊希斯之形显灵，指导他如何重新变回人形（在第二天的一个为她举行的游行路边撒有很多玫瑰花，只要吃了那些玫瑰花就可以变回人形），并一生崇拜她。

然而叙述者这场通往启蒙和救赎的非凡之旅在最后还有一个转折，卢修斯原来就是阿普列尤斯本人（11.27），这是叙述者变成作者的一场精彩的文学变形，它戏谑的是写小说这个行为，作者在其中创造了虚构人物的身份。（它同样可以与菲尔丁的《约瑟夫·安德鲁斯》相比，那部小说的结尾揭示约瑟夫就是威尔逊先生失散已久的儿子，后者的生活经历让人想起菲尔丁本 124
人。）所以说，这不是旨在让读者皈依伊希斯和死亡之神奥西里斯等神秘偶像的热心圣徒的天路历程，它的幽默结局把我们带回到了小说序曲的精神，序曲中写道：“读者啊，请注意倾听这个故事；你会喜欢上它的。”但尽管如此，《变形记》的最后一卷还是让我们看到了公元2世纪的非基督徒读者对承诺摆脱肉体束缚和获得美好来生的偶像崇拜发自内心的兴趣，并提醒我们，彼时另一种偶像崇拜正在帝国的东方兴起，终有一日将席卷整个帝国。 125

终　曲

自然，谁也无法在一部“通识读本”中涵盖古典文学一切值得讲解的内容，哪怕是一部长篇专著也难以胜任，不过我还是写了这本书，试图说明古典文学绝不是保守乏味或无关紧要的，最优秀的古典文学作品至今仍然一如既往地有趣和刺激。在我的开始中是我的结束[①]（引用一句现代经典），所以关于文学的力量，最后的定论当归于荷马，他描写了吟游诗人得摩多科斯当众吟唱希腊人摧毁特洛伊的歌谣，当他唱罢：

著名的歌人吟唱这段故事，奥德修斯
听了心悲怆，泪水夺眶沾湿了面颊。
有如妇人悲恸着扑向自己的丈夫，
他在自己的城池和人民面前倒下，
保卫城市和孩子们免遭残忍的苦难；

① 出自T. S. 艾略特：《四个四重奏》第二首，《东科克》，汤永宽译。

妇人看见他正在死去作最后的挣扎，
不由得抱住他放声哭诉；在她身后，
敌人用长枪拍打她的后背和肩头，
要把她带去受奴役，忍受劳苦和忧愁，
强烈的悲痛顿然使她面颊变憔悴；
奥德修斯也这样睫毛下流出忧伤的泪水。

（《奥德赛》第八卷，第521—531行）[①] 126

① 译文引自王焕生译，《荷马史诗·奥德赛》，人民文学出版社1997年版，第149页。

索　引

（条目后的数字为原文页码，见本书边码）

N

O

P

Q

R

S

T

V

X

William Allan

CLASSICAL LITERATURE

A Very Short Introduction

For Penny, Brian, and Russell

Contents

Preface

A very short introduction deserves a very short preface. I am grateful to Andrea Keegan and Emma Ma, Senior and Senior Assistant Commissioning Editors of the VSI series, for their help throughout. The book was written in the splendidly renovated reading room of the Staatsbibliothek zu Berlin (Unter den Linden), and I am indebted to the staff there for their friendly assistance. I would also like to thank Mike Squire and Chris Whitton for help with illustrations and for many happy memories of life in Berlin. Finally, my wife Laura Swift read the book carefully and improved it in countless ways and I am hugely grateful to her as always.

W. R. A.
Berlin
July 2013

List of illustrations

List of maps

Chapter 1
History, genre, text

To give a brief overview of the history of classical literature, a period spanning over 1,200 years (*c.*750 BC to AD 500), might appear to be the work of a madman. In comparison, the contestants in *Monty Python*'s 'All-England Summarize Proust Competition' had a whole 15 seconds to sum up just seven novels. But an attempt must be made nonetheless, since a sketch of the terrain will come in handy in future chapters, where we look in more detail at the major genres of classical literature.

The conventional periodization of classical literature—broadly speaking, archaic, classical, Hellenistic, and imperial for Greek literature; Republican and imperial for Latin (we'll come back to these divisions later)—mirrors the familiar chunks of ancient history. It is not unusual for literary and historical periodization to go together in the study of a particular literature (English, French, German, and so on), since most people accept that we can trace historical change through literature.

Of course, all such periodizations are artificial constructions, created by scholars after the event. In reality one can't draw a neat dividing line between literary or historical periods, since they flow into one another. But with certain caveats in place—that is, as long as we take care not to obscure the continuities between periods, or suggest that there was little change within a specific era, or reduce the meaning of a particular text to its expression of a supposedly 'archaic' or 'Neronian' (etc.) worldview—the customary division into periods can be useful. After all, literary forms do evolve over time and are linked to wider political and cultural changes, so some effort to trace these developments and define particular phases is both desirable and appropriate.

As well as acting as helpful signposts in a large expanse of time, literary historical terms can also point to meaningful differences in central themes and concerns between periods—compare, for example, the varying preoccupations suggested by 'Romanticism' or 'Victorian' in English literature. The scholar's job is made easier when the birth of a new literary movement is proclaimed by the writers themselves, as when the third-century BC Greek poet Callimachus presents a manifesto of erudite and recherché literature, inaugurating what is often called the 'Hellenistic' or 'Alexandrian' aesthetic. But even when writers are not so self-conscious, we can trace in retrospect the emergence of distinct movements, even if the alleged break with the past is often exaggerated, whether by the writers themselves or later critics: Virginia Woolf's playful comment, 'On or about December 1910 human character changed' ('Mr Bennet and Mrs Brown', 1924), well expresses both the temptation and the danger of discerning sharp breaks between eras.

Any outline of classical literary periods will feel at times like a crash course in ancient history, but I prefer to think of that as a good thing: after all, literature always has its roots in the reality of its times, even when it goes beyond them. Thus ancient fantasy fiction (see Chapter 9) reflects in a topsy-turvy fashion the limits of ancient knowledge of the world, just as modern science fiction has engaged with technological and political developments for well over a century. Great works of literature may be in some sense 'timeless', but one cannot fully understand classical (or any other) literature without some knowledge of its original historical context.

The collapse of Mycenaean culture around 1200 BC was followed by several centuries of Greek history in which the skill of writing was unknown, but oral poetry and story-telling of various kinds flourished. In the early 8th century BC the Greeks adapted the Phoenician alphabet to suit their own language, and the tradition of Greek 'literature' (i.e. a record of written texts) begins. By a fluke of history the rediscovery of writing coincided with the genius of Homer, so that his great epics, the *Iliad* and *Odyssey*, composed around 725–700 BC, are not only the greatest works of classical literature but also the earliest (imagine English literature beginning, Big Bang style, with Shakespeare). The period from the first Olympic Games in 776 BC to the end of the Persian Wars in 479 BC is conventionally known as the Archaic age, but the word 'archaic' should not be taken to imply 'primitive', since this is one of the most dynamic and experimental periods of Greek literature, and the epic and lyric poetry that survives is among the most impressive and sophisticated ever written (see Chapters 2 and 3). The archaic age was also a period of expansion and colonization, as Greek cities sent out traders and settlers all around the Mediterranean, ranging from Massalia (modern Marseille) to Naucratis in Egypt (over 50 miles down the Nile), and this cultural energy and diversity is reflected in the major writers of the period, who come from all corners of the Greek-speaking world (see Map 1).

By contrast, the literature of the Classical period (479–323 BC), from the defeat of Persia to the death of Alexander the Great, is dominated by one city above all, Athens. The Greeks' victory over the huge Persian invading force not only bolstered their sense of superiority to 'barbarians' (non-Greeks), but also allowed the Athenians to exploit an originally defensive alliance (the Delian League, formed to repel further Persian attacks) for their own ends, turning it into the engine of an Athenian empire. The wealth of empire, combined with an open democratic culture, attracted intellectuals and artists from all over the Greek world, making Athens the cultural centre of Greece, 'the school of Hellas', as

Map 1. The Greek world

Chersonessos
COLCHIS
Istros
Black Sea
Sinope
Trapezos
THRACE
Byzantion
Chalcedon
ARMENIA
Troy
Mytilene
MYSIA
PHRYGIA
Pergamon
LESBOS
Smyrna
Sardis
IONIA
CHIOS
Ephesus
LYDIA
Miletus
CARIA
SAMOS
Halicarnassus
LYCIA
Antioch
Damascus
COS
RHODES
CYPRUS
Tyre
PERSIA
Alexandria
Naucratis
EGYPT
Oxyrhynchus

Pericles calls it in his eulogy of the city (Thucydides, *History* 2.41). Literary forms flourished around the public performance spaces of Athenian democracy: tragedy and comedy at the state-sponsored dramatic festivals (Chapter 4), oratory in the law-courts and assembly (Chapter 6), and historiography in the circles of politicians and intellectuals who were interested in understanding (among other things) why Greece had been successful in the Persian Wars or why Athens lost the Peloponnesian War against Sparta (431–404 BC; see Chapter 5). Athens' cultural importance survived its defeat by Sparta at the end of the fifth century, as did its democracy, and the fourth century saw a continued efflorescence of great writing, especially in the prose forms of oratory, history, and philosophy (little poetry has survived). As with 'archaic' literature, it is important not to confuse 'classical' with 'safe' or 'bland': the best authors of the classical period are truly revolutionary and influenced the major forms of drama, poetry, and prose for centuries to come.

The Hellenistic period (323–31 BC), from the death of Alexander the Great to Octavian's defeat of Mark Antony and Cleopatra VII of Egypt at the battle of Actium, saw a huge expansion of Greek (and subsequently Greco-Roman) culture. Alexander's campaigns had taken him as far as the Persian Gulf, India, and Afghanistan, and his generals inherited a variety of successor kingdoms, the most enduring being that of the Ptolemies in Egypt. Ptolemy I founded the Library and Museum at Alexandria, the former with the ambition of collecting and cataloguing every Greek literary text ever written, the latter as a research centre for scholars in every field of the arts and sciences. Subsequent Ptolemaic kings continued their patronage of both institutions, and in such an ostentatiously learned, and blissfully subsidized, milieu there emerged a new literary movement which fused literature and scholarship as never before. The hallmarks of the 'Alexandrian' style are erudition and refinement. Its guru, the scholar-poet Callimachus, proclaimed 'I sing nothing that is unattested'. Earlier literature had also been allusive and inventive, but now the poet's learning became much more overt and self-conscious, and innovation even more prized. While some authors get mired in wearisome obscurity and self-defeating cleverness (Nicander's poems on various kinds of poison and their antidotes, for example, are enough by themselves to make the blood run cold), the best writers of the period use their learning to revive hackneyed literary forms (as in Callimachus' and Apollonius' transformations of epic: Chapter 2) or to create ingenious new ones (Theocritus' invention of pastoral: Chapter 7).

Thus far our focus has been on Greek literature. Though Rome was founded (according to ancient reckoning) in 753 BC, no trace of Latin literature has survived before the mid-third century BC. Thus the first few centuries of the Republican period (509–31 BC), from the expulsion of the last Roman king, Tarquinius Superbus, and the proclamation of a republican system of government down to that system's self-destruction in the civil wars of the first century BC, are in literary terms a blank page. But the earliest surviving Latin literature—the epics of Livius Andronicus, Naevius, and Ennius, the tragedies of Ennius and Pacuvius, and the comedies of Plautus and Terence (these last being the only early texts to survive complete)—shows that, as with 'archaic' Greek literature, we should beware of confusing 'early' with 'unsophisticated'. For these works, composed around 240–130 BC, not only reflect on the Romans' stupendous military successes during this period, which made Rome the major power in the Mediterranean world, but also engage with their Greek literary models in a highly ambitious and creative manner. Ennius, for example, presented himself as the reincarnation of Homer, the ultimate symbol of Greek culture's transference to Rome (Chapter 2).

By adapting Greek literary forms to suit new audiences and concerns, and by combining them with native Italian traditions, these early writers begin the process, continued by all subsequent Latin authors, of 'making it Roman'. When Greece itself came under Roman domination in 146 BC, the influence of Greek literature and culture on Rome grew even stronger, and one contemporary politician and writer, the elder Cato, took advantage of popular anxiety surrounding such aristocratic philhellenism by constructing in opposition to it a persona of no-nonsense, back-to-basics Roman simplicity. (Cato's writings show him to be well read in Greek literature, but he realized there was political mileage in appealing to Roman contempt for arty-farty Greeks, who were now also their provincial subjects.) Most Latin authors, however, were more open about their debt to the Greek tradition. The intensity of this cultural interaction is best expressed in Horace's intentionally paradoxical observation: 'Greece, once captured, made a captive of her wild conqueror/and introduced the arts to rustic Latium' (Horace, *Epistles* 2.1.156–7). In other words, Rome's military expansion led to cultural enrichment as well. The centre of literary creativity (first Athens, then Alexandria) was now Rome. Though no major Latin author of the Republican period was born in Rome, they all made their way there in search of patronage, audiences, and success.

In the last decades of the republic greed and self-interest destroyed the welfare of the state, as warlords like Caesar and Pompey, Octavian and Mark Antony, deployed unprecedented violence against their fellow citizens. The literature of the period struggles to make sense of the chaos, and there are scathing attacks on political ambition in Lucretius, Catullus, and Sallust. Many of the greatest figures in Latin literature lived through the republic's collapse into dictatorship, and their works (especially those of Cicero, Virgil, and Horace) offer profound explorations not only of the impact of civil war, but also of the imperial system that the civil wars gave birth to (see Chapters 2, 3, and 6). Octavian (63 BC–AD 14) secured sole power at the battle of Actium in 31 BC and took the title 'Augustus' (connoting religious and political authority) in 27 BC, becoming the first emperor and implementing an imperial system whose revolutionary and tyrannical nature he cleverly sought to disguise by proclaiming himself the restorer of the republic.

The Augustan age (44 BC–AD 17), from the assassination of Julius Caesar (and the emergence of his 19-year-old heir, Octavian) until the death of the poet Ovid, spans the violent transition from republic to empire, and its outstanding authors (Virgil, Horace, Tibullus, Propertius, Ovid, and Livy) articulate the relationship between literature and power with remarkable insight, and it is their at times troubling reflections on the recent past which give their work its edge. Naturally, each of these writers reacts to the new regime in his own way, and their responses develop over time, as the imperial system itself evolves, so there is no one 'Augustan' literature. Thus there is a world of difference between the early works of Virgil and Horace from the 30s BC, when Roman society was still tearing itself apart and no end or clear victor was in sight, and the works of Ovid, written from around 16 BC onwards, in which Augustus and his power are facts of life.

The Augustan poets strive to match the Greek classics: Virgil claims the mantle of Homer, Horace is the new Alcaeus (not to mention every other Greek lyric poet), and Propertius claims to be the new Callimachus. As with the term 'classical', however, the sense of 'Augustan' (as a period in English literature) meaning 'measured' or 'harmonious' risks obscuring the revolutionary nature of these works. Indeed the daring and ambition of these writers are most clearly seen in the ways they engage with Augustus' transformation of Roman society itself, including at times their refusal to celebrate it (Chapter 3).

Such is the quality of the literature written in the late Republican and Augustan eras that it is traditionally known as the Golden Age of Latin literature, followed by the Silver Age of the early empire (AD 17–130). But such terms, with their evaluative connotations, are no longer fashionable, and in any case they undervalue the success of many imperial writers in adapting to new circumstances: the epic poet Lucan, the novelist Petronius, the satirist Juvenal, and the historian Tacitus are a match for any before them. Not surprisingly a central concern of all imperial

Latin literature is the relationship between the writer and the emperor, as well as the writer's relationship to the literary past. Augustus exiled Ovid to the Black Sea in AD 8 and banned his saucy love poetry from his library on the Palatine, Tiberius (who reigned 14–37) forced the pro-republican historian Cremutius Cordus to commit suicide and burnt his books, while Nero (54–68) had Lucan, Petronius, and Seneca (his own former tutor and adviser) all kill themselves. Domitian (81–96) was particularly paranoid and despotic, and he is attacked by Tacitus, Pliny, and Juvenal—but from a safe distance, after the emperor is dead and his dynasty finished. It is easy for us to look down on the sycophancy of writers like Statius and Pliny, with their panegyrics of reigning emperors; conformity is never as sexy as rebellion. But their decision to work within the system is understandable, and makes Lucan's anti-imperial polemics and Tacitus' mordant analysis of Roman history since Augustus all the more impressive.

Greek literature of the imperial period is marked by a similar concern with the power of Rome (cf. Map 2). The philhellenism of Roman emperors like Hadrian (117–38) and Marcus Aurelius (161–80) encouraged a renaissance of Greek literature under Roman patronage, as Romans of the governing class were keen to associate themselves with the prestige of Greek culture and educated Greeks were only too happy to broker it to them. Although much of the Greek literature that survives from the imperial period is marred by an artificial classicism and a romanticizing approach to the good old days of Greek self-government, the best writers break free of such stultifying nostalgia and present more creative responses to Roman power and Latin literature. The *Parallel Lives* of Plutarch, for example, where the biography of an eminent Greek is paired with that of a Roman whose life shows points of resemblance in both virtue and in vice (Alexander the Great with Julius Caesar, Demosthenes with Cicero, and so on), breaks down cultural stereotypes on both sides, reminding the Romans that the Greeks can be great warriors and statesmen and not simply decadent aesthetes, and

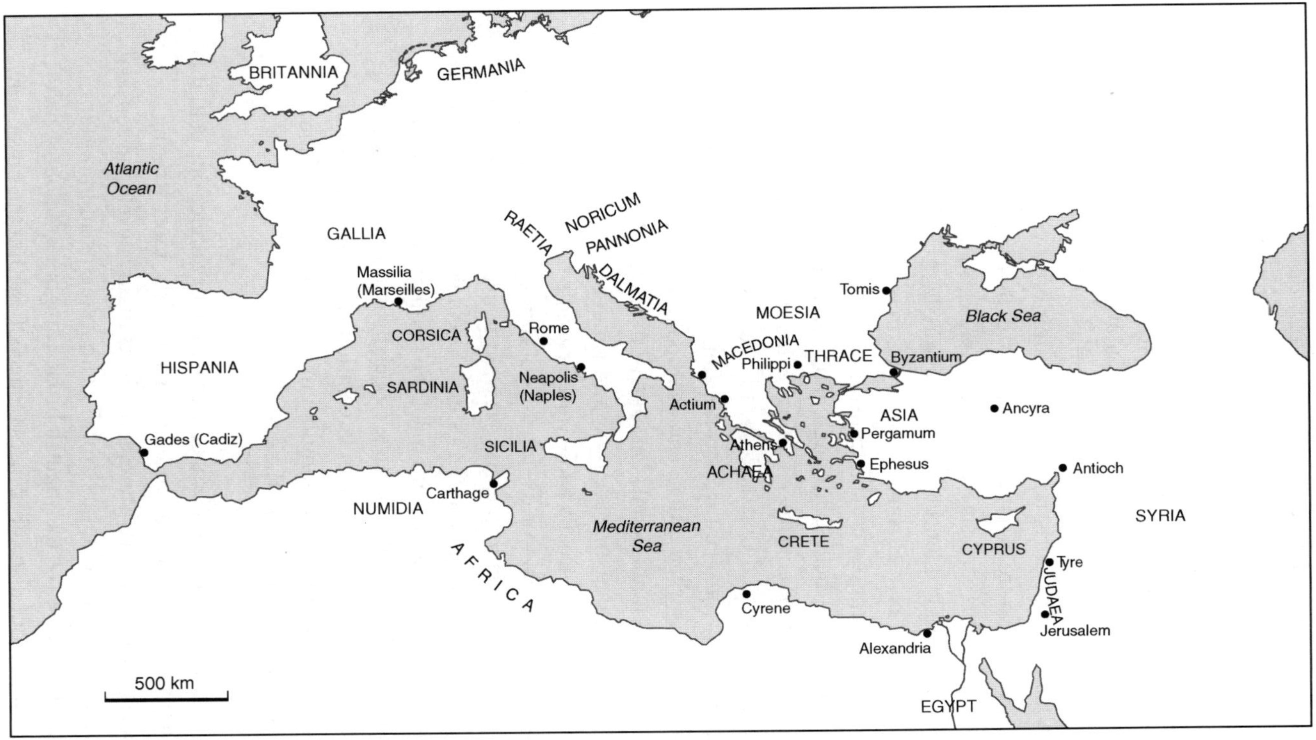

Map 2. The Roman Empire in the time of Augustus

showing the Greeks that the Romans have developed a highly civilized cultural life of their own and are thus more than militaristic philistines.

The literature of late antiquity (from the mid-third century onwards) reflects not only the fragmentation of the Roman empire under growing pressure from the frontiers, but also the establishment of Christianity as the empire's official religion. Classical literature of a high quality is still being created—Greek epic by Quintus Smyrnaeus and Nonnus, Latin poetry by Ausonius, Claudian, and Prudentius, Roman history by Ammianus Marcellinus (a Greek, but writing in Latin)—but the ascendancy of Christianity marks a crucial transformation of the western literary tradition. Nonetheless, although many churchmen were hostile to classical (pagan) culture—'The same lips cannot sound the praises of both Jupiter and Christ', declared Gregory the Great, for example—classical culture was not simply replaced by Christianity, but widely absorbed into it, and adapted to Christian ends. Thus the works of foundational Christian thinkers like Ambrose, Jerome, and Augustine are profoundly indebted to their knowledge of classical literature. So while various events may vie for the title 'end of the classical world'—the sack of Rome by the Visigoths in 410 being the most iconic, since it was the first time the city had been taken by foreign invaders since the Gauls' attack in 390 BC—we should take care not to let the familiar 'decline and fall' model obscure the continuities, especially in the study of classical texts, as the classical world of late antiquity transformed itself into the societies of Latin Christendom in the western half of the empire and Byzantium in the east.

With these 1,200 or so years of literary history under our belt, it is now time to consider in more detail one of the most striking aspects of classical literature, namely its highly developed sense of genre. Obviously, a literary work's genre remains an important factor today: we too distinguish broad categories of poetry, prose, and drama, but also sub-genres (especially within the novel, now the most popular literary form) such as crime, romantic, or historical fiction. And we do the same in other creative media, such as film, with thrillers, horrors, westerns, and so on. But classical authors were arguably even more aware than writers of genre fiction are today what forms and conventions applied to the genre they were writing in. All ancient literary texts are written in a particular genre, even when they are also interacting with others—as in 'tragic history', for example, that is history written in the style of tragedy. Some modern theorists would argue that every text belongs to a genre and that it is impossible not to write in one: thus even those writers who try to break free of convention and write the wackiest stuff are still caught up in 'experimental' literature. The invention of the major literary genres and their norms is the most significant effect of classical literature's influence. Accordingly, this introduction too is structured primarily by genre, reflecting its importance.

But what is a genre? The first thing to observe is that a genre is *not* a timeless and unchanging Platonic form, but a group of texts that share certain similarities—whether of form, performance context, or subject matter—and present a continuous development of these similarities over time. For example, all the texts that make up the ancient genre of tragedy share certain 'family resemblances' (they are theatrical texts written in a particular poetic language, they reflect on human suffering, they show gods interacting with humans, and so on) that allow us to perceive them as a recognizable group. But although certain 'core' features characterize any given genre, the boundaries of each genre are fluid and are often breached for literary effect.

As can still be seen in modern literature and film, a genre comes with certain in-built codes, values, and expectations. It creates its own world, helping the author to communicate with the audience, as she deploys or disrupts generic expectations and so creates a variety of effects. Genres appeal to writers because they give a structure and something to build on, while they offer audiences the pleasure of the familiar and ingenious diversion from it. The best writers take what they need from the traditional form and then innovate, leaving their own imprint on the genre and changing it for future writers and audiences. In other words, genre is a source of dynamism and creativity, not a straitjacket, unless the writer is unimaginative or unoriginal.

All ancient writers had an idea of who the top figures in their chosen genre were, and their aim was to rival and outdo their predecessors. The key ancient terms for this process of interaction with the literary past are *imitatio* ('imitation') and *aemulatio* ('competition'). 'Imitation' does not mean slavish copying, but creative adaptation of the tradition; creative writing today still involves the reworking of previous literature, since writers are usually enthusiastic readers too. Of course, competing with the great writers of the past is a risky business—as Horace puts it, 'Whoever strives to rival Pindar exposes himself to a flight as risky as that of Icarus' (*Odes* 4.2.1–4, paraphrased)—but what characterizes the best writers of antiquity is their response to the great works of the past in the light of the present.

Classical literature is characterized by a hierarchy of genres, ranging from 'high' forms such as epic, tragedy, and history at one end through to 'low' forms such as comedy, satire, mime, and epigram at the other. 'High' and 'low' relate to how serious the subject matter is, how lofty the language, how diginified the tone, and so on. Many of the genres lower down on the hierarchy define themselves polemically in opposition to a higher form: thus writers of comedy, for example, poke fun at tragedy, presenting it as unrealistic and bombastic, in order to assert the value of their own work, while satire mocks the claims of epic and philosophy (among other genres) to offer meaningful guides to life. Finally, it is striking that some genres endure longer than others: Roman love elegy flourished for only half a century (see Chapter 3), while epic was always there, and always changing (Chapter 2). In conclusion, then, we can understand an ancient literary text properly only if we take into account where it comes in the evolution of its genre, and how it engages with and transforms the conventions it inherits.

Let us end this introductory chapter by considering how it is we have the classical texts we do. The vast majority (at least 90 per cent) of classical literature is lost: so, for example, from the (at least) 900 tragedies produced during the 5th century BC at the major annual dramatic festival in Athens only 31 have survived intact, i.e. little more than 3 per cent of the most prestigious and popular genre of classical Athens. Some losses are more serious than others: few will lose much sleep over the fact that Dio Chrysostom's eulogies on a parrot and a gnat have not made the cut. And the vagaries of survival are cruel: we have only seven tragedies of Sophocles (from an oeuvre of over 120 plays), but no less than 1,600 letters of Libanius, a Greek rhetorician of the 4th century AD, proof (if any were needed) that the universe is random and life unfair.

Ancient texts, complete and fragmentary, come down to us either in an unbroken succession of copies (a manuscript tradition) or on ancient papyri which have been excavated in recent times. Like all texts until the invention of the printing press in the 15th century, classical texts were copied by hand, by skilled scribes (usually slaves), who did their best to produce an exact copy of their 'orginal'. But errors naturally entered the text as it was copied and recopied, especially because ancient texts, with no word-division and almost no punctuation, were much harder to read than modern texts, especially printed ones. One task of the classical scholar is to spot these errors and undo them.

The survival of classical literature is therefore the story of a very long and gradual process of selection and narrowing, as fewer and fewer texts were read and recopied. A number of factors contributed to this process, some deliberate, some accidental. Among the former the most important were: selection for use in the school curriculum (if a text was deemed, for example, too difficult linguistically or too naughty, it was in trouble); the reliance on anthologies, or collections of 'highlights' (like modern Dictionaries of Quotations), which led to the loss of complete works; the influence of scholarly 'canons', that is, lists of the 'best' authors in each genre, such as the Nine Lyric Poets or the Three Great Tragedians, which also influenced the choice of texts used in schools; and finally, and most intangibly of all, the influence of public taste and the perception of quality, for as Horace says, 'the existence of mediocre poets/neither men nor gods nor booksellers will accept' (*Art of Poetry* 372–3). Other factors had nothing to do with the nature of the literature involved: nibbling bookworms, mould, and the destruction of libraries by fire, as when the great Library of Alexandria, with its half a million papyrus rolls, burnt to the ground during Julius Caesar's attack on the city in 48 BC.

Further bottlenecks intervened, such as the change in the physical shape of the text, from the papyrus roll to the more practical codex, a form akin to our modern book. This transition, which began in the late 1st century AD and was largely complete by the end of the 4th, meant that only those works recopied into the new format had a fair chance of surviving. The codex format was particularly favoured by Christians, which brings us to our final hurdle, namely Christian censorship and neglect. We should take care, however, not to be too hard on the Christians, since they did recognize the quality of pagan texts and came up with ingenious ways of making them acceptable: for example, by allegorizing them in Christian terms, as when Virgil's fourth *Eclogue* was read as a harbinger of the birth of Christ (see Chapter 7). And it is to the monastic and cathedral libraries throughout medieval Christendom, as well as to Islamic philosophers and scholars of this period, that we owe the preservation of the texts themselves, until their rediscovery in, and ignition of, the Renaissance.

Fortunately, some of the accidents of history are happy ones, and new classical texts, often preserved as papyrus fragments in the

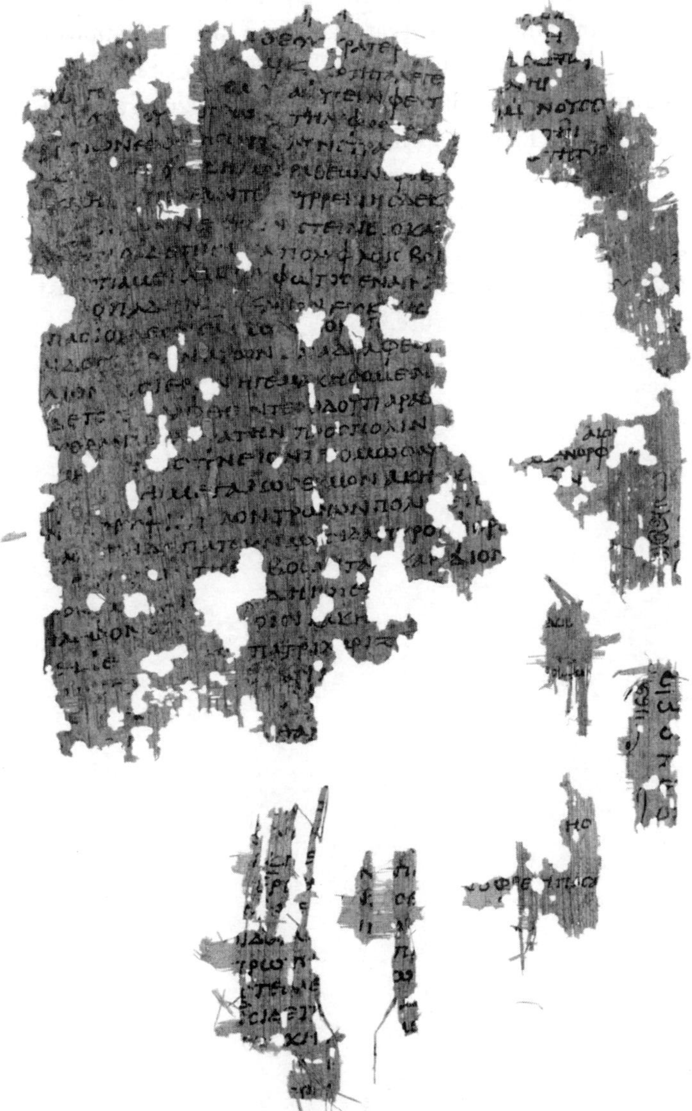

1. A papyrus from Oxyrhynchus in Egypt, discovered in 1897 and first published in 2005. The text is by the 7th-century BC poet Archilochus and narrates the Greeks' first campaign against Troy, which badly misfires when they attack another city by mistake and are defeated by its king, Telephus

rubbish mounds of Egypt, are still being discovered and published: thus the last few years have seen the publication of previously unknown works by two of the greatest Greek lyric poets, Sappho and Archilochus (first editions in 2004 and 2005, respectively: see Figure 1). And new technologies, such as multi-spectral imaging, have made it possible to read texts that before were illegible, such as those written on charred rolls of papyrus, carbonized by the eruption of Mt Vesuvius in AD 79. New discoveries and new approaches of this kind continue to transform our view of classical literature.

Chapter 2
Epic

Epic was not only the most prestigious but also the most malleable and enduring of ancient literary forms. The classical world was full of war, whether between rival Greek city-states or between Rome and those who dared to resist the expansion of her dominion: the gates of Janus in Rome were closed only in times of complete peace, and when Caesar's heir (the future Augustus) closed them in 29 BC, it was the first time in 200 years and only the third time in seven centuries of Roman history. In societies where warfare was endemic, a genre which both celebrated and explored such concepts as military heroism, loyalty, and masculinity would never lose its relevance or popularity.

In the skill of their narrative and characterization, their use of language, and the richness of their imaginative world, Homer's *Iliad* and *Odyssey* are the supreme works of classical literature. They burst like miracles from the gloomy 'dark ages' of Greece (the period from around 1200 to 776 BC, following the collapse of Mycenaean culture) and their importance for the shaping of later Greco-Roman culture is unmatched. In an ancient version of *Desert Island Discs*, it would be Homer's epics, the classical equivalent of the Bible and Shakespeare, which would be pre-packed for the journey. Western literature seems to begin with a double paradox: Homer's works are the earliest but also the best, and Homer himself is arguably the greatest poet who ever lived and yet we know nothing about him. But neither issue is really a problem: the *Iliad* and *Odyssey* may be the earliest Greek literature to survive, but they are in fact the culmination of a centuries-old tradition of oral epic poetry, while our ignorance of Homer's identity is irrelevant to our appreciation of his poetry.

Like nearly all classical epic, Homer's tales of the Trojan War and Odysseus' return to Ithaca are set in the mythical world of gods and heroes. There is likely to be a historical core to the Greek epic tradition and its account of the fall of Troy—that is, some reminiscence of a Greek attack on north-western Asia Minor (modern Turkey) in the early 12th century BC—but when history becomes heroic poetry it inevitably becomes a form of fiction. By the time of Homer in the late 8th century BC many generations of bards had transformed the story of the Trojan War to suit the needs of successive eras and audiences. What was originally a conflict fought for complex military and political reasons becomes a war fought for a woman (Helen of Troy), and poetic exaggeration has left its mark: ten years of fighting, an armada of 1,186 Greek ships, and so on. Most striking is the Homeric poems' nostalgia for a bygone Heroic Age, which becomes a leitmotif of the epic tradition, as seen, for example, in the Homeric warriors' physical superiority to men of today: 'A man could not easily lift that rock with both hands, even a very strong man, such as mortals now are' (*Iliad* 12.381–3).

To appreciate Homer's achievement, we must first consider the oral epic tradition that he inherited. Homer composed for live performance, and even if he was literate (we do not know this for sure), he learned his craft from other performing bards. He will have perfected his poems over many years, usually delivering short episodes rather than the entire work (it would take around 26 hours to perform the entire *Iliad*). Like any other itinerant artist, keen to drum up future patronage, Homer takes care to advertise his own skill: the bard Phemius in the *Odyssey* asserts that such skill comes through hard practice as well as divine inspiration:

'I am self-taught, and god has put in my mind every pathway of song' (22.347–8). And it is no coincidence that the central heroes of both epics, Achilles and Odysseus, are compared to epic poets, as when Odysseus stringing his bow is likened to a bard stringing his lyre (*Odyssey* 21.406–11).

Despite its great size (almost 16,000 lines of poetry), the *Iliad* covers only a short period in the Trojan War, concentrating on just four days of fighting from the tenth and final year. As Aristotle observed (*Poetics* ch. 23), Homer avoids the mistake made by some later epic poets, who tried to cover every episode in their chosen myth from start to finish, leading merely to a dull sequence of events ('*a* happened, and then *b*, and then...'). Instead Homer chose a single, unified action within the story of Troy's fall (the anger of Achilles) and expanded it, using flashbacks and foreshadowings, so that his narrative embraces the entire war, ranging from Helen's original abduction by the Trojan prince Paris (the cause of the Greek expedition) through to the destruction of Troy and the enslavement of its surviving population. This skilful use of time (past, present, and future) is one of the best examples of the *Iliad*'s careful and sophisticated structure.

We refer to the main figures of Homeric epic as heroes, but it is important that we make clear what being a 'hero' means in this context. For us the term 'hero' conjures up someone who has done something unambiguously positive: a fireman who rushes into a burning building to save people, for example. In ancient Greek culture, however, the 'heroes', the offspring of unions between gods and humans, are not simply positive figures, but are characterized by their excessiveness, both for good and for ill. The heroes are capable of acts of superhuman and admirable prowess. But their heroic power is double-edged, because it can also lead to less desirable qualities: excessive anger, violence, cruelty, pride, recklessness, and egotism. So there is a tension within heroism itself in that the very energy which makes the heroes outstanding is also the source of their instability and danger (both to themselves and to others). The *Iliad* and *Odyssey* are sophisticated epics, which not only celebrate the heroic world but also explore the complex nature of heroism itself.

The central action of the *Iliad* is Achilles' anger with his fellow Greeks for failing to honour him, and his subsequent withdrawal from battle. When he refuses to fight, even though the Greeks are in desperate need, his friend Patroclus takes his place, but is killed by the Trojan leader Hector. Achilles is consumed by grief and finally returns to the battlefield, driven by a desire for vengeance. However, he displays a dehumanizing rage, for he does more than kill Hector, he mutilates his corpse, dragging it behind his chariot. This is a shocking act, which violates a basic taboo protecting a dead man's body, and threatens Hector's right to burial. It takes the intervention of the gods to end Achilles' shameful conduct, for their concern leads to the meeting between Achilles and Hector's father, Priam, and to the release of Hector's corpse. And it is in this encounter with the enemy that Achilles finally regains the attitudes of pity and respect which, the *Iliad* insists, are essential qualities of the man of honour. Priam appeals to Achilles in the name of his father Peleus, and as Achilles sees the grief and suffering of his own father mirrored in the Trojan king, the two men weep together:

> So the two remembered, Priam crouched at Achilles' feet
> and weeping loud for man-slaying Hector,
> while Achilles wept for his own father, and then again
> for Patroclus; and the sound of their groaning filled the hut.
>
> (*Iliad* 24.509–12)

By showing Priam the respect due to him and to Hector, Achilles emerges from his disastrous self-obsession and grief, and recognizes the humanity of others.

The gods' concern for mortals and their constant intervention in human affairs is one of the most striking aspects of the Homeric epics. Yet Homer's gods are not merely figures of literature: they are an expression of a coherent theology. With no established church or sacred book to prescribe religious beliefs in ancient Greece, poets played a fundamental role in shaping religious ideas, and none more so than Homer, who was the foundation of all education, including what the Greeks thought about their gods. But to understand Greek religion, it is essential that we jettison inappropriate (especially Christian) conceptions of the divine as intrinsically kind and caring. For although the Greek (and Roman) gods do care for humans, they are anything but selfless, and their honour is every bit as important to them as it is to the heroes. If a god's honour is damaged, as when the Trojan prince Paris insults Hera and Athena by choosing Aphrodite as the most beautiful goddess (*Iliad* 24.25–30), they are no less relentless than the angriest of heroes in their pursuit of revenge, and their greater power means that their retribution is all the more terrifying. Thus Hera strikes a grim bargain with her husband Zeus, the chief god, offering up her three favourite Greek cities for destruction (Argos, Sparta, and Mycenae) as long as Troy is obliterated (4.50–4), and she declares her hatred of the Trojans in matter-of-fact terms (18.367): 'How could I not weave trouble for the Trojans, given my anger against them?'

The gulf between mortal and immortal is stark: the gods enjoy eternal vitality, humans face oblivion in Hades. This essential difference, the certainty of death for humans, is powerfully expressed in a simile by Glaucus, an ally of the Trojans:

> As are the generations of leaves, so also are those of men:
> the wind scatters the leaves on the ground, but the forest
> burgeons and grows others when the season of spring comes round.
> So with the generations of men, one grows and another passes away.
>
> (*Iliad* 6.146–9)

However, it is paradoxically the very mortality of the heroes which gives them a seriousness and tragic intensity which the gods lack. Since the gods are 'sure to live forever, ageless and immortal', they face no risk of serious loss. In other words, the power and immortality of the gods mean that they cannot display courage and endurance the way humans must, and so they are diminished in comparison to them. As one ancient critic put it, 'Homer has done his best to make the men of the *Iliad* gods and the gods men' ('Longinus', *On the Sublime* 9.7).

While the *Iliad* portrays the pressures of the battlefield, the *Odyssey* explores a different form of heroism through the figure of Odysseus, 'the man of many wiles', who has to use intelligence and guile to overcome the many obstacles that keep him from returning to his home and family. The *Odyssey* is thus a variation on the tale of the wandering and returning hero which is known from many cultures around the world. In this story-pattern the hero is typically stranded far from home, and his family suffers in his absence, yet the hero battles against the odds and reclaims his wife and household. Thus the *Odyssey* begins ten years after the end of the Trojan War, but Odysseus has still not returned and his household is in disarray: a gang of over 100 disorderly and arrogant suitors is vying with one another to claim Odysseus' wife Penelope, and his young son Telemachus is unable to stop them.

The first half of the poem presents Odysseus' adventures since the fall of Troy, and we see his return to Ithaca repeatedly threatened: in the land of the Lotus-Eaters, for example, whose delicious lotus fruit makes the eater lose all memory of home, or in the cave of the monstrous Cyclops, Polyphemus, who kills and eats many of Odysseus' crew, or on the island of the witch Circe, who turns Odysseus' men into pigs and keeps the hero as her lover for a year. The second half presents Odysseus' struggle on Ithaca, disguised as a beggar, to regain his home and his heroic identity, as he and his son Telemachus slaughter the suitors, and Odysseus and Penelope are finally reunited after 20 years apart.

So whereas the *Iliad* portrays the tragic destruction of an entire society (the kingdom of Troy), the *Odyssey* is a more romantic and optimistic tale of a hero whose return to his community restabilizes it. But despite its more domestic setting, the *Odyssey* is still concerned with the same concepts of honour and revenge that dominate the *Iliad*, for the shameful behaviour of the suitors cannot go unpunished. Despite repeated warnings, the suitors persist in their outrageous abuse of the hospitality of Odysseus' household and even scheme to murder Telemachus. Their complete massacre has struck some modern critics as excessive, but is fully in line with the ethics of ancient Greek society, where punishment is harsh but predictable (the suitors know well the liberties they are taking) and therefore justified.

Of course, the ultimate goal of Odysseus' mission, and the climax of the narrative, is his reunion with Penelope. Throughout the poem it is made clear that Penelope is not only stunningly beautiful (the suitors go wild whenever she appears to them in the banqueting hall), but also highly intelligent. Indeed she proves herself more than a match for the clever Odysseus himself, whom she ultimately outwits. For as he stands before her, bespattered with the blood of the suitors, she refuses to believe that this man is her husband. Knowing, however, that their marriage bed is immovable, since Odysseus had built it from the trunk of an olive tree when the house was first constructed, Penelope orders that it be moved, which prompts the angry Odysseus to tell the story of the bed's making (a secret shared by him and Penelope), thus confirming his identity for his wife. Penelope's trick shows her to be her husband's equal in cleverness and the skilled use of language, and thus proves their worthiness to be reunited as husband and wife.

Several centuries separate Homer from the author of the next complete surviving epic, Apollonius Rhodius, whose *Argonautica* was composed around 270–245 BC. In four books Apollonius narrates the Argonauts' heroic quest for the Golden Fleece, the relic of a magical ram, guarded by a monstrous, unsleeping serpent. Jason and his men sail from Iolcus in Greece to the court of king Aeetes of Colchis at the far eastern edge of the Black Sea (modern Georgia), where Jason and Medea, the king's daughter, fall in love and Medea secures the Fleece and escapes with Jason back to Greece. This was an ancient myth: Homer had used Jason's adventures as a model for those of Odysseus, and Apollonius in turn reworks Homer to create an epic with all the learning and refinement typical of the Hellenistic 'Alexandrian' style (see Chapter 1).

In reaction to what they saw as the hackneyed, bloated, and repetitive epics of Homer's inferior successors, the Alexandrian poets developed the genre in new ways, with an emphasis on the small-scale, subtle, and allusive. Reaction to played-out styles is often the driver of literary change (compare Romanticism's rejection of neoclassical 'rules', for example), and Apollonius' epic is a revolutionary and highly sophisticated renewal of the genre. The poet's erudition is proudly displayed, as he incorporates new discoveries in science, geography, and historical research into his heroic tale: Aphrodite possesses a cosmic globe that was the cutting-edge of astronomy in Apollonius' time (3.131–41); the Argonauts' return to Greece takes them along the Danube, Po, and Rhone rivers, while they must even carry their ships across the Libyan desert; and the poem is replete with stories explaining the origins of contemporary rituals, place-names, and monuments. It is easy to see why the Ptolemies of Egypt appointed Apollonius to the prestigious posts of chief librarian and royal tutor.

Whereas Homer's Odysseus is famously the man 'of many resources', the narrator of the *Argonautica* describes Jason as 'without resources' or 'at a loss', and he often seems overwhelmed by his mission. As a result Apollonius' Jason has been written off as sub-heroic and insipid, but this is to miss the point: Apollonius knows that his audience are familiar with the wider myth of Jason and Medea, in which Jason will eventually betray his wife for another woman, prompting Medea to murder her own and Jason's children in revenge, and so Jason's reliance on Medea's support gives Apollonius' account of their love affair a tragic irony. It is generally agreed that the highlight of the poem is Book 3, where the young and impressionable Medea is love-struck by the handsome stranger. Apollonius depicts her passion from the inside out, describing the psychology and physiology of desire in terms that reflect the latest Hellenistic medical theory: Medea's anguish sears through her, 'around her fine/nerves and deep below the nape of the neck/where the pain enters most agonizingly' (3.762–4). Apollonius' portrait of the love-sick and vulnerable heroine was to prove a hugely important contribution to the genre of epic, especially in its influence on Virgil's Dido.

We know nothing about Latin epic before Livius Andronicus' version of the *Odyssey* around the middle of the 3rd century BC. Although we can be confident that local Italian songs of great ancestors and heroes of old had existed for generations, nothing of them has survived and the genre of Latin epic is already thoroughly Hellenized by the time of Livius. By the same token, however, Livius' work, a literary translation of Homer, is also a thoroughly Roman creation, adapting Greek myth to express Roman values: thus, for example, the standard Homeric description of heroes as 'equal to the gods' did not fit Roman religious feelings, so Livius replaces it with 'greatest and of the first rank'. Soon afterwards Naevius wrote the first Latin epic with native Roman subject matter: his *Punic War* reflects not only his own experience as a soldier in the struggle with Carthage, but also inaugurates the Romans' greater preference (in comparison to Greeks) for historical, or at least quasi-historical, epic rather than tales set in the legendary past.

Epic was the perfect genre in which to commemorate Rome's remarkable military success and expansion in this period. Thus, the most important Latin epic before Virgil, Ennius' *Annals*, covers the whole of Roman history from Aeneas' arrival in Italy after the fall of Troy down to shortly before Ennius' own death in 169 BC, by which time Rome was the dominant power in the Mediterranean world. Ennius begins by boldly telling of a dream in which Homer's ghost appeared to him and revealed that he had been reincarnated in (conveniently) Ennius. But this aspiring Roman Homer has also read his Alexandrian Greek poets and aligns himself with their sophisticated learning, styling himself *dicti studiosus*, the Latin equivalent of 'literary scholar'. Ennius' account of Rome's rise to power made his epic the embodiment of Roman values, and Rome's militaristic elite were schooled in pithy quotations such as 'On manners and on men of old stands firm the Roman state', where the first letters of the first four words of the Latin (*moribus antiquis res stat Romana virisque*) spell out MARS, the god of war. Ennius' poem became an instant classic and was a school text for generations of Romans until it was superseded by Virgil's *Aeneid*.

Virgil's epic tells how the Trojan hero Aeneas finds his way to Italy and struggles to establish a new home there which will be the origin of Rome. It is thus a foundation narrative, like the story of the Pilgrim Fathers in the United States. The legend of Aeneas in Italy can be traced back to the 6th century BC, but as Rome's power expanded it became a basic element of Roman history and identity, and Virgil, like Naevius and Ennius before him, rewrites the myth to express the anxieties and hopes of his times (see Figure 2). As Virgil composed the poem in the 20s BC, he gave readings of his work in progress, and its quality was immediately recognized and celebrated: his fellow poet Propertius, for example, declared that 'a work greater than the *Iliad* is being brought to birth' (2.34.66). And indeed Virgil's epic soon achieved a status and authority in Roman literature and culture which rivalled that of Homer for the Greeks, so that almost every ancient writer after Virgil (whether of poetry or prose, pagan or Christian) engages at some point in creative dialogue with the *Aeneid*.

In the first half of the epic (Books 1–6) we see the Trojan fleet, bound for Italy, driven by a storm to Carthage in north Africa, where Aeneas tells Queen Dido of the fall of Troy and his people's subsequent years of wandering in search of a new home. Dido and

2. A miniature marble tablet from near Bovillae (some 12 miles south-east of Rome), late 1st century BC, showing the fall of Troy and Aeneas' departure 'to the west' in search of a new home. An impressive work of craftsmanship, the tablet's surviving portion (roughly 11 inches square) is inscribed with around 250 figures and depicts scenes from the *Iliad* and other Greek epics about the destruction of Troy

Aeneas fall in love, the hero forgets his mission, and Jupiter must send Mercury to remind him. But when Aeneas leaves, Dido kills herself, cursing Aeneas and his descendants. Aeneas then gains access to the underworld, where the ghost of his father Anchises reveals to him a vision of the future greatness of Rome. The second half (Books 7–12) portrays the hero's struggles in Italy itself. Aeneas is well received by Latinus, king of the Latins (one of the tribes of Italy), who accepts his embassy of peace and offers Aeneas his daughter Lavinia in marriage. But others, including Lavinia's mother, Amata, resent the Trojan immigrants and war soon breaks out. Aeneas visits Evander, whose city is located on the future site of Rome, and Evander entrusts his young son Pallas to him as a fledgling warrior in the war to come. However, Turnus, leader of the hostile Italian tribes, kills Pallas, plunging Aeneas into a frenzy of violence. When Aeneas and Turnus eventually meet in single combat, Aeneas is victorious and is on the point of sparing Turnus, who is begging for his life, when he sees the sword-belt of Pallas, which Turnus had stripped from the young man's body. In a final paroxysm of love, shame, and anger, Aeneas kills Turnus.

Whereas earlier Roman epic had catalogued the great events of Roman history in serial fashion up until the author's own day, Virgil follows the lead of Homer and creates a more complex and interesting narrative, set in the legendary past but looking forward to the history of Rome. Though Rome itself was founded long after Aeneas by Romulus and Remus, the *Aeneid* is full of foreshadowings of Roman buildings, rites, and customs, especially when Aeneas visits the future site of Rome (Book 8), where we hear of the Roman forum, the Tarpeian rock, the Capitoline hill, and so on.

And just as Homer had presented the glory of warfare but also its victims, so Virgil succeeds in creating an epic which celebrates Rome and Roman power while also confronting the traumatic aspects of its history, especially the recent civil wars. Jupiter promises the future Romans, who are created from the fusion of Italian and Trojan peoples, 'empire without end' (1.279), and Anchises explains how that empire should be run:

> But you, Roman, remember by your power to rule
> the peoples of the earth, as these will be your arts:
> to pacify and impose the rule of law,
> to spare the conquered and war down the proud. (*Aeneid* 6.851–3)

However, such a vision of orderly rule is at odds with the poem's wider depiction of Rome's origins, where future Romans (Italians and Trojans) slaughter each other, and where largely sympathetic figures like Dido, who stand in the way of Rome, are destroyed.

The *Aeneid*'s reflections on both the glories and disasters of Roman history are encapsulated in its presentation of Augustus himself. Augustus, as a member of the Julian clan, claimed descent from Aeneas' son Iulus, and several passages in the poem hail him as restoring peace to Rome, even as inaugurating a second Golden Age in Roman history—so says Anchises, in a vision of future Roman heroes revealed to Aeneas in the underworld. Augustus' victory in the civil wars did bring peace (on his terms, of course) to a war-torn Rome and there is no reason to suspect the *Aeneid*'s expressions of gratitude to him for achieving this. Yet because the poem's exploration of loss and suffering is even more striking, this has led many to discuss its politics as if the dominant question were how pro- or anti-Augustan the poem is. However, such an approach is too narrow, since the subject of the poem is much more the chaos and trauma of generations of civil war, rather than Augustus himself.

This is best seen in the final, shocking scene of the poem, where Aeneas is overcome with rage and kills the defenceless Turnus. Despite his father's advice 'to spare the conquered', Aeneas cannot show the pity which the rest of the *Aeneid*, like the *Iliad*, presents as morally admirable. From one perspective Aeneas' anger is understandable and even justifiable, since it is sparked by the urge to avenge Turnus' killing of Pallas. But Virgil has carefully framed the final combat as one of like killing like, and these images of *self*-destruction make the final scene a vivid embodiment of the carnage of Rome's civil wars. So the *Aeneid* mingles hope for the future and longing for peace—for example, as the killing of Turnus ends the war in heroic age Italy, so may Augustus' victory end the bloodletting in contemporary Rome—with an awareness that violence could easily break out again, as shown by Aeneas' final act.

All writers of Latin epic after Virgil had to figure out how to engage with his achievement. Ovid responded to the challenge by taking an even bigger theme (the whole of cosmic history, no less) and by exploiting the malleability of the epic genre as never before, creating in his *Metamorphoses* a work of such diversity that it would later be described as mock-epic or even anti-epic. In 15 books the *Metamorphoses* narrates the history of the universe from its creation down to Ovid's own day (the poem was completed just before Augustus sent Ovid into exile in AD 8), but does so in an ingenious manner, through the telling of more than 250 Greek and Roman myths of metamorphosis, from Apollo's pursuit of Daphne and her escape through transformation into a laurel tree in Book 1, down to the deification of Julius Caesar in Book 15. While Virgil had incorporated many other genres into his epic, as when the love affair of Dido and Aeneas is infused with both love poetry and tragedy, Ovid takes this process even further, creating a particularly hybrid form of epic to match his theme of change from one form into another.

Sex and humour are particularly dominant motifs, since many transformations are prompted by desire—often a god's for a woman, highlighting male/divine cruelty and carelessness—and the narrative style is crammed with verbal wit and wordplay. Ovid even has fun with the *Aeneid*, packing the fall of Troy (to which Virgil devoted an entire book) into just four words: 'Troy fell, Priam too' (*Troia simul Priamusque cadunt*, 13.404). As a history of the world in the form of Greco-Roman myth, the *Metamorphoses* is a stunning example of the Roman transformation of Greek culture, and as an encyclopedia of myth, recast in Ovid's highly visual imagination, its influence on later artists as well as writers has been enormous. Yet it is also one of the most enigmatic of ancient literary texts, since Ovid's pervasive wit makes it hard to tell how serious his jokes about Caesar and Augustus are meant to be, or how profound his questioning of human identity (what separates human from divine, or man from beast, and so forth). Modern interpretations are often very nifty, seeing ideological resistance at every turn, but one gets the impression that Ovid's ghost may be laughing up his toga sleeve at their solemnity.

Dialogue with the *Aeneid* (and with the *Metamorphoses*) is a defining feature of the major Latin epics of the 1st century AD: Lucan's *Civil War*, written under Nero; and Statius' *Thebaid*, Valerius Flaccus' *Argonautica*, and Silius Italicus' *Punica*, all written under the Flavian dynasty (the reigns of Vespasian and his sons Titus and Domitian). Though all tailor their subject matter, whether historical or mythical, to the contemporary Roman world, it is Lucan's epic which succeeds best not only in creating a distinctive style—baroque in its rhetoric, gothic in its violence and its revelling in the supernatural and the grotesque—but also in continuing the *Aeneid*'s project of exploring the legacy of Rome's civil wars. In the poem's opening lines Lucan describes his theme, the conflict between Caesar and Pompey that destroyed the republic, as 'wars... worse than civil wars, and legality conferred on crime' (1.1–2). Drawing on the violence and spectacle of the arena, the narrator speaks of 'the gladiatorial pair we always have, freedom and Caesar' (7.695–6) and shows how freedom (*libertas*) is finally annihilated. The qualified hope of the *Aeneid* that Augustus would create a better and less violent society is undone, as the imperial system that resulted is shown to have made Lucan and his contemporaries the slaves of a tyrant. Lucan's epic is often called an 'anti-*Aeneid*', but that is to neglect Virgil's own anxiety about future violence; nonetheless, the *Civil War* is an unflinching exploration of the 'madness' (*furor*) that Lucan sees as the leitmotif of Roman history since the rise of ambitious warlords in the late republic. Discovered to be part of a conspiracy to replace Nero with another (less autocratic) emperor, Lucan committed suicide in AD 65, aged only 25.

For ancient readers the genre of epic was defined by verse form (poetry written in dactylic hexameters, the distinctive metre of epic) rather than by subject matter. And so let us conclude by considering a rather different form of ancient epic—namely, didactic epic—whose ostensible aim was to instruct the reader in subjects as varied as farming, hunting, philosophy, and science. Despite the variety of topic, all didactic poetry is characterized by a teacher–pupil dynamic, which is founded on the relationship between the poet and his addressee (or 'pupil') within the poem and extends to us the reader (or 'pupil') outside it. Nobody likes to be lectured, so the internal addressee allows the poet to get his message across without seeming to browbeat his audience. This basic triangulation is handled in different ways by each poet, so that the reader is usually guided to identify with the addressee but may also see him as a model to be avoided.

We see the latter idea, whereby the reader is encouraged to do better than the internal addressee, in the earliest surviving didactic poem, the *Works and Days*, a meditation on self-improvement and honest work written by Hesiod (a near contemporary of Homer's) in the early 7th century BC, in which Hesiod lectures his wastrel brother Perses on how to sort his life out. Hesiod's persona and his brother's are carefully constructed to suit the poem's central themes of hard work and justice: Hesiod is a gruff, tell-it-like-it-is farmer—thus his hometown of Ascra in central Greece is 'bad in winter, unbearable in summer, no good at any time' (640)—while Perses is lazy and financially corrupt.

Like the biblical myth of the Fall, Hesiod's myths of Prometheus' disobedience to Zeus (which is punished by the creation of the first woman, the beguiling but deceitful Pandora) and the five ages of mankind (golden, silver, bronze, heroic, iron—with us stuck in the tough iron age) serve to explain why work is necessary and honesty best. Although Hesiod offers some practical instruction on agriculture and the days considered lucky or unlucky for various tasks (hence the 'works' and 'days' of the poem's title), this is not a technical handbook, but a sophisticated literary work which uses the tropes of a farmers' almanac—age-old proverbs (e.g. 'Give to the one who gives, but don't give to the one who doesn't') and wry humour ('Don't let a woman who flaunts her arse deceive you with her flattering chatter: she is after your barn')—in order to bolster and enliven its presentation of popular Greek wisdom and morality.

The earliest surviving didactic epic in Latin, Lucretius' *On the Nature of the Universe*, completed in the 50s BC, is not only a successful poem on atomic theory and its ramifications (a rare feat in itself) but also one of the greatest works of Latin literature. Poetry, Lucretius explains, makes his technical subject matter more palatable, and he speaks of coating his philosophy 'with the sweet honey of the Muses', as when a doctor puts honey on the rim of a cup to entice children to drink bitter medicine. Lucretius' mission is to convert the reader to Epicureanism, that is, the all-embracing theory of the world and our place in it advanced by Epicurus, a Greek philosopher active around 300 BC. The six-book epic is carefully structured, moving from the micro- to the macrocosmic level, from the atom and its compounds (Books 1 and 2), through the human mind, soul, and senses (Books 3 and 4), to the creation of our world and the development of civilization (Books 5 and 6). Lucretius shows that the entire universe consists of atoms (indivisible bits of matter, infinite in number) and void (empty space, infinite in extent), and goes on to elaborate such concepts as the 'swerve', a random and unpredictable movement of atoms explaining how we have free will, and the claim that there are many worlds besides our own, ideas not a million light years away from modern quantum theory.

Thankfully, however, the aim of the poem is not to help us pass a physics exam, but to achieve happiness by saving us from irrational fear, especially our fear of death and the gods, which Lucretius sees as the two most pernicious aspects of human society. Accordingly, he puts forward over 30 different arguments for the mortality of the soul, arguing (against the fear of death) that since we were not here before birth and won't be here after death, it would be foolish for us to fear what we won't be around to experience. And like Epicurus, he argues *not* that the gods do not exist, but that they do exist but do not concern themselves with human affairs, for to do so would disrupt their famously 'blessed' existence. Lucretius' indictment is not of the gods but of the corrupt religious system created in their name by humans, in which priests and their myths stop us from investigating the true nature of the universe—a debate between science and religion that continues today. But the greatest challenge to contemporary Romans lies in Lucretius' condemnation of the greed, corruption, and ambition that were about to plunge Roman society into a catastrophic civil war. The poet despises wealthy politicians and warlords like Caesar and Pompey:

> They amass a fortune through the blood of fellow citizens
> and greedily multiply their wealth, heaping death upon death.
>
> (3.70–1)

Lucretius' response to the corruption and violence of public life is radical: only by withdrawing from the rat-race of Rome can one escape the materialism of contemporary society and the poverty, both intellectual and ethical, of what passes as 'success' in modern life. *Plus ça change.*

Our final example of didactic poetry is Virgil's *Georgics* (from the Greek *georgica*, meaning 'things to do with farming'), which draws on both Hesiod and Lucretius. Like Hesiod's *Works and Days*, the poem purports to offer practical advice on agriculture and praises the life of the simple peasant farmer; and like Lucretius, Virgil explores humanity's place in the world, especially our relationship to the natural environment, and how we might achieve happiness within it. Virgil treats crops and weather-signs (Book 1), trees and vines (2), livestock (3), and finally the keeping of bees (4), stressing the moral values attached to *labor* ('hard work'), particularly as a means of transforming the hostile natural world for our benefit. But at the same time the metaphors of force and coercion used to describe humanity's taming of nature point to the destabilizing effects of violence in human life itself.

Written in the late 30s BC, and completed after Octavian's (the future Augustus') crucial victory at Actium in 31 BC, the *Georgics* resembles the later *Aeneid* in its focus on the chaos of the civil wars and the struggle for a balanced and more peaceful society. Virgil stresses that these conflicts represent a natural as well as a human catastrophe, as the countryside is devastated by war:

so many wars in the world,
so many types of crime, no proper respect for the plough,
the fields rot in neglect with their farmers led far away,
the curved sickles forged into steely swords. (1.505–8)

And as in the *Aeneid*, Virgil here presents Octavian as the only source of hope, as the renewer of the Italian countryside and the whole Roman world, while also acknowledging how fragile such hope is, since no reader would be unaware of Octavian's part in the bloodshed of the recent civil wars, and the stability of the 'Augustan peace' was still far away.

Chapter 3
Lyric and personal poetry

This chapter will focus on a wide range of poetry, from early Greek lyric to Roman love elegy. What unites these various forms is their basis in the world of the speaker (the 'I' of the poem), whose ideas and experiences come to the fore. For whereas genres like epic and tragedy typically focus on the mythical past, where the 'I' of the poet is foregrounded only occasionally (as in epic) or not at all (as in tragedy), much of the poetry in this chapter appears to spring from the speaker's feelings and responses in the here and now.

At first sight this kind of poetry seems highly familiar to us. The Enlightenment's emphasis on the individual as socially, politically, and artistically determinative culminated in the Romantic idea that spontaneous, genuine feeling is the basis of the best or truest poetry. Wordsworth's famous definition of poetry, in the Preface to his *Lyrical Ballads* (1802), as 'the spontaneous overflow of powerful feelings', encapsulates a conception of the art, as founded on the poet's personal emotional response to the world, which remains influential today. However, while ancient lyric or personal poetry purports to express the speaker's response to the world, and while it no doubt draws on the poet's (and audience's) personal experience of love or war (and so on), the goal of the ancient poet is not to reflect on his own experience, but to construct a *persona* which the audience will find both credible and gripping.

In other words, we need to beware the biographical fallacy when reading ancient lyric or 'personal' poetry. We saw in the last chapter, for example, how Hesiod created the personae of cantankerous farmer and wastrel brother to suit the needs of his didactic poem *Works and Days*, and in lyric or personal poetry we see the same process on a much wider scale, as the poets adopt a huge variety of personae, but all of them suited to their chosen genre (e.g. Archilochus' songs of abuse), to their performance context (aristocratic symposium, public festival, etc.), and to the goal of the narrator (be that Pindar praising victorious athletes in choral hymns, or Catullus lamenting the infidelity of his mistress).

We should also beware the idea that because much of this poetry is (or purports to be) 'personal', it is somehow less traditional or less concerned to interact with earlier literary works. Again this is a modern notion: the philosopher Immanuel Kant, for example, claimed that 'Among all the arts poetry holds the highest rank. It owes its origins almost entirely to genius and is least open to guidance by precept or examples' (*Critique of Judgement*), expressing a conception of poetry as the pure expression of the individual, not subject to literary tropes and traditions—the very opposite of ancient poets, lyric or otherwise, who are always aware of what genre they are writing in and its history.

Let us begin with ancient Greek lyric poetry. The word 'lyric' here is a catch-all term, for it embraces all early Greek poetry that is not epic or drama, and thus covers a variety of poetic forms, displaying a myriad personae. It is conventional to sub-divide these works into smaller genres—iambus, elegy, and lyric poetry proper, both solo and choral (see later)—but this should not obscure the fact that a poet is free to compose in the different forms as he or she thinks fit: thus Archilochus wrote both iambus and elegy, while Sappho composed both solo songs (for example, personal poems of love) and choral works (such as marriage hymns). So these categories are artificial, may mask continuities between the different forms, and are based on different features—'lyric' on the idea of song, elegy on metre, iambus on subject matter—but they can still be helpful in giving us an overview of the 'song culture' of early Greece.

The main performance venues for these different forms of poetry were the symposium and the public festival. The symposium was an upper-class drinking party, where elite males could listen to poets or perform themselves. A 'symposiarch', or 'leader of the drinking', was chosen, who determined how strong the wine would be (i.e. how much water would be added) and was in charge of making sure things didn't descend into drunken chaos. Women were present, but not wives, and slaves and courtesans might provide musical accompaniment or other services—the latter are (porno-)graphically depicted on surviving wine bowls and drinking cups. Civic festivals, on the other hand, were public holidays, where the whole community enjoyed not only large-scale animal sacrifice (eating meat was a treat, not an everyday occurrence), but also athletic, musical, and poetic competitions.

Turning now to the individual sub-genres of lyric, the term iambus may have been originally connected to a traditional type of jesting and ribald poetry performed at festivals of Demeter and Dionysus (deities associated with sex and fertility, among other things). But the scope of surviving iambic poetry shows that the genre developed well beyond any cultic origins to embrace a variety of themes and purposes. Mockery and abuse are prominent features, as are sexual obscenity and explicitness (the word 'motherfucker', for example, occurs only in iambus), but we also find animal fable, and moral and political exhortation. The relatively 'low' or popular linguistic register of iambus made it an ideal medium for democratic politics: thus the Athenian politician and poet Solon—active in the early 6th century BC, and later hailed as the founding hero of democracy—defends his political and economic reforms in iambic verse, claiming (among other achievements) to have liberated those Athenians who had been enslaved to wealthy masters because of debt.

The variety of iambus is clearly seen in the genre's outstanding exponent, Archilochus, who worked in the mid-7th century BC and whose reputation in antiquity was such that he was named alongside Homer as one of the greatest of poets. Famous for the energy and wit of his invective poetry, Archilochus' mockery can also have a serious edge, as when he pokes fun at the aristocratic ideal of the 'beautiful and good' man, an ideology in which beauty, nobility, and excellence all go together:

> I don't like a general who's tall or has a swaggering gait
> or preens himself on his wavy curls or has a dainty beard.
> No, let mine be a little bloke with bandy-looking legs,
> standing firm on his feet and full of guts. (fr. 114)

The iambic idea of mockery as something that gets under the surface of things to reveal the truth is here turned on the handsome, aristocratic army commander, who merely looks the part.

Archilochus also exploits his audience's knowledge of animals, especially as shaped by the folklore tradition of the animal fable, to produce allusive and compressed imagery:

> The fox knows many tricks, the hedgehog only one—but it's a big one. (fr. 201)

As here, Archilochus often identifies himself with the apparently weaker animal who ends up besting his enemy. The hedgehog's 'one big thing' is to curl up into a spiky ball, and the parallel with the narrator is made explicit elsewhere:

> But one big thing I know:
> to pay back with terrible harm the one who harms me. (fr. 126)

The message is clear: if you try to hurt Archilochus, not only can he protect himself, but he can do so (like the hedgehog) in a way that will cause you pain—including, it is implied, by producing abusive poetry about you.

One of the most famous series of poems by Archilochus concerned his relationship to one Lycambes and his daughters. According to ancient tradition, which read the poems autobiographically, Lycambes had betrothed his daughter Neoboule to Archilochus but later broke the agreement. Archilochus took revenge by claiming to have had sex with both Neoboule and her sister, and destroyed the reputations of both the girls (as promiscuous) and their father (as an oath-breaker), such that the whole family committed suicide out of shame. In one poem the narrator rejects his former fiancée, Neoboule, as damaged goods ('she makes many men her friends') and seduces her younger sister instead (fr. 196a). The end of the poem is simultaneously explicit and ambiguous: 'I shot my white might off, just touching golden hair.' This creates suspense and interest among the audience (tipsy men at drinking parties, or boisterous festival crowds), who are encouraged not only to speculate among themselves exactly what happened, but also to look forward to the next raunchy instalment by Archilochus in the tale of Lycambes and his daughters. Such iambic invective is not only titillating, however, for it also encodes basic moral values for an archaic Greek audience—as here concerning the keeping of promises, the importance of policing the chastity of unmarried girls, and the value of sexual restraint (for women, of course, to suit the double standards of a patriarchal society).

Unlike iambus, which is defined by its content rather than its metrical form, elegy covers all poetry written in the elegiac couplet, which was one of the most popular poetic forms throughout antiquity. Greek elegy was usually sung to the accompaniment of the *aulos*, an oboe-like instrument, two of which were played at the same time by a single musician (or aulete). We must not think of 'elegy' in the modern sense of a mournful song or poem, for although it was associated with laments and epitaphs in antiquity (the origin of our modern definition), elegy was a highly flexible form and is used for a huge variety of subjects, from mythological or historical narrative to the perennial sympotic themes of wine, women (plus boys), and song.

As with Archilochus in his iambic verse, we find elegiac poets adopting a variety of personae to suit both occasion and audience. One of the most striking is that presented in the elegies of Theognis, a poet of the late 7th century BC, who plays the role of an embittered aristocrat, a man who has lost his estates in a pro-democracy revolution and, forced into exile, now plans his revenge. Theognis addresses his mutterings to his young male lover, Cyrnus, who is urged to listen and learn. A typical complaint runs:

> Cyrnus, this city is still a city, but the common people are different:
> they used to know nothing about justice or laws,
> but wore tattered goatskins about their flanks
> and lived outside this city like deer.
> And now they are the gentry, Cyrnus, while the former nobility
> are now scum. Who can endure the sight of this? (53–8)

Theognis' poetry captures the anxiety of aristocratic communities throughout Greece in the archaic period, as their rule was threatened by the rise of democracies or by demagogues who rose to power on popular support and then set themselves up as tyrants. His defence of established privilege and detestation of the vulgar and the *nouveaux riches* made Theognis' elegies a popular choice at aristocratic symposia, where their performance helped build group and class solidarity in the face of threatening change.

The creation of solidarity is also important to the military elegies of Tyrtaeus, a Spartan poet of the mid-7th century BC, who urges his Spartan comrades to fight to the death in defence of their city and people: 'For it is a fine thing to die in the front line, a brave man fighting for his homeland...' (fr. 10.1–2). Tyrtaeus' poetry insists on the shame of defeat as much as the glory of victory and reflects the relentless militarism of Spartan society, which was unusual even by ancient standards. About 50 years before Tyrtaeus, in the late 8th century BC, Sparta had conquered the Messenians, a nearby people (and fellow Greeks), who were made 'helots' (or 'captured people'), a permanently enslaved national group whose forced labour made Sparta's militarized society both possible, since Spartan men were freed from work to become full-time soldiers, and necessary, to quell the permanent danger of slave rebellion. Tyrtaeus describes the enslaved Messenians as 'like donkeys worn out by their heavy loads' (fr. 6), and his poetry, written during the so-called Second Messenian War, following another rebellion, is geared to maintain their subjugation and to reinforce the militaristic values of Spartan society. His martial elegies inspired Spartan armies on campaign for centuries to come.

It is conventional to call the remaining poetry (i.e. that which is not iambus or elegy) 'lyric' poetry proper, and to further divide it into choral and monodic lyric, based on whether it is performed by a chorus or a solo singer. Sometimes it is unclear whether a poem was written for solo or choral performance, however, and what was originally choral could always be reperformed by a solo singer (at the symposium, for example). In any case, what characterizes this poetry is the importance of music and song—and, in the case of choral poetry, dance—since it was all sung to musical accompaniment, whether by the *aulos*, the lyre, or other stringed instruments.

Perhaps the most famous and fascinating of lyric poets is Sappho, who worked on the island of Lesbos in the late 7th century BC. The greatest female writer of antiquity, Sappho was praised by ancient fans as 'the tenth Muse'. She wrote in a variety of choral forms, including wedding songs and hymns to deities, but she was best known for her (mostly) solo poetry about love, especially on love between women. It is often claimed that Sappho's openly erotic relationship to her female circle also fulfilled an educative purpose, whereby her 'pupils' learned a wide range of activities that prepared them for later life as married wives and mothers, including music, adornment, and religious practices. On this model Sappho's group is seen as a female counterpart to the homosexual rites of passage which are well attested for young men in other parts of Greece in the archaic and classical periods.

Alternatively, her relationships could simply be erotic, without the need to claim a pedagogical purpose. (In other words, Sappho's addressees could be a succession of female lovers, not necessarily part of an institutionalized group.) In any case, what is clear is that Sappho's poetry celebrates physical intimacy and desire among women. In one poem, for example, she consoles a departing lover with memories of how 'on soft beds you would satisfy your longing' (fr. 94.21–3). The Victorian image of Sappho the (chaste) schoolmistress suppressed these unwanted lesbian elements—though, curiously enough, the gentlemen scholars concerned, many of them boarding-school educated, had no problem accepting a period of homosexual activity for young men in ancient Greece.

Many male lyric poets delight in a variety of lovers of both sexes, but none of them matches Sappho's insistence on the centrality of love to her existence:

> Some say a troop of cavalry, or infantry,
> or a fleet of ships is the most beautiful thing
> in all the world; but I say
> it is what one loves. (fr. 16.1–4)

Here the narrator's perspective is provocatively opposed to the 'male' values of martial glory, while another poem anatomizes the speaker's jealousy and despair as she watches her beloved in the company of a man (fr. 31). Heartbreakingly for us, only one poem of Sappho's has survived complete, in which she prays to Aphrodite to help her overcome the resistance of an unresponsive woman (fr. 1). Yet the very fragmentariness of Sappho's poetry serves to highlight the subtle simplicity and arresting beauty of her imagery: thus, for example, 'Love shook my heart like a wind falling upon oaks on a mountain' (fr. 47), 'Once again limb-loosening Love makes me tremble, that bittersweet, irresistible creature' (fr. 130), or (on her own daughter) 'I have a beautiful girl, her form like golden flowers, my precious Cleïs' (fr. 132.1–2).

Choral poetry was sung and danced by all sections of ancient Greek society (women, girls, men, and boys generally performed in separate choruses), and the collective voice of the chorus had an important role in articulating the values of the community by whom, and for whom, it was performed. Choral performance was a basic part of religious worship and festival entertainment and it marked many of the major events in the life of the individual, from wedding songs to funeral laments. Compared to solo lyric, choral poetry was written on a much larger scale and in a more elevated style, using elaborate metrical forms, complex syntax, ornate diction, and bold metaphors.

The largest surviving corpus of choral poetry is the collection of over 40 victory odes (or *epinikia*) by Pindar, which were composed to celebrate victories at the four major athletic festivals (the most prestigious being the Olympic games) in the first half of the 5th century BC. The winners who commissioned Pindar came from all around the Greek-speaking world, but were united in their desire to immortalize their success in poetry. The less elaborate odes may have been composed and performed at the festival soon after the event, but most were written for performance on the victor's return to his native city, and copies were kept by his family so that they could be reperformed in years to come (though not necessarily by a grand singing and dancing chorus, as at their premiere).

Pindar was much prized for the grandeur of his style, which can sound baroque and bombastic to modern taste, but which was considered by his patrons to be the perfect medium to commemorate the scale and brilliance of their achievements. As well as giving personal details such as previous victories by the patron or his family, the odes typically narrate an episode from myth (often one concerning the victor's native city) whose details are carefully shaped, like the poems' wider rhetoric of praise, in order to highlight the various factors—innate ability, hard work and training, morally guided ambition, support from the gods, and so on—which have led to the victor's success. Again, we may baulk at the odes' emphasis on inborn excellence and the victor's superiority to the common man, but Pindar's conservative outlook reflects and bolsters the aristocratic worldview of his wealthy and powerful patrons. At the moment of divinely aided victory, Pindar insists, human ephemerality is transcended:

> Creatures of a day. What is a man? What is he not? Shadow's dream
> is man. But when the radiance of Zeus comes,
> there is a bright light upon men, and life is sweet. (*Pythian* 8.95–7)

And yet, as human potential is realized, it is also acknowledged that success can excite envy, whether from fellow humans or the gods, and so the odes' dour (and to us surprising) insistence on human mortality and limitations also serves to protect the victor from the dangers of success.

According to the Roman philosopher and dramatist Seneca, 'Cicero said that even if his lifespan were doubled, he wouldn't have the time to read the lyric poets' (*Moral Epistles* 49.5). Fortunately, many other Romans had a greater appreciation for lyric poetry, and Latin literature has a range of lyric and personal poetry to rival that of the Greeks. Perhaps the most impressive is Catullus, who wrote during the late republic (60s to mid-50s BC), and whose oeuvre, despite its small size (116 poems), presents a huge range of poetic forms and styles, from mini-epics and religious hymns to literary parody and socio-political satire. But it is Catullus' poetry concerning his affair with the married woman whom he calls Lesbia which has always been the most popular part of his work. These 25 (mostly short) poems present various snapshots of their relationship, but not in chronological order, so it is up to the reader to piece together the story of their affair, from Catullus' initial infatuation and bliss through to disillusionment and hate, as he realizes Lesbia has been sleeping with other men besides him.

The willingness of many readers to believe in this affair, and to search for the real woman behind the literary pseudonym 'Lesbia' (an allusion to Sappho, who came from Lesbos), is a tribute to the artful spontaneity and seeming sincerity of Catullus' poetry, as when the battle between Catullus' knowledge of what Lesbia is really like and his overpowering desire for her is dramatized in just two short lines:

> *Odi et amo. quare id faciam, fortasse requiris.*
> *nescio sed fieri sentio et excrucior.*
> I hate and I love. Why do that, you may ask.
> I don't know—but I feel it and it's torture. (Poem 85)

However, the problem with such a biographical approach is that it not only neglects the literary background to the relationship, whereby what happens in it is a reworking of earlier literature (especially erotic poetry), but also risks obscuring the sexual stereotypes and ideology underlying Catullus' account, which license the male poet/narrator to engage in adultery while attacking his female partner's promiscuity. In other words, Catullus is, like the Greek lyric poets before him, creating a persona whose expressions of personal feeling and strong emotion are both recognizable and enthralling. In the Lesbia poems, Catullus' persona is that of a devoted but betrayed lover, a man who is always the victim and who places all the moral faults on the other side. Thus, for example, he describes their relationship as 'this eternal pact of sacred friendship' (*aeternum hoc sanctae foedus amicitiae*, 109.6), disguising his complicity in adultery and playing up his role as the victim of Lesbia's betrayal.

Catullus clearly intended such poetry to be shocking in its Roman context, not only in its celebration of an adulterous affair, but also in its championing of a lifestyle which, by rejecting a conventional career for an existence dominated by love and pleasure, was simultaneously unmanly and un-Roman. In loving Lesbia as he does, Catullus is defying all those stuffy old-fashioned Romans who just don't get it:

> Let us live, my Lesbia, and let us love,
> and as for the mutterings of over-strict old men
> let us value them all at a single farthing! (5.1–3)

And by entertaining his audience with an outrageous persona that breaks every rule of conventional Roman morality, Catullus paved the way for Roman love elegy, a genre of erotic poetry created by the next generation of Roman writers.

Cornelius Gallus' beloved Lycoris, Propertius' Cynthia, Tibullus' Delia and Nemesis, and Ovid's Corinna were all influenced by the patterns of obsession, jealousy, and romantic idealism developed by Catullus in his poetry about Lesbia. But each of these poets also gives his own spin to the persona of the elegiac lover and explores in his own way the possibilities of the genre. Tibullus, for example, who wrote in the 20s BC, sets his imaginary world of love in the countryside rather than the urban world of Catullus, Propertius, and Ovid. The rural setting offers a romantic and idyllic escape from the pressures of Rome, where Tibullus and his readers can enjoy the potent Roman fantasy of the simple country life. Propertius' four books show him increasingly extending the genre to include diverse themes, including Roman politics and history, thus returning elegy to its Greek roots, where it is a highly flexible form. His beloved Cynthia dominates the first two books and he bids her (and his career as a love poet) farewell at the end of Book 3, but she returns with a vengeance in Book 4—even from beyond the grave, her ghost appearing to Propertius in a dream to attack him for his infidelity. Ovid's elegiac works are sometimes labelled 'parody', since he knowingly (and ostentatiously) plays with the conventions of love elegy—the locked-out lover, the slave go-between, the rich rival, and so on—but we have to be careful that terms like 'parody' or 'deconstruction' applied to Ovid do not obscure how artificial and constructed the lover's persona is in Catullus, Tibullus, and Propertius as well.

Thus their female lovers not only have literary pseudonyms, but also serve as symbols of the tradition of love poetry itself and the poet's contribution to it. Like Catullus, the other poets are let down by their unfaithful girlfriends, who are not only beautiful, passionate, and temperamental, but also well-read—another hint at their literary role. The elegiac poets take many of the conventions of love poetry—for example, the idea that love is like war, full of battles and suffering, or a form of slavery to one's mistress—and adapt them so as to be as shocking and titillating as possible for their Roman audience. Thus Propertius proclaims love more important than loyalty to one's family or military service to the state, while Tibullus rejects the greed and power politics that lead to war: 'Love is a god of peace, we lovers honour peace', says Propertius (3.5.1), foreshadowing the 'make love, not war' idealism of later rebels. And while Catullus' obsession with the capricious and unfaithful Lesbia threatens to invert the power dynamic of established gender roles, the elegiac poets go further and positively revel in the self-abasement of their 'slavery' to love—a shocking image in a slave-owning society like Rome, where the slave is little more than a living tool of its master or mistress. Their loss of autonomy verges at times on the sado-masochistic:

> Here I see slavery to a mistress prepared for me:
> O freedom of my fathers, farewell.

I'm given to harsh slavery, I'm held in chains,
and Love, to my sorrow, never slackens my bonds,
but burns me, regardless of my guilt or innocence.
I'm burning now, aargh, cruel girl, remove the flame!
(Tibullus, *Elegies* 2.4.1–6)

The Roman (male) reader could thus enjoy the frisson of the loss of power and self-control which was a crucial part of his identity. Later Romans were proud of the Latin love elegists—'in elegy too we rival the Greeks', declared Quintilian (*Education of the Orator* 10.1.93)—and it is fair to say that these poets succeeded in creating a genre which is, like satire (see Chapter 8), distinctively Roman.

If 'making it Roman' is a crucial measure of a Latin author's success in his engagement with his Greek predecessors, then Horace's achievement in the *Epodes* and *Odes* of reinventing Greek iambic and lyric poetry for Roman readers must rank alongside Virgil's transformation of epic in the same turbulent period. The *Epodes*, written in the 30s BC, adapt the broad thematic focus of Greek iambic poetry—which, as we saw, included not only invective but a wide range of socio-political commentary—for a Rome in the grip of civil war. In *Epodes* 7 and 16, for example, probably written in the early 30s BC, Horace urges his fellow Romans to abandon their self-destructive madness, but the poet sensibly hedges his bets and does not take sides in the struggle. By contrast, in *Epodes* 1 and 9, written after the decisive battle of Actium in 31 BC, Horace celebrates the role played in it by his friend and patron, Maecenas, and buys into the emergent Augustan regime's propaganda that the war was against a decadent foreign enemy, Cleopatra, and her influence upon weak men such as Mark Antony, rather than a civil war between competing Roman dynasts.

Horace's greatest lyric achievement, however, are his four books of *Odes*, which take on the complex traditions of Greek lyric (ranging from archaic to Hellenistic styles) and recreate their musical and thematic variety for the learned literary world of Augustan Rome. With great ambition Horace states in the first poem of the collection that his aim is to be added to the Alexandrian canon of the Nine Lyric Poets:

> But if you rank me among the lyric poets,
> I shall strike the stars with my head held aloft. (*Odes* 1.1.35–6)

And in the final poem of Book 3 (Books 1–3 being published together in 23 BC) he proudly restates his success as the first Latin lyric poet, that is, as the first to have written Latin poetry in the challenging metrical forms of Greek lyric:

> Poor-born but capable,
> I was the first to recreate Aeolian song
> in Italian rhythms. (3.30.12–14)

Thus the first nine poems of Book 1 are all written in a different metre, showcasing Horace's unprecedented skill in shaping the Latin language to fit complex, non-native traditions. Moreover, Horace's insistence on the importance of music and performance also underlines his new status as a major public poet. For Horace's *Odes*, unlike his archaic Greek models, were not tied to a particular place of performance, but were written primarily to be read, and yet his repeated allusions to music, song, the poet's lyre, his audience, and so on, combine to produce the illusion of performance, creating a sense of spontaneity and shared experience (as at a symposium or civic festival) and emphasizing Horace's elevated status as a poet who, like his Greek predecessors, has the right to speak out about the life of his community.

The *Odes* reflect upon all aspects of contemporary Roman society, from religious hymns to poems about friendship, love, and politics. And, as in Greek lyric, Horace's persona changes to suit his theme, from the grand priest-poet of the religious and political odes to the avuncular and at times whimsical philosopher of the drinking party, always ready with sage advice, whether erotic or metaphysical:

> Be wise, strain the wine, and since time is brief,
> reduce far-reaching hope. While we're speaking, envious life will have fled: seize the day (*carpe diem*) and trust as little as possible to the time to come. (1.11.6–8)

Horace draws on all the great figures of the Greek lyric tradition, from poets as diverse as Sappho and Pindar, but it is with Alcaeus (a contemporary of Sappho's on Lesbos: see Figure 3) that Horace most frequently identifies, since he was famed as a poet of politics and war as much as friendship, love, and wine, and so best embodies the huge range of Horatian lyric.

The political revolution reflected in the *Epodes* remains central to the *Odes*, as Horace combines pity for those who died fighting for the Republican cause with numerous expressions of gratitude to Augustus for ending the civil wars and attempting to reverse the decline of Roman morality. Indeed, the idea of moving on from the civil wars, and not repeating them, is a leitmotif of all four books. And, as in Virgil's *Aeneid*, we see a combination of hope and anxiety: hope that Augustus' 'back to basics' moral and religious reforms will succeed, but fear of falling back into civil strife. Thus Horace repeatedly emphasizes the degeneration of Roman society:

> The age of our parents, worse than our grandparents, produced
> us, more wicked, set in due course to bring forth
> an even more sinful lineage. (3.6.46–8)

Ruin seems inevitable—unless, it is implied, one takes the advice given in the *Odes*. In other words, Horace (like Virgil) is not

3. An Athenian red-figure painting on a wine-cooler, *c.*480–470 BC, showing Alcaeus and Sappho, the two famous lyric poets of Lesbos, performing for one another

simply praising Augustus and his regime but trying to guide it too. Thus the *Odes*, in their astonishing poetic skill and thematic ambition, are among the most impressive creations of Latin literature, and have proved worthy of Horace's boast (at the conclusion of Books 1–3):

> I have raised a monument, more lasting than bronze,
> loftier than the pyramids' royal peaks,
> which no devouring rain or raging northerly gale
> has power to destroy, nor the uncountable
> succession of years and the flight of time. (3.30.1–5)

Chapter 4
Drama

In this chapter we shall consider two of the most popular genres of ancient literature, tragedy and comedy, and try to account for their success as forms of mass entertainment. We shall see how each of the surviving major playwrights, Greek and Roman, engages with the values of his audience, and encourages them to relate the world on stage to their own experience. So let's begin with tragedy, one of the most influential literary forms to emerge from ancient Greece, whose development is closely tied to the popular culture of Athens in the 5th century BC. The origins of tragedy are murky, but rife with scholarly speculation: fortunately, however, the issue of origins is a minor one since even if clear they would tell us nothing about the surviving plays themselves. The most we can say is that, as a form of drama which combines choral song and dance with dialogue between actors and chorus, tragedy (like comedy) is likely to have developed from choral performance. But by the time of the earliest surviving play, Aeschylus' *Persians*, produced in 472 BC, tragedy is already a developed dramatic genre and, as a form of competition poetry, where poets are continually innovating and experimenting in the hope of winning first prize, it has grown far beyond its religious or ritual origins (if such there were).

You'll notice I spoke above of 'mass entertainment' and 'popular culture', and that's because tragedy and comedy were not the rarefied preserve of a small socio-economic elite (like much theatre in modern Western society), but were performed at popular civic festivals in front of large audiences, as many as 6,000 spectators in 5th-century Athens, drawn from all sections of society. (The theatre was expanded in the late 4th century BC to hold as many as 17,000.) It is possible that women, children, and slaves were present, for example, though not in large numbers—they did not qualify for the state subsidy on tickets, so were dependent on their own wealth and the willingness of their family—and not in the posh seats up front, which were reserved for male Athenian citizens and for VIPs such as visiting dignitaries from other Greek city-states. The major venue for drama in Athens was the annual civic festival known as the City (or Great) Dionysia, which lasted five days and saw three tragedians compete against each other, each presenting four plays (usually three tragedies and a satyr play—the latter a humorous burlesque of tragic myth, featuring a chorus of rowdy satyrs, half-men, half-beast), and five comic playwrights, each with one comedy.

This was a huge state-sponsored festival—though wealthy private citizens also contributed, by paying for the training and costuming of the choruses—and the masterpieces that emerged from it are an argument for subsidizing the arts if ever there was one. The ancient dramatic texts that have survived are scripts for performance, but we have lost the music and choreography and the whole visual spectacle, which have to be re-imagined as we read. Female roles were played by adult men (rather than by boys, as in Shakespeare) and both this and the playing of multiple roles were helped by the use of masks, wigs, and costumes. As large open-air theatre, acting styles and gestures will have been bold and expressive, but no less effective or moving. The presence of a large chorus within the action itself—15 members in tragedy, 24 in comedy—creates a kind of internal audience, a watching community who are also able to interact with the central figures of the drama, and whose thoughts and reactions are no less integral to the play's meaning. Not surprisingly, this all-singing-and-dancing chorus is, along with the gods, one of the hardest things to do well in modern productions of Greek drama.

A fundamental point to bear in mind is that Greek tragedy is much more varied than modern (post-classical or neo-classical) ideas of 'the tragic' would lead one to believe. Founded on a misreading of Aristotle's *Poetics*, neo-classical scholars and dramatists invented certain 'rules' of tragedy, but these are largely useless since they bear no relation to the surviving ancient plays. Equally misleading is the attempt, especially popular since the German Romantics of the 18th century, but pre-dating them, to deduce an essentially tragic worldview (in short—no happy endings), which is then retrojected onto the ancient genre, so that those plays which don't quite come up to scratch are then re-categorized as 'romantic tragedy', 'escape tragedy', 'tragicomedy', or even 'melodrama'. But although the search for the 'truly tragic' risks taking too narrow a view of the genre, it is responding to something that all the surviving plays have in common, namely human suffering, which is present even in the so-called 'happy ending' tragedies. We have a partial analogue in Shakespeare's tragedies, which include humorous elements (though fewer happy endings), and which go against neo-classical rules and are all the more profound and moving for doing so.

So in Greek tragedy there is always suffering and the stakes are always high. The heroes who suffer exist in myth (as well as religious cult), and myth is the raw material of tragedy, already shaped by generations of epic and lyric poets, and now transformed for a new audience in a new genre. The advantages of myth are many: the audience, for example, has a shared basis for understanding—but just in case they don't know the story, the important details are always made clear at the start!—and poets can display their imagination and inventiveness in handling more or less well known material. The audience's familiarity with any given story—the myth of Oedipus, say, who unwittingly kills his father and sleeps with his mother, producing four children—does not remove suspense, but actually generates it, as they wonder how this particular poet will handle the horrific outcome they know is coming. The use of myth also allows there to be a certain (and variable) distance between the here and now of the audience and the legendary world of the play, so that distressing subject matter can be explored (war, murder, grief, incest, rape, jealousy, revenge...), and intense emotions aroused, in an imaginary space that is not so close as to become traumatic.

One of the most basic moral patterns underlying Greek tragedy is that of 'learning through suffering'. Such a concept of 'didactic' drama, of plays that make us better citizens, sounds terribly preachy to our (post-)modern selves, but it was a basic assumption of ancient thought that art in all its forms should make us better by teaching us true and useful things. Tragedy's teaching was notoriously rejected by Plato, whose ideal state would censor poetry to ensure its compliance with his moral and religious system. Plato viewed tragedy, with its vivid depiction of disaster-prone and lamenting heroes, as morally and psychologically degrading, but his particular hatred of the genre (he speaks contemptuously of 'theatocracy') is also linked to his contempt for democracy itself, as he recognizes in tragedy a major genre of popular art with broad appeal.

By contrast, Aristotle, Plato's most brilliant pupil, rejected his master's reactionary politics and aesthetics, and by insisting that human beings learn through *mimesis* (imitation, or fiction), reaffirmed tragedy's value as an art form capable of imparting important knowledge. Aristotle also observed what we might call the 'tragic paradox', that is, the way we get pleasure from viewing the suffering of others on stage: *mimesis* gives us the necessary distance to make such contemplation both pleasurable and beneficial. This issue, which has preoccupied theorists of tragedy ever since, is memorably posed by tragedy itself, when in Euripides' *Bacchae* the disguised god Dionysus asks Pentheus, as he tempts him to his doom, 'would you really like to see what gives you pain?' (815).

But the pleasure of tragedy also has an important moral and metaphysical dimension. For tragedy asks how we are to account for human suffering and gives an answer that is bracing, but not pessimistic. Crucially, tragedy is interested in disasters that spring from human choices and actions: suffering in tragedy is never merely random, as it often is in real life, but is set within a wider moral and religious framework that gives shape and meaning to human catastrophe. So it is a highly consoling genre as well as a horrific one, as we realize the universe is cruel, but not meaningless, and see the cosmic order behind the chaos, agony, and grief on stage. We might recall the *bon mot* of Samuel Johnson: 'The only end of writing is to enable the readers better to enjoy life, or better to endure it.' We emerge from viewing tragedy with our sympathies enlarged, and reminded that others have suffered worse.

In its depiction of a dysfunctional heroic world, tragedy explores the full gamut of issues from the existential (why do we suffer?) to the topical (the benefits and risks of Athenian democracy and empire). Central and recurring themes include *hybris* in all its juicy forms (i.e. thinking and acting beyond human norms); the scope and limits of human knowledge and understanding, especially in contrast to that of the gods; the causes and consequences of war, continuing the Homeric view of war as something that is both cruel and glorious; the qualities that make a good leader or a successful constitution, with a pronounced democratic bias against monarchs, tyrants, and oligarchs; the status and roles of men and women and how to manage human sexuality; ethnicity and nationalism, in the relationship between Greeks and barbarians, and between Athenians and other Greeks; and perhaps most frequently of all, the desire for revenge and its often self-destructive consequences. Let's look at two of these issues (knowledge and gender) in more detail.

Ever since Aristotle lauded Sophocles' *Oedipus Tyrannus* for its superb plot-construction and overwhelming emotional impact, the play has come to have the status of the archetypal tragedy. One ancient critic, for example, sums up Sophocles' fellow tragedian Ion by saying, 'Indeed, no one in his right mind would reckon all Ion's works put together as the equivalent of the one play, *Oedipus*' ('Longinus', *On the Sublime* 33.5). And in modern times the play was famously interpreted by Sigmund Freud as the story of a universal male fantasy—though, it has to be said, since Oedipus was in fact ignorant of his father and mother's true identity, he himself could not have had the so-called 'Oedipus complex'. Yet the play's power to shock and disturb remains undimmed, as we see Oedipus gradually discover that he has broken two of the most fundamental taboos of human society (patricide and incest), and that the things which mark his success in life—his roles as king, husband, and father—are in fact grotesque illusions that will destroy him. Oedipus' ruin is so terrifying not only because of the nature of his discovery, but also because the play forces us to recognize that we too could easily act in ignorance and commit great wrongs unintentionally. Oedipus is punished for acts he did not intend, and so the play enacts the harsh but inescapable ethical truth that, to quote an eminent modern philosopher, 'in the story of one's life there is an authority exercised by what one has done, and not merely by what one has intentionally done' (Bernard Williams, *Shame and Necessity*).

All three tragedians explore the mutually defining gender roles of their time, not only asking what is to be a good man (as husband, father, son, citizen, soldier, etc.), but also insisting on the respect due to women, especially as wives and mothers—that is, still very much within the boundaries of a fundamentally patriarchal society. No play depicts the disastrous consequences of a man's mistreatment of his wife and family more powerfully than Euripides' *Medea*, in which Jason abandons Medea and their two sons for a more advantageous match with a Greek princess, leading Medea to punish Jason's disloyalty by murdering their own children. In her opening speech, Medea outlines the injustices of women's lot: she condemns the fact that husbands are masters of their wives' bodies, points to the sexual double standard that permits men, but not women, to pursue extra-marital affairs, and ends with the ringing declaration: 'I would rather stand three times with a shield in war than give birth once!' (*Medea* 230–51). One can see why Medea's speech was read aloud at suffragette rallies in the early 20th century, even if the play as a whole, in its original cultural context, is far from being a feminist work or an argument for equality in the modern sense. Nonetheless, it does dramatize the disaster that ensues when a woman's status and authority are disrespected, and excoriates Jason for his failure as a husband and father. As often in Greek tragedy, the man errs first, and reaps the consequences of violating the woman's rights. The (probably) mixed-sex audience see a dramatic world in which social breakdown is two-sided, and are led to appreciate the importance, for both sexes, of respecting the rights of the other. Thus women's perspective is clearly seen in Greek tragedy, perhaps more strongly than anywhere else in classical literature, despite the fact that the authors of the plays were men.

As with tragedy, the early stages of comedy as a literary genre are obscure. It may have developed from popular entertainments involving obscenity and invective (akin to iambic poetry, discussed in Chapter 3) around the fringes of festivals, but by the time of our earliest surviving play, Aristophanes' *Acharnians*, produced in 425 BC, it is a fully developed dramatic genre, formed (like tragedy) from a mixture of speech, song, and dance. Hellenistic scholars tried to impose order on the development of the genre by dividing it into three phases: Old, Middle, and New Comedy. Unfortunately, we can't say much at all about Middle Comedy, since there is no extant example, but the broad differences between Old Comedy (political, obscene, fantastic...) and New Comedy (domestic, restrained, realistic...) are clear, and we can see a transition between them in the last two surviving plays of Aristophanes, *Women at the Assembly* and *Wealth*, written in the early 4th century BC, which contain less obscenity, personal ridicule, and political satire than before—and also a diminishing role for the chorus, which has disappeared entirely as a character in the drama by the time of New Comedy in the late 4th century.

As tragedy has its Big Three (Aeschylus, Sophocles, Euripides), so too Old Comedy: Cratinus, Eupolis, and Aristophanes. Although only complete plays by Aristophanes survive, 11 in total (a quarter of his output), we have enough fragments of the others' works to see that they had much in common in subject matter and style. Old Comedy differed from its dramatic sibling, tragedy, in numerous ways—for example, grotesque rather than dignified masks (see Figure 4); costumes that were humorously padded at the belly and bum, complete with a dangling leather phallus (for all male roles); colloquial and obscene language; explicit metatheatre, such as references to stage machinery; asides to the audience (still a popular feature of comic plays)—but for all these differences comedy was, like tragedy, a genre that reflected on contemporary Athenian society, albeit mostly in the form of criticism and ridicule.

4. Roman wall mosaic with tragic and comic masks from Hadrian's Villa at Tibur (mod. Tivoli), begun *c.*AD 118 and the largest Roman villa ever built

Comedy was usually set in the here and now of the audience (rather than the distant world of myth), but its plots are full of fantasy, such as journeys to Cloudcuckooland (the newly established avian city in *Birds*) or to the Underworld (as in *Frogs*). These plays are named after their choruses of birds and frogs (so too Aristophanes' *Wasps*), and the frequent use of animals in Old Comedy as models or foils for human behaviour is another feature it has in common with iambic poetry. The comic 'hero' is not some grand figure of heroic myth (an Achilles or an Odysseus), but an ordinary Athenian, who is unhappy with some aspect of society and so hatches an ingenious plan to realize his or her dream (*Frogs* is a partial exception, in that the 'hero' is the god Dionysus, who goes down to the Underworld to fetch a tragic poet to save the city, but the god is treated irreverently throughout): thus, in *Acharnians*, for example, Dicaeopolis arranges a private peace-treaty with Athens' arch-enemy Sparta; in *Birds* two Athenians, fed up with Athens and its endless law-suits, persuade the birds to set up a new city in the sky, which is a huge success; in *Lysistrata* the eponymous Athenian heroine persuades women from several warring city-states to join her sex strike, and the desperate men are forced to make peace.

Laughter and comedy can be serious, of course, and what makes an audience laugh is revealing of their concerns and anxieties. Not surprisingly for a democratic society at war—most of Aristophanes' theatrical career was during the Peloponnesian War (431–404 BC)—there is much satire directed at the politicians and generals in charge, but democracy itself is never questioned, and the natural desire for peace does not mean peace at any price. The comedies also play with sexual stereotypes, as when the intelligent and high-minded Lysistrata is contrasted with the sex-lies-and-booze-obsessed women she has to win over to her plan. Again, as with tragedy, these comic texts are not documents of emancipation, and the plays end with the women returning to their 'natural' sphere, the home; nonetheless, they pack a punch in showing how stupid and incompetent the current male leadership can be.

Trying to describe humour risks absurdity in itself. But we can at least point to some of the typical sources and techniques used by Aristophanes to generate his gags. The first thing to stress is the sheer variety of comedy on offer—whether you like shit jokes (i.e. jokes about shitting, not...), fart jokes, slapstick pranks, and double entendres, or whether your taste runs more to sophisticated literary parody and political satire, there is something for everyone in Aristophanes, and comedy mirrors tragedy in its broad popular appeal—as one would expect, since they're on at the same festivals and both want to win first prize in their respective competition. The evergreen comic trope 'Isn't life crap nowadays? It was better when I were a lad...' is frequently deployed, as cultural change in all its forms—new styles of music, poetry, science, philosophy, and so on—is targeted, and the generation gap, usually represented by a mutually uncomprehending father and son, is a regular source of laughs.

As Aristophanes dominates our view of Old Comedy, so our understanding of New Comedy is shaped by the surviving works of Menander, an Athenian playwright whose career spanned the late 4th and early 3rd centuries BC. Although he wrote over 100 plays, Menander didn't make it into the medieval manuscript tradition, and until recently his work was known only from quotations by other ancient authors and from his influence on the Roman comic playwrights Plautus and Terence (to whom we'll return). But from the 1890s onwards (which counts as 'recently' if you're a classicist...) there has been a constant stream of newly published papyri which have transformed our view of Menander's achievement, and we now have one play, *The Old Git* (*Dyskolos*), virtually complete and significant chunks of many more. As noted above, New Comedy differs from Old in being more naturalistic in style, and it can feel rather tame in comparison: there is no invective or political satire, for example, and the exuberant leather phalluses have gone. One ancient critic summed up Menander's skilful realism by asking, 'Mendander, life: which imitated which?' So while we may miss the obscenity and surrealism of

Aristophanes, Menander's comedies have a gentler, more ironic humour and are no less revealing of ancient Greek society.

Several factors motivated New Comedy's turn away from Athenian politics to its domestic scene. Most importantly, Athens was now under Macedonian rule following the conquests of Philip and Alexander the Great, so there was no democracy, no freedom of speech, and to comment directly on politics could be risky. But to put it more positively, an art form that focuses on the typical tensions and problems of everyday life—especially family and romantic relationships—is sure to find a receptive audience, since we all live as part of families and (to quote a million cheesy songs) we all just want to be loved. Plus, many people no doubt found politics rather dull, as they do today: Jane Austen's novels, for example, tell us more about love and family life than about Luddites or local government reform in her time, but she's still the most widely read English classic. So New Comedy's turn towards love and family issues not only made it the precursor of modern domestic and romantic comedy in all their forms, but also give it a universal resonance that still appeals today.

In Menander's time (as still in Jane Austen's), love between a young man and woman was not just their affair, but something that involved the whole family, especially the fathers in the two families about to be connected. Thus the plays focus on the tensions and obstacles involved, with theatrical focus on distressing situations and last-minute revelations such as kidnapped daughters, suspected infidelity or illegitimate children, and foundling babies. Strikingly, these dramas are also full of rape, the last thing we might expect to find in a comedy: but since it threatens the life of the woman, the honour of the woman and her family, and the legitimacy of the potential child and its inheritance, rape's occurrence as a plot device in ancient domestic drama is understandable, and its use can be critical, as when Charisios in Menander's *Men Arbitrating* shockingly blames his wife, Pamphile, for being the victim of rape but is not bothered he himself has committed the same offence in the past—it being a comedy, a 'happy ending' is in order, and so Charisios is revealed to be the true father of the child, having had sex with Pamphile at a festival before their marriage, and is finally brought to regret his own double standard and his lack of compassion towards his wife. Here, as often in Menander, the final resolution of the plot's complications underlines the importance of tolerance and sympathy in human relationships.

Compared to Greek theatre, Roman drama presents an even wider range of genres, both serious and humorous: tragedy; Roman historical drama; comedy in two different forms, one based on Greek New Comedy, the other on native Italian traditions; farce, which featured stock characters (clown, braggart, glutton, hunchback, schemer, etc.) performing sketches full of silliness and obscenity, and parodies of tragedy and myth; and two genres adapted from the Greek, which became very popular under the empire: pantomime, a form more like our ballet than our 'He's behind you!' entertainment of the same name, in which a solo masked male dancer performed (usually tragic) scenes from myth to the accompaniment of musicians and chorus (*pantomimus* meaning 'he who can imitate everything'); and finally mime, which again is a very different form from ours, since in Roman mime the actors and (shockingly) actresses, without masks, performed spoken sketches, whether lewd or topical or parodying serious literary forms such as love elegy—stock elements included the 'husband, wife, her lover, and maid' scenario, the Holy Grail of modern farce.

Alas, as with Greek theatre, very little of this work survives, and our view of Roman drama is largely fragmentary and lopsided, for we have no complete Roman comedies after Plautus and Terence around 205–160 BC and no complete tragedies before Seneca in the 40s–60s AD. The comedies of Plautus and Terence are fascinating works, not only because they are the oldest complete examples of Latin literature that we have, but also because we can see in some detail for the first time the Roman transformation of a Greek genre. (As we saw in Chapter 2, only fragments of early Roman epic survive.) For although based on Greek originals, these are highly creative adaptations, and while Plautus and Terence may be reusing settings, plots, and characters from New Comedy, they are rewriting, not simply translating, and giving them their own spin in order to appeal to new, Italo-Roman audiences: Plautus proudly jokes in the prologue to *The One about the Asses*, 'Demophilus [an otherwise unknown Greek dramatist] wrote this play, Maccus [Plautus] turned it barbarian [i.e. made it Roman].' In any case, many in the audience would not know the Greek originals, so the Roman comedies had to stand or fall on their own merits. At the festivals where they were performed, plays also had to compete for the audience's attention with other popular attractions such as acrobats, tightrope walkers, boxers, wrestlers, and gladiators. We know from prologues to the plays that the audiences themselves comprised people from all social classes and age groups, women as well as men, and that they could be rowdy to the point of stopping the performance if not sufficiently entertained.

Plautus wrote around 130 comedies, of which 20 survive. What strikes one first is how different they are from the naturalistic style of Menander and Terence. With his loosely constructed plots, colourful language, puns, extensive use of sung lyrics, and frequent play with theatrical convention, Plautus is reminiscent of Greek Old Comedy, and as in Aristophanes the humour ranges from broad slapstick and physical comedy to literary parody. The figure of the 'clever slave', already found in Aristophanes, is developed much further by Plautus, who uses it in most plays. Typically the young master is at a loss as to how to get his girl, but his resourceful slave bamboozles all who stand in their way—rival lovers, slave-dealers, pimps, stern old fathers—and all's well that ends well. The Roman audience can enjoy the frisson of this topsy-turvy world, where slaves outwit their citizen superiors, but the fantasy always ends with 'normality', including the power dynamics of slavery, restored. Social and moral order always return, and bad or less sympathetic characters are foiled.

Unusually for an ancient writer, all of Terence's works, six comedies in all, have survived. A major factor here was the use of Terence's plays as school texts in antiquity and beyond, since his natural and elegant Latin and his measured moralizing were considered just the right stuff for the young—by contrast, Plautus' language is more difficult and his comedy far more risqué, akin to farce and mime. (Terence's exemplary Latin is all the more striking if, as ancient sources report, he originally came to Rome as a slave from Carthage in North Africa.) Four of Terence's six plays are based on Menander, and he was notoriously dismissed as 'half a Menander' by Julius Caesar, rather unfairly, since he not only adapts his Greek originals to appeal to Roman tastes and interests, but also skilfully combines material from more than one Greek original for a single play. Though less sexual, boisterous, and musical than Plautus' dramas, Terence's have their own comic appeal, and he polemically presents their more refined style as an advantage, flattering his audience by implying that such a learned group will naturally prefer his plays to the vulgar slapstick produced by his rivals.

Like Greek New Comedy, Roman comedy largely refrains from direct commentary on contemporary politics (let alone attacks on specific politicians, as in Old Comedy), but it nevertheless reflects and engages with basic issues affecting Roman society. As we saw in Chapter 1, the late 3rd and early 2nd century BC was a crucial and remarkable period of Roman history, as Rome's victories made it a Mediterranean superpower, and the changes (good and bad) wrought by war and empire are explored in the plays. In *The Captives* by Plautus, for example, the central characters are Greek prisoners of war who ultimately regain their freedom, as did 1,200 Romans in 194 BC, when the Roman general Flaminius rescued them from slavery in Greece, and as thousands of Roman soldiers did not after the battle of Cannae in 216 BC, when the Roman senate refused to pay Hannibal a ransom for them. Roman expansion also shaped the development of their own ethnic and cultural identity, and in plays like Plautus' *The Little Carthaginian* we see, for example, the stereotype of the duplicitous Carthaginian, as opposed to the honest, straight-talking Roman, being used for comic effect. But, as with Menander, it is Roman comedy's focus not only on the perennial problems of everyday life—especially marriage, fidelity, child-rearing, and money (in Plautus' *The Crock of Gold*, for example, the old miser Euclio is so obsessed with the treasure he's discovered buried in his house that he doesn't notice his daughter has been raped and is about to give birth)—but also on the last-minute resolution of these crises, which lies at the core of its huge influence on the subsequent Western tradition of comic drama.

As noted earlier, our view of Roman tragedy is no less partial than that of comedy, and although there was a continual tradition of Roman tragedy from the mid-3rd century BC, most of it is lost. Only ten tragedies survive, all of them from the later phase of its development at Rome and all ascribed to Seneca, although one of them, *Hercules on Mt Oeta*, is probably not by him, and a second, *Octavia*, our only extant example of a Roman historical drama, dealing with Nero's murder of his first wife, is certainly not by Seneca (who appears as a character in the play), since it refers to events after his death, including Nero's suicide. Though many scholars believe the eight genuine Senecan tragedies were written to be read or recited rather than performed on the stage, we can't be certain, and what matters in any case is the content and themes of the plays, which are highly revealing of their political and cultural context in the 40s–60s AD under the emperors Claudius and Nero.

Seneca had been banished in AD 41 by Claudius for alleged adultery with the former emperor Caligula's sister, but was recalled in 49 by Claudius' fourth wife, Agrippina, and appointed tutor to her 12-year-old son, Nero. When Nero became emperor in

54, Seneca became one of his closest advisers and gained enormous power and wealth, securing plum jobs for his friends and family as well. Implicated in the unsuccessful conspiracy to replace Nero, Seneca was forced to commit suicide in 65. Thus, much of Seneca's creative life was spent at the heart of imperial power and influence, and while it is easy to despise him for his hypocrisy—as a multi-millionaire, for example, who waxed philosophical about the unimportance of wealth, a stance that already prompted one contemporary to wonder, 'What sort of wisdom or maxims of philosophy enabled him within four years of royal favour to amass a fortune of 300 million sesterces?' (Tacitus, *Annals* 13.42)—he was nonetheless an acute observer of human frailties.

As in Greek tragedy, Seneca uses the monarchic world of Greek myth to reflect on the concerns of his day, not least the precarious political world created by one-man rule. Again and again we see how 'absolute power corrupts absolutely', and although there is no explicit reference to contemporary politics or criticism of Roman autocracy—that would have been asking for trouble in imperial Rome, and writers had already been killed for doing so under Tiberius—the pervasive atmosphere of looming and selfish evil that surrounds Seneca's powerful protagonists is bound to have resonated with contemporary readers or audiences. Politics aside, Seneca's tragedies are very much of their time in other respects: in their gruesome violence and baroque rhetoric, for example—his characters 'all seem to speak with the same voice, and at the top of it', to quote T. S. Eliot's caustic semi-exaggeration—or in their Stoic-influenced depiction of the chaos and suffering that ensue when human passions are not restrained. Finally, there is a striking metatheatrical awareness of being part of a long tragic tradition, as when Medea declares, as she rouses herself to take revenge on Jason by murdering their children, 'Now I am Medea' (*Medea* 910), or Oedipus, having discovered his crimes and blinded himself in shame, says 'This [blinded] face befits an Oedipus' (*Oedipus* 1003). Seneca's tragedies exerted a huge influence on English drama in the Elizabethan and Jacobean periods (especially Marlowe, Shakespeare, Jonson, and the many writers of revenge tragedy), and his focus on the violent and grotesque will be familiar to viewers of much modern drama, especially in its cinematic form.

In conclusion, theatre was an important part of community life in the ancient world: in the smallest towns, and at the very edges of the classical world, Greek and Roman settlers built theatres as basic elements of their culture. And no ancient genre is as vital in our time as Greek tragedy, which is performed all over the world, and still valued as a way to confront contemporary issues of war, imperialism, ethnicity, sexuality, and much else besides.

Chapter 5
Historiography

In this chapter we will look at how the Greeks and Romans conceived and wrote about their past. As we'll see, since investigation of the past is always moulded by the present, the historian's work tells us as much about his or her own period as it does about any other. We'll consider the influence of other genres (for example, epic, tragedy, and oratory) on the writing of history, and the extent to which ancient writers engaged in what we would recognize as historical research, rather than simply recasting earlier writers' versions of the past. We will also see how individual historians defended their claim to truth, and how the process of historical discovery could aim to explain many different things—Polybius on the rise of republican Rome, for example, or Sallust and Tacitus on its demise. Despite their shortcomings by modern standards of historical accuracy or impartiality, this chapter will also illustrate the great achievement of ancient historians, many of whom succeeded in gathering out of the way material and shaping it into a coherent narrative of complex events.

Historiography, the writing of 'history', defined as the scientific (i.e. evidence-based) investigation of the past, developed in Greece in the 5th century BC. But as we've seen in previous chapters, we can (with caution) use pre-historical literature such as epic or lyric as a guide to early Greek history. For the Greeks themselves, the

Homeric epics were the supreme examples of historical writing because they narrated the heroic origins of their society, and even pioneering historians like Herodotus and Thucydides, who took a more sceptical attitude to earlier (mythological) accounts of the past, especially those told by poets, considered Homer a valuable source of information on early Greek culture. Historians, both Greek and Roman, had to engage with epic, not least because they were dealing with very similar material: great wars and courageous acts, disastrous decisions and failures, survival and renewal. Indeed, from the very beginning history draws upon a wide range of other genres, from poetry in all its forms to philosophy and science, including geography and ethnography.

In the early historians we begin to see the idea that the mythical era is different from the historical era, and that the historian should focus on the latter, since only there can he check the evidence. There was no clear-cut dichotomy between myth and history, however, since people still took seriously their links to the mythical past, as when, for example, they boasted that their city was founded by a mythical hero or when aristocratic families claimed descent from the heroes themselves. Nonetheless, the earliest historians define themselves against myth, so that Herodotus emphasizes his focus on historical time, while Thucydides presents Herodotus and his predecessors as not sceptical enough about mythical or poetic accounts of the past, thereby boosting his own claim to accuracy and objectivity.

The earliest surviving historian, Herodotus, was heir to, and part of, a rational revolution that had its origins in the Greek cities of 6th-century BC Ionia (the west coast of modern Turkey), where thinkers began to investigate the natural world in a scientific manner, and to expose established traditions, including inherited accounts of the past, to sceptical inquiry. This critical engagement with the past is evident in the polemical opening to Hecataeus' *Genealogies*: 'Hecataeus of Miletus speaks thus: I write these things as they seem to me to be true. For the tales of the Greeks are, in my opinion, numerous and ridiculous' (fr. 1).

Herodotus has often been criticized for his credulity, but he is clear that his job is to find the best sources that he can and weigh them, not simply to believe all of them: 'I am obliged to report what I have been told, but I am certainly not obliged to believe it, and let that statement apply to my entire account' (7.152). Herodotus calls his work '*historiē*', which means 'inquiry' or 'research', a term that underlines his personal role as investigator: hence the emphasis throughout his work on travel (he speaks of inquiries throughout Greece, of course, but also in Italy, Egypt, southern Russia, Lebanon, and even Babylon on the Euphrates), speaking to local experts (via interpreters, when necessary), and seeing things for oneself (autopsy).

Some critics, ancient and modern, and influenced by Thucydides, have seen Herodotus' willingness to recount the marvellous and fantastic as undermining his claim to be a proper historian, but the division between scientific historian on the one hand, and credulous raconteur (or even liar) on the other, is too crude. We do better to recognize that Herodotus' combination of painstaking empirical research and rational analysis was an amazing achievement, especially given the resources then available to the budding historian and the risks of travel. He deserves his title as 'the father of history'.

The scope and aim of Herodotus' *Histories* are made clear in the programmatic opening sentence:

> This work displays the results of Herodotus of Halicarnassus' research (*historiē*), so that the things done by humankind do not fade out with the passage of time, nor the great and amazing achievements, some displayed by Greeks, some by barbarians, come to lose their fame, including (among other topics) why they went to war with one another. (1.1)

The word 'display' reminds us that Herodotus, like a poet, recited his work to Greek audiences (we might update and say 'This work publishes...'). His central subject will be the war between Greeks and barbarians (what we call the Persian Wars, 490–479 BC), but he immediately acknowledges the great achievements on both sides, and the importance of preserving their memory (another epic theme). Books 1–5 chart the expansion of the Persian empire, culminating in the two Persian invasions of Greece, first by king Darius (Book 6), defeated at Marathon in 490 BC, and the second much larger invasion under his son and successor Xerxes in 480–479 BC (Books 7–9), with its most famous battles at Thermopylae and Plataea on land, and Salamis at sea.

Throughout his *Histories*, Herodotus uses certain fundamental patterns of explanation, which not only give unity to his sprawling narrative, but also advertise the universal applicability and value of his work. Perhaps most basic is the principle of alternation, that is, the idea that 'human prosperity never remains in one place' (1.5), which Herodotus first illustrates by noting how cities that were once small are now great and those that were once great are now small (1.5). A second principle is the inevitable punishment of *hybris*, most strikingly illustrated in the excesses and failures of numerous Greek tyrants and barbarian kings, from king Croesus of Lydia in Book 1, whose foolish ambition leads him to overlook the ambiguity of the Delphic oracle's reply that 'if he leads an army against the Persians, he will destroy a great empire' (1.53—it turns out to be his own), through to a furious Xerxes having the waters of the Hellespont whipped, chained, and branded when his bridge is swept away (7.35). Finally, in the rise and fall of various rulers and peoples Herodotus sees a basic pattern of reciprocity, that is, 'good for good' and 'bad for bad', a system that not only propels change (as agents react to one another positively or negatively) but also, because it is supported by the gods, creates a sense of cosmic order.

As Herodotus travelled throughout the Mediterranean and beyond, he encountered a huge variety of societies with all sorts of customs and laws (the Greek word *nomoi* covers both), and he observes with great acuity that everyone thinks their own culture is best (3.38). Herodotus' awareness of the plurality of *nomoi* makes him wary of disrespecting the laws and customs of other peoples, but it does not make him a cultural relativist in the modern sense of abstaining from judgement, since he too thinks certain ways of life superior to others. This emerges most forcefully from his analysis of how the allied Greek city-states managed to defeat the military might of the Persian empire. For customs not only support civilized life, but also determine a culture's potential, and Herodotus sees in the superiority of Greek freedom over Persian autocracy the fundamental reason for the Greeks' remarkable victory (see Figure 5).

This is not to say that Herodotus denigrates barbarians—on the contrary, he is by fifth-century Greek standards unusually tolerant and open-minded, and he presents the east/west conflict not as a dichotomy of good vs evil but as a spectrum of cultural values, ranging from autocracy at one end to freedom of speech and action and equality before the law at the other. So there can be good foreign rulers and terrible Greek ones (tyrants), but his underlying analysis of the Persian Wars is that the Greeks' struggle to maintain freedom rightly triumphed over Persian attempts to impose one-man rule. At one point Herodotus even has the Persians debate the relative merits of monarchy, oligarchy, and democracy (3.80–3) and shows them *choosing* the autocratic form, with disastrous results, as their rulers succumb to the typical vices of sole power, including paranoia, unpredictability, disregard for ancestral law and custom, violation of women, and the murder of opponents.

Herodotus' huge range of interests contrasts with the narrower focus of Thucydides on politics, war, and economics, an orientation that had a huge influence on what was later considered the proper study of history, at least until the 20th century, when a new concern with social history, embracing (for

5. Interior of an Athenian red-figure drinking-cup by the Triptolemos Painter, *c*.480 BC, showing a Greek hoplite defeating a Persian warrior. Note the Persian's exotic costume (including striped trousers), which would have seemed decadent and bizarre to the ancient Greek viewer

example) gender and religion, returned the subject to a more Herodotean perspective. Thucydides' subject is the Peloponnesian War, fought between Athens and Sparta from 431 to 404 BC, which ended in Athens' defeat. Thucydides came from a wealthy Athenian family and was himself a general in the war, until he was exiled by the Athenians in 424 for failing to secure the northern Greek city of Amphipolis from the Spartans, led by Brasidas. Thucydides reports his own failure and exile, but also emphasizes throughout the great military skill of Brasidas (implying that to lose to him did not make Thucydides a bad soldier), and spins his exile positively by saying it enabled him to gather evidence from both sides (5.26). Thucydides' banishment may also have influenced his contempt for most of the Athenian politicians and generals who came to prominence after the city's leading statesman Pericles, whom Thucydides greatly admired, died from the plague in 429. Though Thucydides lived to see the end of the war, he died before completing his account of it, and his history ends in the middle of a sentence discussing the events of 411. Nonetheless, Thucydides' conception of the war as a whole, including the reasons for Athens' defeat, emerges from the surviving eight books, whose analysis of the machinations of *Realpolitik*, and of human behaviour under the pressures of war, has never been surpassed.

Thucydides was admired already in antiquity as the foremost historian and he has been hailed in modern times as the inventor of scientific and objective history, which is very much how he presents himself in the opening sections of his work, where he sets out his methods, contrasting his accuracy, thorough investigation of sources, and understanding of historical causation with the shoddy techniques of his predecessors. They are 'poets' and 'story-tellers' rather than historians (1.21), and whereas (Thucydides claims) their goal is entertainment, his is a true understanding of the past that will be of permanent value:

> The absence of the mythical element will perhaps make my work rather unentertaining in recitation; but if it is judged useful by those who want a clear understanding both of past events and of those future events which because of the human condition will be similar or nearly so, I shall be satisfied. My work is composed as a possession for all time rather than a competition piece to be heard for the moment. (1.22)

As this passage makes clear, Thucydides is confident that the audience (or reader) will learn from his history of the Peloponnesian War how the world works. As in epic, war is presented by Thucydides as a testing ground of human character, displaying courage, ingenuity, and resilience, but also selfishness, cruelty, and dehumanization. The Athenians' disastrous attempt to invade and control Sicily in 415–413 BC, which ends with every one of their soldiers either killed or enslaved, is paradigmatic of the risks of war in general, especially the dangers of overconfidence and not knowing one's enemy. The horrors of armed conflict are particularly graphic in the case of civil war, where a community turns against itself, resulting in moral and social collapse. Thucydides' account of the civil war on the island of Corcyra (modern Corfu) is a profound analysis of 'human nature' (a key element in Thucydides' historical imagination) under the pressure of violence and social breakdown:

> In times of peace and prosperity both states and individuals follow higher standards because they are not forced into situations where they must act against their will; but war, by taking away the easy satisfaction of daily needs, is a violent teacher, and assimilates most people's tempers to their present circumstances. (3.82)

Just as he depicts the glories and the cruelties of war, so Thucydides also analyses both the appeal and the risks of imperialism, which he sees as a natural consequence of the human urge for power and status. The Athenians justify their empire in the bluntest terms: 'it has always been a rule that the weaker should be subject to the stronger' (1.76). And Thucydides presents Pericles himself glorying in the extent of the Athenians' dominion over other Greek states and the dynamism of their imperial spirit (2.64). However, Thucydides also makes clear the inherent danger and instability of empire, not only because it is subject to the unpredictability of war, which is necessary to win and maintain it, but also because it excites fear and envy, as when (in Thucydides' analysis) the expansion of Athens' power leads to the Spartans' declaration of war. He also portrays the victims of empire, as when the island of Melos attempts to remain neutral in the war: the Athenians put all the men of the island to death, and enslave the women and children. As this and other episodes show, the human struggle for power and advantage may be inevitable, but power once achieved can also be misused. (Appropriately, the destruction of Melos in 416 BC is immediately followed by the Athenians' disastrous attempt to conquer Sicily.)

Thucydides was a conservative aristocrat, who was wary of democracy: he says of the oligarchy of 5,000 select citizens that controlled the city for a brief period in 411 BC that 'the Athenians appear to have been well governed, at least for the first time in my lifetime' (8.97). He conceded that democracy worked well when it was led by one man, Pericles—'what was nominally a democracy became in his hands government by the first citizen' (2.65)—and he thought this proper balance between the people and its betters was corrupted by Pericles' successors, whose personal rivalries and shortsighted appeal to the whims of the people he saw as key reasons for Athens' defeat.

But despite these and other biases, Thucydides' analysis of leadership remains compelling: the statesman needs intelligence and foresight if he is to react to the unexpected (a constant feature of politics and war) with good planning and thus avert disaster. So while we should resist the temptation to take Thucydides' supremely intelligent account of 5th-century BC Greek history as definitive, his work was nonetheless a huge development in historiography in its striving for accuracy and explanation based on careful observation (he was the first to write the history of his own times), criteria of probability (so that he can reconstruct what an Athenian general is likely to have said before the final showdown in Sicily, for example), and a comprehensive, if rather bleak, analysis of human motivation.

Of the many Greek historians who wrote during the Hellenistic period (the standard modern edition lists over 850 of them), no complete texts survive, but we have a substantial portion of the most important of them, Polybius, whose theme is the rise of Rome in the years 220–146 BC to become the major power in the

Mediterranean world. No historian writing in this period could ignore Rome's remarkable expansion, and Polybius' aim is both to describe and explain Rome's success. He writes for Romans (whose political elite knew Greek) as well as for his fellow Greeks, and his goal is didactic as well as historical, since all readers could learn from his account of what moral qualities and what kind of constitution made Rome's triumph possible. He devotes an entire book (6) to the Roman state and its institutions, continuing Herodotus' focus on different types of constitution (monarchy, aristocracy/oligarchy, and democracy) and their consequences, but whereas Herodotus had foregrounded the hazards of monarchy and the benefits of democracy, Polybius sees in Rome's tripartite constitution, which used elements of all three forms, the main reason for Rome's success—together with, as he notes, the all-conquering Juggernaut of the Roman army.

Strikingly, however, we also find in Polybius, at this early stage in the development of Rome's empire, an emphasis on the danger of corruption and decadence that comes in empire's wake (18.35, 31.25, 35.4). This idea of Roman decadence and decline is a leitmotif of Roman literature, especially Roman historiography. Several factors encouraged such a narrative: the exceptional scale of Roman power; the traditional nature of Roman culture, with its emphasis on *mos maiorum* ('ancestral custom') and suspicion of the new; and not least the actual destruction of the republic in civil war and its descent into dictatorship.

The influence of Greek historiography on Roman is considerable, and the first native Roman historian, Fabius Pictor, working in the late 3rd century BC, even wrote in Greek, as did his early successors. The first to write Roman history in Latin prose was the elder Cato, whom we met in Chapter 1 as a champion of down-to-earth Romanness in opposition to sophisticated, too-clever Greeks. Cato began writing his *Origins* around 168 BC and was still working on it at his death in 149. Though only fragments survive, we can already see in the *Origins* many of the distinctive features of Roman historiography.

First, as its title implies, Cato's work tells the story of Rome and Italy 'from the beginning' down to his own day (Cato himself is a character in his history), which became a popular format for Roman historians, who often began their narratives with the arrival of the legendary Aeneas in Italy (as did Fabius Pictor and Cato) or with the later foundation of Rome by Romulus and Remus in 753 BC. Second, virtually no written sources were available for early Roman history, and so in dealing with this period Cato is relying on folk memory and 'historical myths' and adapting them to suit his time. This is not to say that Roman historians were not committed to the truth—that certainly remained the ideal, and it is a standard claim of Roman historians to be free from bias—but they faced huge problems in finding reliable sources, especially for early periods, and they rarely questioned the accuracy of the previous histories that were generally the basis for theirs. Thus the writing of history owed as much (and in many cases more) to poetry and rhetoric as to long hours slogging away in the senatorial archives. Third, Cato thinks history should teach useful lessons, and the moral and didactic nature of history is particularly prominent in Roman culture. Thus Roman historians often focus on what can be learned from exemplary figures and events of the past, both good and bad. Related to this is Cato's emphasis on the common good: he does not name individual magistrates or commanders, thereby eliding their personal glory and stressing instead their service to Rome.

The first Roman historian whose works survive complete is Sallust, whose *War against Catiline* and *War against Jugurtha*, both written in the late 40s BC, take the form of monographs on discrete episodes in recent history: the Roman aristocrat Catiline's failed conspiracy to overthrow the republic in 63–62 BC and Rome's war with Jugurtha, king of Numidia in north Africa, in 111–104 BC. Sallust sees in both struggles the symptoms of a pervasive and irreparable degeneration among the ruling Roman elite, whose obsession with wealth and power is corrupting public life, so that they (among other dangerous acts) misuse the Roman army (as in *Jugurtha*), or exploit the desperation of the poor (as in *Catiline*), to further their own personal ambitions. Despite the rather schematic moralizing, Sallust's spiky style and disenchanted view of Roman power politics was widely enjoyed, and he was a huge influence on Tacitus, the most profound investigator of Roman history.

Sallust fought for Caesar in the civil war of the early 40s BC and, as it happens, the only other 'historical' works to survive complete from the republican period are Caesar's own *Gallic War* and *Civil War*. In seven books Caesar describes his conquest of Gaul (58–51 BC), including two expeditions to Britain in 55 and 54 BC, in the second of which he forced the payment of tribute from Cassivellaunus, king of the shaggy hordes of Hertfordshire. Caesar presents the conquest of Gaul as a legitimate response to requests from the Gallic tribes themselves, to repel attacks from one another or from German invaders, thus masking its true purpose in boosting Caesar's campaign coffers (to fund bribery back in Rome) and training his legions for the power struggle ahead. His three books on the civil war emphasize his patriotism, clemency, and desire for peace, and counter his senatorial enemies' image of him as a dangerous revolutionary by depicting himself as a defender of the republic and its traditions. He refers to himself in the third-person throughout ('On receipt of this news, Caesar ordered the army to advance', etc.), creating an air of objectivity, but actually foregrounding his own authority and skill.

Obviously, both works of Caesar are closer to propaganda than to history, but it's still a rare occurrence today to find the memoirs of a general or politician that aren't largely self-justification. These texts may be shaped by Caesar's political ambitions, but they are still fascinating for what they reveal about the tactics of one of the most influential figures of the ancient world, and during one of the most turbulent and brutal periods in European history. Caesar's plain and clear writing style, which is geared to seduce the reader into accepting his version of events as the unvarnished truth, has also made him the bane of schoolchildren beginning Latin for centuries—who, if they remember anything of their lessons, know that 'The whole of Gaul is divided into three parts...' (1.1)—thereby doing much to shape the modern view of ruthless, militaristic Romans.

In contrast to Sallust and Caesar's focus on episodes in recent or contemporary history, the massive 142-book work of Livy, entitled *From the Founding of the City*, spanned the whole of Roman history from its origins down to 9 BC. Only 35 books survive: 1–10 (753–293 BC) and 21–45 (218–167 BC). Livy arranges his material year-by-year, and his coverage gets more detailed as he gets closer to his own time, where he has more literary sources to draw on: thus by Book 21, where Rome is at war with Hannibal (218 BC), he has already covered well over 500 years. Like Polybius (one of his major sources), Livy's aim was to chronicle the expansion of Roman power and illustrate the virtues that underpinned its success. Livy makes clear in his Preface the purpose and value of history:

> This indeed is an especially healthy and fruitful benefit of the study of history, that you see models of every type of behaviour set up as on a perspicuous memorial: from these you can choose for yourself and for your country what to imitate, and also what to avoid, whether disgraceful in its beginnings or disgraceful in its outcome.
>
> (*Preface* 10)

History as a series of good and bad examples sounds rather monotonous, and what saves Livy's didactic project from dullness is his brilliance as a story-teller, capable of creating convincing characters and dramatic narratives. Many of the tales of Roman history which Livy handles were already well known to his audience—ranging from famous episodes of heroism and self-sacrifice (e.g. Horatius Cocles defending the bridge over the Tiber) to those of tyrannical cruelty (e.g. the rape of Lucretia, which led to the abolition of the monarchy and the establishment of the republic)—but he makes them suspenseful and gripping, and the Romans' enjoyment of his dramatic historical style might be compared with our own pleasure in reading historical novelists such as Hilary Mantel or William Boyd—with the bonus that Livy preserves much historical detail that would otherwise be lost.

It is a particular shame that the later books of Livy do not survive, since it would be fascinating to see how he presented Augustus and his claim to be the restorer of the republic. What is clear is that the change from republic to principate—*princeps* meaning 'first citizen', a euphemism for the absolute power of the emperor—had a profound impact on the writing of history. Under Augustus' successor, Tiberius, the historian Cremutius Cordus was charged with treason for writing a pro-republican account of the civil wars: the cowed senate condemned Cremutius, his books were burnt, and he starved himself to death (AD 25). By contrast, the works of pro-imperial historians and moralists such as Velleius Paterculus and Valerius Maximus are marked by sycophantic flattery of Tiberius, and their toeing of the establishment line helps explain why the imperial system lasted so long. Fortunately, however, a critical account of the principate has survived, and it is written by the greatest Roman historian of all.

Tacitus wrote his historical works, the *Histories* and the *Annals*, in the early 2nd century AD during the reigns of Trajan and Hadrian, but he was savvy enough not to write contemporary history—now a risky undertaking, unless one was content largely to flatter. Instead he covered in his *Histories* the years AD 69–96, from the death of Nero and the 'Year of the Four Emperors' (Galba, Otho, Vitellius, and Vespasian) down to the death of the repressive Domitian. Tacitus depicts the chaos of the civil wars and the bloody emergence of yet another imperial dynasty, Vespasian and his sons, Titus and Domitian. But it is the *Annals*, written after the *Histories* but dealing with the earlier period of the Julio-Claudian dynasty, from the accession of Tiberius to the suicide of Nero, which offer the most penetrating and censorious picture of the imperial system and its effects on both the emperor and his subjects.

Each of the three emperors handled in the surviving books of the *Annals* is presented as disastrously flawed: Tiberius deceptive and sadistic, Claudius a weak-minded cuckold and a pedant, and Nero a mother-killing psycho with a fondness for showing off his imagined talents as actor, singer, or chariot-racer. (Sadly, the books on the notoriously depraved and brutal emperor Caligula are lost.) Thanks to Tacitus it is impossible to think of imperial Rome without seeing Nero fiddling—or rather singing to the lyre—as Rome burns (*Annals* 15.39). But as well as offering vivid portrayals of deranged autocrats, Tacitus also damns his fellow members of the governing classes for conniving in their own servility. The opening description of their reaction to Tiberius' accession is emblematic of the work as a whole:

> But at Rome consuls, senators, knights rushed into slavery. The more eminent men were, so the more hypocritical and eager they were, and with carefully composed looks, so as not to seem happy at the death of one ruler or sad at the beginning of another's reign, they mixed tears, joy, grief, and sycophancy. (*Annals* 1.7)

Their spinelessness sickens even the emperor himself:

> The story goes that whenever he left the Senate House Tiberius used to exclaim in Greek, 'Men fit for slavery!' Clearly, even he, who opposed public freedom, was tired of such degrading submission in his slaves. (*Annals* 3.65)

Thus, although Tacitus laments the loss of republican freedoms (especially for senators like himself), he is not so naïve as to forget the political ambitions and factional rivalries that led to the collapse of the republic, and he recognizes the inevitability of one-man rule if the alternative is civil war. However, as the 'Year of the Four Emperors' shows, the principate itself is no guarantee against civil war, and imperial Rome continues to suffer from the ambition, corruption, and violence that led to its creation.

At the beginning of the *Annals* Tacitus makes the historian's conventional claim to impartiality, saying that he will treat the imperial succession from Augustus onwards 'without anger or bias' (*sine ira et studio*, 1.1). But his personal conviction that the principate corrupts both the ruler and the ruled makes itself felt throughout his narrative. Among ancient historians Tacitus thus ranks alongside Herodotus for the intelligence and insight with which he analyses the damage done by autocratic forms of government to both individual and society. He had no match in later historiography—or biography, a genre which, because of its focus on one man, especially on his character and use of power, became popular under the empire. Tacitus' response to that empire is not only a masterpiece of historical narrative, but also a testament to the power of truth in the face of political oppression which has lost none of its force or relevance.

Chapter 6
Oratory

The skill of effective and persuasive speech plays a part in every human community, and the ability to speak well was always highly prized in Greek and Roman society. This chapter will examine the reasons for oratory's importance in the classical world and how it developed to meet the changing demands of speakers and audiences. The rules and techniques underpinning effective communication were known in the ancient world as 'rhetoric', and learning the art of rhetoric was the backbone of higher education for Greeks and Romans from the 5th century BC onwards. Strictly speaking, our focus here is on oratory rather than rhetoric, that is, on the surviving speeches rather than the technical rules underlying them, though both are for obvious reasons intertwined. Oratory is perhaps the ancient genre least appreciated in our own time, tainted as it is by the (pejoratively charged) 'rhetoric' of politicians et al., but it contains some of the finest examples of Greek and Latin prose, and the surviving speeches illuminate many essential features of Greek and Roman society.

We see the importance of oratory already in early Greek epic, long before the age of technical treatises and formal training, since Homer's ideal hero is a 'speaker of words' as well as a 'doer of deeds'. But it is in the democratic city-states of 5th-century BC

Sicily and Athens that we see oratory blossom into a major and essential form of mass persuasion. Whether in the democratic assembly or the law-courts, the speaker's success depended on his—and it was always his, since women were considered political and legal 'minors'—ability to persuade a large body of his peers to vote in his favour. (The assembly held many thousands, while an Athenian jury comprised several hundred citizens, the exact number depending on the type of case.) Democratic communities such as Athens took great pride in the individual citizen's right to freedom of speech, but that freedom came with the responsibility to participate directly in politics and to represent oneself in the courts, albeit with the help of a speech-writer, if necessary. With (in some legal cases) the speaker's life or livelihood on the line, and with no judges or professional lawyers to guide opinion, the individual's ability to win over a mass audience was crucial, and it is no surprise that the surviving speeches, political as well as legal, use emotional appeals as much as reasoned argument.

As in modern democratic societies, pride in freedom of speech co-existed with suspicion of the slick talker and anxiety about the unscrupulous use of oratory. Critics of democracy, such as the conservative Thucydides or the reactionary Plato, pointed to the people (*dēmos*) being swayed by self-interested speakers (or demagogues), but the Athenians wisely calculated that the risk of deception was a price worth paying for political equality. Or one could always point to the problem that skilled rhetoric can sway a jury to acquit when the facts of the case suggest otherwise, but we have the same situation today: everyone knows a good lawyer or barrister makes a difference, and juries or judges still have to be persuaded. Plato's odd-ball rejection of democratic rhetoric fell on deaf ears, and the most influential analysis of Greek oratory was written by Plato's more pragmatic pupil, Aristotle, who recognized its legitimate role in public life. It is to Aristotle that we owe the schematic but useful division of oratory into three broad types: deliberative, forensic, and display.

Deliberative oratory was usually directed at political assemblies and might be compared to a modern parliamentary speech. There were no political parties in the ancient world and politics was propelled by individuals. The successful political speaker needed the ability to improvise, since he won't have known exactly how a debate would develop. Key facts and passages could be memorized, but the speaker who could not think on his feet would not last long. Since plaintiffs and defendants spoke on their own behalf, the speaker in forensic or law-court oratory was usually an amateur, who relied on an expert to write his speech (if he could afford one), and it was an essential measure of the professional orator's skill that his speech create a persona for his client which would win him the case. It was not acceptable to read from a text in court, so the speaker had to rely on memory, but again a skilled speech-writer was expected to create the illusion of impromptu delivery. The courts were also an arena for political feuds, with charges of fraud and misconduct of various kinds flying around, and there was always work for good orators. Finally, display or ceremonial oratory marked important events in the life of the community, the most solemn being the genre of the funeral speech, where the city-state honoured those citizens who had died fighting on its behalf. Such speeches assert the common values of speaker and audience, bolstering and celebrating their shared identity.

So let's consider some examples. The law-court speech by Lysias entitled *On the Murder of Eratosthenes* is one of the most fascinating to have survived, replete as it is with details of everyday family life in classical Athens. The defendant, Euphiletus, is on trial for killing Eratosthenes, a fellow citizen, but (he argues) since he caught Eratosthenes *in flagrante delicto* with his wife, he was justified in killing him on the spot. The speech is a historian's dream, since it tells us a great deal about a range of social and legal issues, from the policing of female behaviour and concerns about adultery and legitimacy through to the shape and layout of Athenian houses. But its literary skill is also outstanding, and Lysias' deceptively simple and clear style creates a persona for the speaker which is perfectly fitted to winning the case. Here, for example, Euphiletus describes his wife's suspicious behaviour and his innocent reaction:

> After a while, gentlemen, I came home unexpectedly from the country. After dinner the baby started to cry and howl, as he was being deliberately tormented by the servant-girl to behave like this, because the man was in the house—I discovered all of this afterwards. So I told my wife to go and give the baby the breast to stop him crying. At first she refused, as if she were glad to see me back again after so long. When I began to get angry and told her to go, she said, 'Oh yes, so you can have a go at the young servant-girl here! You've grabbed at her before when you were drunk.' (Lysias, 1.11–12)

The narrative casts Euphiletus as naïve and trusting, whereas his wife is deceptive, turning the household servants against their master, and even using her baby to further her own lust: every word is geared to generate the maximum indignation in a jury of male Athenian citizens.

Euphiletus' artfully simple language suggests an honest, not too clever, plain-speaking man, but the style can also rise to grander tones, as when the defendant recalls his final words to the adulterer:

> And he himself admitted his crime, but he begged and beseeched me not to kill him, but to exact a sum of money. But I replied, 'It is not I who shall be killing you, but the law of the city, which you transgressed and regarded as less important than your pleasures, choosing to commit this foul offence against my wife and my children rather than to obey the laws and behave decently.' (1.25–6)

This is a masterly tactic, exploiting the Athenian jury's pride in their legal system and its superiority to vendetta violence. By declaring to the jurors 'I did not kill Eratosthenes, your laws did',

Euphiletus presents himself not as an angry husband meting out a brutal and premeditated revenge, but as a just instrument of the Athenians' laws, carrying out instant punishment on their behalf.

Demosthenes was regarded in antiquity as the greatest Greek orator, and his efforts to rouse and to advise the Athenians in their struggle with the rising power of Philip of Macedon resulted in some of the most brilliant political oratory ever written. In the first of his appropriately entitled *Philippics*, delivered in 351 BC, Demosthenes mixes inspiring (and shaming) remembrance of past Athenian glories with sarcastic criticism of his audience's current timidity and slowness to react:

> You, men of Athens, have unsurpassed resources—warships, infantry, cavalry, financial revenues—but to this very day you have never used them as you should, and you wage war with Philip in the same way as barbarians fight in a boxing-match. When one of them is hit, he always clutches where he was hit; if he gets a blow on the other side, there go his hands: he neither knows nor cares how to put up a guard or face his opponent. (*Philippics* 1.40)

Like untrained, foreign boxers, the Athenians keep moving their troops to places that Philip has already hit, rather than to where he's going to hit. All of Demosthenes' speeches dealing with the rise of Macedon depict Demosthenes himself, not surprisingly, as a heroic champion of freedom in a war against tyranny. Since we know his struggle was in vain, as Athens fell under Philip and then his son Alexander the Great's monarchy (and its successors), the speeches have a wistful as well as a rousing quality, like epitaphs on the end of democracy.

The speeches of the Athenian orators were widely read by members of the Roman elite as part of their education, which focused to a large extent on models of rhetoric capable of preparing the Roman citizen for the duties and challenges of public life. As with the writing of history, the elder Cato plays an important role in the origins of Roman oratory, though only fragments of his speeches remain. He insisted on speaking in Latin to the Athenian assembly, though he knew Greek, making the point that Latin was now the dominant language in the Mediterranean world. And his famously pithy advice on how to be an effective speaker, 'get a grip on the subject, the words will follow' (*rem tene, verba sequentur*), builds on the contrast between wordy, deceptive Greeks and direct, no-waffle Romans that Cato was adept at exploiting for his own political ends. The surviving fragments display his punchy style, and the aptness of his themes: 'Thieves of private property spend their lives in prisons and chains; public thieves in gold and purple' (*Speeches* fr. 224).

As in Greece, speaking well was essential to all areas of Roman public life, especially in the law-courts and politics (whether addressing public meetings or the more exclusive senate), but also in military, diplomatic, and religious contexts. In the sphere of law-court oratory, Roman practice differed from the Greek in allowing an advocate to speak on one's behalf, and such orators had to be (or at least give the impression of being) figures of standing and authority in Roman society. But the advocate's persona was also flexible, and so we see in Cicero, the greatest Roman orator (and the only orator of the republican period from whom we have complete speeches), a constant effort to present himself in terms that suit the needs of the particular case, from the outraged Roman traditionalist of *Against Piso*, for example, who attacks his target for *inter alia* military incompetence, provincial corruption, debauchery, and poor (Epicurean) philosophy, to the avuncular apologist of *In Defence of Caelius*, who excuses his client's shocking lifestyle by the classic 'argument' of 'boys will be boys' and by portraying him as the innocent victim of a seductive and immoral older woman. Cicero's renowned adaptability led to Catullus' ambiguous description of him as *optimus omnium patronus* (Poem 49), which can be read as 'the best advocate of all', but also as 'the best advocate-of-all'—in other words, as an orator without principle who will represent anyone as long as it furthers his own career.

In the previous chapter we saw how the historian Sallust treated the Roman aristocrat Catiline's failed conspiracy to overthrow the republic. Cicero viewed his part in foiling the conspiracy during the last months of his consulship in 63 BC as the highlight of his political career (see Figure 6). Although Cicero was exiled five years later for executing some of the conspirators without a trial, he never ceased to celebrate or justify his actions, even writing a poem about his consulship, of which scraps survive (unless they're a parody of the original, which was ridiculed on publication), the most extensive being 'O what a happy fate for the Roman state was the date of my consulate!' (*O fortunatam natam me consule Romam*).

Fortunately, Cicero was much better at oratory, and his four Catilinarian orations, which are revised versions of the original speeches, written up by Cicero in 60 BC to justify his controversial conduct three years before, offer a vivid depiction of the factional politics and violence that led to the destruction of the republic in

6. Cesare Maccari, *Cicero Denounces Catiline*, painted for the Senate of the Italian Republic (1888)

civil war. The rhetoric is grand and unsubtle: Cicero is the selfless defender of the fatherland, Catiline its treacherous and perverted enemy, and Rome herself is personified, pleading with Catiline to leave her in peace (1.18). Cicero's monochrome analysis may not be alive to the underlying institutional weaknesses that have led to the ambition and chaos of his times, and his self-glorification becomes tiresome, but his attempt to justify the execution of the conspirators in the name of freedom and national security remains as relevant as ever.

We see another side of Cicero's talents as an orator in the forensic speech *In Defence of Caelius*, delivered in 56 BC, the year after Cicero returned from exile. His client Marcus Caelius Rufus had been accused of seditious violence, but this serious charge, connected to the assassination of Egyptian diplomats on an embassy to Rome, is completely sidestepped by Cicero, who focuses his efforts instead on assassinating the character of Clodia, one of the prosecution's witnesses, who had claimed that Caelius borrowed money from her to buy poison. It's one thing not to get bogged down in legal technicalities—Demosthenes was famously good at avoiding this, since he knew such details could bore the audience—but quite another to ignore the real charges, as Cicero does here, concentrating instead on depicting Clodia as a whore, who also sleeps with her brother Clodius—coincidentally, or rather not, the same man who sponsored the bill for Cicero's exile. In Cicero's version of events, Clodia seduced the naïve and innocent young Caelius, but he eventually left her in disgust, so that now she, the spurned lover, is out for revenge.

If that sounds like a familiar plot, it's because it is, and Cicero has deliberately cast his speech as if it were a theatrical entertainment, mixing references to tragedy, comedy, and mime in order to entertain and misdirect his audience. Thus Clodia is compared to the rejected and vengeful Medea, Caelius' youthful excess is excused by contrasting the reactions of two fathers from Roman comedy (one stern and unattractive, the other lenient and sympathetic), and the alleged plot to deliver the poison descends into farce with a slapstick scene set in the public baths. Cicero's deft use of humour here and elsewhere defies his unfair reputation as a pompous windbag, and his strategy of comic misdirection paid off, as Caelius was acquitted. (Caelius cannily backed Caesar in the civil wars to come, but was killed in 48 BC during an attempted rebellion against him.)

Cicero's political speeches, including his *Philippics* against Mark Antony (the title evoking Demosthenes' defence of Greek freedom), are the best and final examples of oratory being used to influence political life in Rome. Cicero was killed by Antony's men in December 43 BC, and his head and hands were cut off and nailed to the speaker's platform in the forum, symbolizing the end of free political oratory as the republican system continued its descent into one-man rule. Oratory remained an essential part of education and public life under the principate in both Latin- and Greek-speaking communities, whether in law-courts, local councils, or various civic contexts, and performing orators enjoyed popularity and prestige throughout the empire. But the loss of political liberty took its toll.

Pliny's *Panegyric*, an expanded version of the speech he gave in the senate thanking the emperor Trajan for his 'election' to the consulship in AD 100, fulfils its brief of praising the emperor by contrasting him with his tyrannical predecessor, Domitian: 'Nowhere should we flatter him as a divinity and a god; we are not talking of a tyrant but of a fellow citizen, not of an overlord but of a parent' (2). Power, Pliny implies, no longer needs flattery—a remarkable sentiment in a eulogy that fills 81 pages. All the surviving Latin panegyrics of the emperors, though nauseous to our taste, are valuable for what they reveal about how power was wielded in the imperial system—and prompt us to ask how we would behave under an autocratic government.

So although the techniques of rhetoric were criticized in antiquity, and people recognized that oratory could be abused (as could any other skill), they also saw its importance as an essential part of public life, and the ideal of free speech was prized, not least because of the many threats it faced. Finally, as other chapters of this book make clear, oratory's fundamental role in society is also shown by its prominence in a range of literary texts, where it leaves its mark on almost every genre of classical literature, from (for example) the extended speeches of epic, drama, and history to the highly rhetorical performances of satire.

Chapter 7
Pastoral

This chapter will examine the invention of pastoral poetry in the urban metropolis of Alexandria in Hellenistic Egypt, showing how the genre's literary sophistication and nostalgia for rural simplicity appealed to learned city-dwelling poets and their readers. We will also consider how the genre was transformed at Rome, as contemporary politics and civil war enter the pastoral world, disrupting its potential as an idealized retreat from, or alternative to, city life. As one would expect in an essentially agricultural society, poets had always written about the countryside, and we can see pastoral elements in Greek literature long before Theocritus formalized the genre in works written at the Alexandrian court in the early 3rd century BC. We saw in Chapter 2, for example, how the early epic poet Hesiod portrayed the countryside as a place of honest toil in his didactic *Works and Days*, while the emphasis on the countryside as a place of beauty and repose, one of the hallmarks of pastoral as a genre, is already present in the age-old motif of the *locus amoenus*, or 'pleasant place', which we find throughout Greek literature from Homer onwards, especially in the *Odyssey*'s portrayal of the fertile lands of the Phaeacians and Cyclopes, the islands of the beguiling Calypso and Circe, and Odysseus' beloved Ithaca.

But although Theocritus was not the first author to write about rural life, he was the first to compose a group of poems focusing on 'bucolic song' (*boukolos* meaning 'cowherd')—that is, on the musical performances of herdsmen in rural settings—thereby securing his status as the founder of pastoral. Theocritus' eight bucolic poems are only one part of a wider and varied oeuvre, but they have always been the most popular and influential of his works. Thus the ancients gave the name 'idylls' (or *eidyllia*, meaning 'vignettes') to all his poems, but it is the term's application to the pastoral poems in particular that gives us the modern sense of 'idyll' or 'idyllic' as a space of rural beauty and tranquillity. The to us quaint scenario of cowherds, shepherds, and goatherds performing, or competing in, music and song draws on the reality of the ancient rural world, where solitary herdsmen sang or played wooden pipes to allay boredom and, should they meet a fellow worker out on the hills, might play or sing together, or in competition with one another. So Theocritus is building on a genuine feature of rural life, but has extensively stylized and idealized it to create a highly artificial pastoral world. For unlike Hesiod's realistically sweaty account of rural labour, these pastoral figures are more concerned with showcasing their musical abilities or lamenting unrequited love (and often the two go together).

Theocritus uses the metre of epic to depict non-heroic content—herdsmen speaking in a rustic Doric dialect, even at times indulging in obscene banter—creating an effect of artful incongruity aimed at delighting his sophisticated Alexandrian audience with its originality and artifice. Moreover, the effect is not to sneer at these 'rustics' but to share in their overwhelming enjoyment of poetry and song. This is well conveyed by the opening lines of the first poem, where the shepherd Thyrsis addresses an unnamed goatherd:

> THYRSIS
> Sweet is the music of that pine tree's whisper, goatherd,
> there by the springs, and sweet too is your

piping; you will carry off the second prize after Pan.
If he chooses the horned billy-goat, you will have the nanny.
And if he takes the nanny as his prize, to you falls
the kid; and a kid's meat is good until you milk her.

GOATHERD
Shepherd, your song sounds sweeter than the resounding
water that pours down from the high rock.
If the Muses take the ewe as their prize,
you will have a stall-fed lamb; and if it pleases them
to have the lamb, you will carry off the ewe. (1.1–11)

In other words, just as Hesiod's *Works and Days* and Virgil's *Georgics* are only ostensibly about agriculture (see Chapter 2), so Theocritean pastoral is more about poetry and its place within the poetic tradition than it is about goats or lambs, no matter how valuable. Such 'metapoetry'—that is, poetic reflection on the creation and value of poetry itself—is found in other ancient genres (for example, in lyric, comedy, love elegy, or satire), but it is particularly important to pastoral, whose rural workers are at the same time creators of song.

This is clearest in poem 7, entitled 'The Harvest Festival', whose narrator, Simichidas, is himself a composer and performer of bucolic poetry. The poem tells how Simichidas met the goatherd, Lycidas, some years before on the island of Cos. Even before they compete in song Lycidas promises Simichidas his own staff as a prize:

I shall present you with my staff because you are
a sapling created by Zeus entirely for truth.
How I hate the builder who strives
to raise his house as high as Mt Oromedon's peak,
and those cocks of the Muses who waste their energy
crowing in vain against Homer, Chios' bard. (7.43–8)

Theocritus here echoes the aesthetic of his fellow Alexandrian poet Callimachus, whose preference for small-scale, erudite poetry also entailed the rejection of bombastic, sub-Homeric epic (see Chapter 1). Moreover, Lycidas' gift of his staff creates a scene that is evocative of previous poetic initiations, as when the Muses appear to Hesiod while he tends his sheep on Mt Helicon and inspire him to become a poet (*Theogony* 22–34). The combination of literary manifesto and Simichidas' investiture as a poet has led many to take the narrator as a symbol for Theocritus himself, but things are not so simple, and there is humour at Simichidas' expense, since his cocky self-assurance about his talents as a bucolic *poet* contrasts with the goatherd Lycidas' genuine connection to the countryside and its traditions.

Lycidas' more convincing connection to the rural world is part of pastoral's wider contrast between the simplicity and authenticity of country life on the one hand, and the sophistication and fakery of metropolitan life on the other—even though, paradoxically, this contrast is expressed in learned poetry written by and for city-dwelling poets and their audiences. It is no coincidence that pastoral developed in a period of urban expansion and in the jazziest of Hellenistic cities, Alexandria. Modern parallels spring to mind: the *Naturphilosophie* of the German Romantics, for example, and their influence via Coleridge on Wordsworth and the other Lake writers, all during the boom of the Industrial Revolution in northern Europe (*c.*1760–1820). So the idea of the rural world as a refuge from urban life, still at work in our own utopian fantasies of escape to the country, has a long history, and can seduce even pre-industrial societies.

Ancient pastoral exploits such an idealizing view of the countryside—the creation of city-dwellers rather than people who live and work on the land, where low-class but contented workers enjoy mystical communion with the natural world—but Theocritus also exposes how artificial and utopian it all is. For in poking fun at the overly smooth bucolic poet Simichidas, Theocritus makes clear that this is entertainment for an urban audience, prompting us to ask what city people actually know about the country, and to question their nostalgia for an older, simpler way of life that is now threatened or lost, but which in reality never actually existed. Theocritus' ironic distance from the bucolic ideal thus saves his work from the cloying sentimentality that pervades not only the *Lament for Adonis* by his early successor, Bion, but also many texts and paintings of the modern European pastoral tradition. Finally, Theocritean pastoral's focus on country life is also part of a wider trend towards 'realism' in Hellenistic literature and art (such idyllic scenes became very popular in later Roman wall-painting as an adornment to expensive villas), while its praise of rural ease and simplicity chimes with contemporary philosophical schools such as Epicureanism which sought to inculcate 'freedom from care' and 'the simple life'.

Theocritus' pastoral successors, the 2nd-century BC Greek poets Moschus and Bion, adapted bucolic motifs in their highly polished works, drawing especially on Theocritus' treatment of lamentation and the agonies of love, but it was not until Virgil's *Eclogues*, his first published work, completed in the early to mid-30s BC, that a poet succeeded in taking the genre in a strikingly original and provocative direction. Unlike Theocritus, Virgil created an independent collection of pastoral poems, so here it is the Roman imitation and adaptation of Greek works that crystallizes a genre. Virgil's engagement with the pastoral tradition was clearer in his work's original title, *Bucolica* ('cowherd songs'), which was later replaced by the bland *Eclogues*, meaning 'selections' (from a larger body of texts). Virgil's collection of ten bucolic poems is carefully structured to produce variety (formally or thematically similar poems are separated) but also symmetry. Given the urban focus of the poetry written by Catullus, the most famous Roman poet of the previous generation, Virgil's choice of pastoral may have seemed rather unfashionable, but that was part of its attraction, since he could show his skill and originality by taking on a genre that had never been treated in Latin before and making it relevant to Romans of his time.

Virgil achieved this spectacularly by expanding the boundaries of pastoral to include contemporary politics, and doing so as the whole of the Roman world was mired in civil war. Around the same time (37 BC) the scholar Varro published a prose treatise on farming in dialogue form, *On Rural Matters*, which took a playfully ironic approach to nostalgic, idealizing images of the Roman countryside, but Virgil's choice of pastoral is even more effective, since the destabilizing entry of politics and war into the rural idyll is both poignant and provocative. Thus Virgil revolutionized pastoral, transforming a genre that had been largely apolitical into a profound reflection on the civil war and political violence that were destroying the republic.

After the forces of Antony and Octavian had defeated those of Brutus and Cassius, the assassins of Julius Caesar, at the Battle of Philippi in 42 BC, Octavian's demobilized veterans were settled on confiscated land throughout Italy, leading to forced evictions that had a disastrous effect on rural life. The resulting turmoil is made clear in the *Eclogues*' opening lines, as Meliboeus contrasts his dispossession and painful exile with the luckier fate of his fellow shepherd Tityrus:

> Tityrus, you recline beneath the cover of a spreading beech-tree,
> practising the woodland Muse on your slender pipe;
> we are leaving the borders of our homeland and the fields we love.
> We flee our homeland; you, Tityrus, at ease in the shade,
> are teaching the woods to echo 'Lovely Amaryllis'. (1.1–4)

The mood is even gloomier in *Eclogue* 9, where Moeris must labour on a farm that once belonged to him but is now the property of a distant and unsympathetic soldier. Moeris explains to his friend Lycidas that even their fellow singer, the great Menalcas, has proved unable to save the region with his poetry:

> Our songs, Lycidas,
> have as much power amid the weapons of war
> as they say Chaonian doves have when the eagle swoops. (9.11–13)

The 'eagle' is also the standard of the Roman legions, symbolizing war's destruction of the shepherds' harmonious world. Their songs are not only powerless but are also fading from memory—'now I have forgotten so many songs', laments Moeris (9.53)—and the poem ends with the two waiting for Menalcas, leaving us to wonder when or even if he will ever return.

Like his later works, the *Georgics* and the *Aeneid* (discussed in Chapter 2), the *Eclogues* express a passionate desire for peace, but do so with less confidence, since they pre-date Octavian's definitive emergence as 'restorer of the republic'. Nonetheless, Virgil has opened his collection with a poem which, despite its great sympathy for the dispossessed Meliboeus, also praises a certain 'young man' (i.e. Octavian) for restoring peace and order to the countryside, while the fourth *Eclogue* looks forward to the birth of a child who will herald the return of the Golden Age. The original referent, most likely, was the future son of Antony and Octavia (Octavian's sister), but the hoped for heir was never born and in any case the pact between the two warlords, sealed by the marriage in 40 BC, soon fell apart. It is possible that, to suit the changing times, Virgil revised the poem to express an all-embracing longing for peace and renewal.

While expanding pastoral's political dimension, Virgil also maintains its Theocritean focus on love and the nature and power of poetry itself. Like Theocritus' seventh *Idyll*, the sixth *Eclogue* embodies an Alexandrian aesthetic of small-scale, learned poetry, as Apollo himself urges the poet to 'feed his flock fat, but recite a fine-spun song' (6.4–5). Virgil here adapts a famous scene from Callimachus' *Origins*, and the poem that follows includes the initiation of Virgil's friend Gallus as a poet equal to Callimachus in skill and erudition. And in *Eclogue* 10 Virgil presents Gallus, the great elegiac love poet (see Chapter 3), seeking relief from the cruelty of his mistress Lycoris in the carefree pastoral world of Arcadia, and even trying to give up love elegy for pastoral, but unable in the end to resist his passion, since (his final words) 'Love conquers all, and so let us too yield to Love' (*omnia vincit Amor: et nos cedamus Amori*, 10.69). Virgil thus simultaneously celebrates Gallus' excellence as a love poet while advertising his own command of poetic genre(s). Indeed, a sense of moving on to new 'fields' of poetry is encapsulated in the poem's (and book's) closing lines, where Virgil bids farewell to pastoral, as the singer rises from his bucolic ease beneath the trees and drives his goats home in the falling twilight: 'Go home now with your bellies full, my goats, the evening star is rising, go on, go on' (10.77).

But Virgil did not really leave pastoral behind, since pastoral motifs pervade both the *Georgics* and *Aeneid*, especially their traumatic images of the Italian countryside destroyed by civil war, just as they influence Augustan literature more generally, since Augustus emphasized the reinvigoration of rural life throughout Italy and the empire as one of his many achievements. The few surviving works by Virgil's ancient successors in pastoral lack the subtlety of his political and literary landscape, as their shepherds pipe feel-good panegyrics of the emperor. The poet's distance from the pastoral idyll, and the gap between 'Arcadia' (mentioned only

7. Pastoral in the landscape of British Romanticism: William Blake, 'With Songs the Jovial Hinds Return from Plow', one of a series of woodcut engravings illustrating *The Pastorals of Virgil*, ed. Robert J. Thornton (London, 1821)

occasionally by Virgil, but later *the* symbol of bucolic ease) and messy, less-than-ideal reality, is fundamental to the success of Theocritus and Virgil's versions of pastoral, and its absence led to the syrupyness of much later literature and art in the bucolic tradition. The most successful modern works of pastoral are those that use the gap critically—for example, Milton's condemnation of church corruption in his pastoral elegy *Lycidas* (1638)—and such works show that, in the words of a contemporary poet famous for his use of the form, pastoral is still capable of alerting its audience to 'the ill fit that prevails between the beautifully tinted literary map and the uglier shape that reality has taken in the world' (Seamus Heaney, 'Eclogues *in extremis*: On the Staying Power of Pastoral'; see also Figure 7).

Chapter 8
Satire

This chapter will trace the development of Roman satire from Lucilius in the 2nd century BC to Juvenal in the early 2nd century AD, showing how the targets of satire, and the personae adopted to attack them, reflect changing social and political contexts (for freedom of speech, for example) in republican and imperial Rome. We will also consider how the narrative of decline, so popular in Roman thinking (see Chapter 5), contributes to the satirists' themes, and examine to what extent their criticisms of Roman society and literature reinforce cultural norms or challenge them.

Of all the literary genres discussed in this book, satire is the one where the debt of Roman authors to Greek predecessors is least pervasive: as the Roman teacher of rhetoric Quintilian famously boasted, 'Satire, at any rate, is completely our own' (*Education of the Orator*, 10.1.93). That is, strictly speaking, a tendentious claim insofar as it ignores the influence of Greek traditions, especially those of iambic invective poetry (discussed in Chapter 3) and the personal and political abuse of Old Comedy (Chapter 4), on the development of Roman satire. Nonetheless, Quintilian is partly and importantly justified in the sense that there was no Greek equivalent to Roman verse satire, and so although he obscures the fact that satire was influenced by and incorporated elements from earlier Greek forms of literature, his statement rightly underlines the distinctiveness of Roman satire and Roman pride in its creation.

The heterogeneous roots of Roman satire, its mixture of forms (both prose and verse), and its varied content (ranging from erudite literary parody to the most vulgar abuse), are all suggested by the name 'satire' itself, which comes from *satura*, meaning 'stuffed sausage', and so promises a literary form that will be crammed full of different ingredients. As we shall see, the satires (especially those of Juvenal) are stuffed full of different tones, themes, and personalities, and they also deal with ideas of over-consumption of all kinds, with greed, gluttony, and desire for excessive wealth and luxury. (In satire, you are what you eat, but with a moral twist.) And insofar as *satura* was a distinctively Roman dish, the name also suggests the national pride displayed by Quintilian in his insistence on Roman originality.

Although Ennius (239–169 BC) wrote the first works called 'satires' (only a few lines survive), the title refers rather to their 'miscellaneous' form and content, and it was Lucilius, writing a generation later, who was considered by the Romans to be the true inventor of satire, and who shaped the genre as a form of poetry characterized by personal invective and social criticism. Of 30 books only 1,300 or so lines survive, but it's enough to see why Lucilius was so influential. He makes use of a powerful poetic persona: the 'I' figure constantly asserts itself and talks about its own experiences and views. And he can make fun of himself too, always a plus in a satirist, since it makes him less distant and censorious: thus someone says, 'we hear he has invited some friends including that reprobate Lucilius' (fr. 929). He also established the social repertoire of the genre: he is interested in morality, and he attacks individuals for moral faults. As well as politics and society, he deals with issues which would have been of interest to aristocratic Romans of his day: philosophy, literature, friendship, even how to spell correctly, and (in a passage reminiscent of the elder Cato: see Chapters 1 and 6) he mocks pretentious Romans who use Greek words when Latin ones will do: 'Furthermore, we solemnly said "*les pieds de divan*" and "*les lampes*"/instead of just "couch legs" and "lamps"' (frs. 15–16).

Lucilius was also responsible for making the hexameter the metre of satire, though he experimented with a range of other metres before finally settling on it. The hexameter was previously associated with epic, so this was a deliberately playful and subversive thing to do, since he was taking the metre associated with the highest form of poetry, epics dealing with the gods and with the deeds of the greatest heroes, and using it in a genre that is interested in the abusive, the mundane, and the least salubrious aspects of human life. For later Romans, especially satirists, Lucilius also embodied the principle of *libertas*, that is, the freedom to criticize powerful men of his own time. This was as much due to his own standing (his family were wealthy and of senatorial status) and his powerful patrons as it was to republican liberty, but later satirists, writing in more troubled or oppressive times, all acknowledge their inability to be so outspoken.

There is a parallel to Lucilius' freedom of speech in Catullus' attacks on contemporary politicians such as Caesar in the 60s–50s BC (Chapter 3). But unlike Lucilius and Catullus, Horace, the next major Roman satirist, writing in the chaotic 30s BC, lacked both high social status and an atmosphere of free public debate. Horace contrasts his own situation with Lucilius' freer age, but his yearning for republican freedom is understandably muted, and he prefers to leave politics to the experts, a form of quietism that can seem rather anaemic when compared to Lucilius and Catullus. However, it is facile to carp at Horace for adapting to new political conditions, and more interesting to see how he turns the more restrained parameters of satire into a positive. Thus Horace explicitly distinguishes his style of satire from that of Lucilius, claiming that his great predecessor's poetry is actually verbose and unpolished, while his own will be concise and elegant:

Yes, I did say that Lucilius' verses did not run smoothly.
Who's so foolish a fan of Lucilius
that he won't admit this? (Horace, *Satires* 1.10.1–3)

Horace emphasizes decorum rather than vulgarity and abuse; his *Satires* are still humorous and moralistic, but in a gentler and more self-deprecating way, with much less obvious aggression. Echoing Lucilius' attacks on luxury and decadence, Horace's *Satires* aim to teach the benefits of moderation and self-sufficiency, but do so in a more measured fashion.

Persius, the third of the great Roman satirists, who wrote under the emperor Nero (50s to early 60s AD), adopts Lucilius' outraged persona, and presents himself as an angry young man who rejects contemporary society and its values. As befits any young rebel worth his salt, he also appears as a student who wakes up late with a hangover (*Satire* 3). In difficult, compressed language Persius illustrates the benefits of philosophical enlightenment over the empty show of imperial politics or the contemporary literary scene, debunking the cliché of poetic inspiration by declaring in his Prologue that poets today are just in it for the money:

If there's even a glimmer of deceitful cash,
you'd think crow-poets and magpie-poetesses
were hymning the nectar of Pegasus. (12–14)

In contrast to Horace's easy-going persona, Persius is stern and unforgiving, and his anger is outdone only by the greatest of Roman satirists, Juvenal, who wrote his five books of *Satires* (16 poems in all) in the early decades of the 2nd century AD.

Juvenal's pose, as a satirist, is that of telling it like it is, cutting through all the lies and hypocrisy and telling the truth, the more shocking and unsavoury the better. Yet he too, like Horace and Persius, dare not attack contemporary public figures: his targets instead are either stereotypical outsiders (foreigners, criminals, etc.) or people from the past, especially from the reign of the emperor Domitian (AD 81–96), now safely dead and the last of his dynasty, who was also a bogeyman for the historian Tacitus (Chapter 5) and other writers of the early 2nd century AD such as Pliny (see Chapter 6 on his *Panegyric*). In his opening *Satire* Juvenal sets himself up as a Lucilius figure, an angry warrior who's going to attack what he needs to, regardless of the risks, only to undercut this image at the end of the poem, where he admits that he's going to take the safe strategy and only attack dead people:

> 'So turn it over in your mind before the bugles sound;
> once your helmet is on, it's too late for second thoughts about
> combat.'
> Then I'll see what I can get away with saying against those
> whose ashes are buried beneath the Flaminian and the Latin roads.
> (1.168–71)

This is oddly anti-climactic, but deliberately so, since it not only parodies the tendency of contemporary writers to rage about the past, but also, by presenting figures from the past as current threats, suggests that past and present are in fact deeply interconnected. In other words, the political past is not simply a safe target because everyone's dead, but rather it and its failings are the route to understanding society's current problems.

Juvenal is undoubtedly the most important figure in the development of satire, since it was his works (especially *Satires* 1–6), with their focus on moral and political corruption and the simultaneous hypocrisy of moralizers and politicians, that did most to shape modern ideas and expectations of satire as a genre. In short, it is thanks to Juvenal that we think of satire as above all political (in the broadest sense), angry, and funny. The comic potential of Juvenal's indignant persona is already clear in *Satire*

1, where he feigns to make anger the very source of his poetry: 'if natural talent is lacking, then indignation will generate my verse' (1.79). Much of the subject matter of Juvenal's satires is familiar from what's come before. The satirists deal with social and moral values, either by advising how one ought to live or by attacking people who in their view get it wrong. This isn't limited to the narrowly political: thus, for example, Juvenal's analysis of the corruption of Rome and of city-life in *Satire* 3, or of women and family life in *Satire* 6, draws on moral, social, and philosophical elements found in Lucilius, Horace, and Persius.

The targets of Juvenal's *Satires* create a moral stance that is clearly conservative: he and his narrators dislike the influx of upstart foreigners and want more respect for poor but freeborn Roman citizens:

> Is that Greek
> going to sign ahead of me and recline on a couch superior to mine
> —a man blown to Rome on the wind that brings us plums and figs?
> Does it count for nothing at all that I, from earliest childhood,
> breathed the Aventine air and was nurtured on the Sabine berry?
> (3.81–5)

Juvenal deplores what he sees as the breakdown in the bond between patron and client, one of the cornerstones of Roman society:

> Weary old clients leave the porches
> and abandon their wishes—although nothing lasts so long with a man
> as the hope of a dinner. The poor sods have got to buy their cabbage and kindling.
> Meanwhile, his lordship will be chomping his way through the finest produce of forest and sea,
> lying alone among empty couches. (1.132–6)

And his narrators are troubled by social mobility and the idea that the sorts of people who now become *equites* ('knights') aren't what they used to be:

> 'If you have any sense of shame,' someone says,
> 'please stand up and leave the cushioned seats reserved for the
>   knights,
> if your wealth is less than the law requires. Your place will be taken
> by the sons of pimps, born in whatever whorehouse.
> The slick son of an auctioneer may sit and applaud here
> alongside the well-dressed lads of a gladiator or a trainer.'
>
> (3.153–8)

Nor does he approve of modern decadence, whether that's the homosexuals of *Satire* 2, the loose women of *Satire* 6, or the overlavish banquets of *Satires* 4 and 5. So the moral outlook of Juvenal's *Satires* is fairly consistent: he regards modern society as debauched and corrupt, and he takes the side of the poor but freeborn Roman citizen, often someone whose family has come down in the world.

On this description, Juvenal doesn't sound particularly funny at all—in fact, he sounds rather like a *Daily Mail* editorial: reactionary, moralistic, and bombastic. But this description passes over a lot of the subtleties in the way Juvenal actually couches these attacks—for Juvenal regularly sets up situations that cause us to question the reality or sincerity of the attacks being made, and so leaves us unsure who we're meant to be laughing at. In *Satire* 3, for example, we're led to question the reliability of the narrator, Juvenal's friend Umbricius (whose name, significantly, means 'Mr Shady'), who is leaving Rome in disgust. After a long list of complaints about the Greeks' immorality and particularly their abilities at flattery, Umbricius concludes:

> There's no place for a Roman here, where some
> Protogenes or Diphilus or Hermarchus is king.

A man like that never shares a friend (it's a defect of his race),
but keeps him for himself. For once he's dripped into his patron's
ready ear
a drop of the poison that comes naturally to him and his country,
I am hustled away from the doorstep, and wasted are my long years
of slavery. Nowhere is it less of a big deal to ditch a client.

(3.119–25)

But what Umbricius is complaining about isn't that Greeks are lying flatterers per se, it's that they're better at it than he is. In other words, Umbricius complains that he was perfectly happy spending his time in 'slavery' (i.e. flattery and service) to a rich man until the Greeks outclassed him with their gift for words, and so made his offices redundant. Far from being a guardian of good old-fashioned Roman values, Umbricius is revealed as something of a hypocrite, who's simply envious and bitter at losing his own position, and so attacks foreigners for the very quality he envies their success at.

We can see a similarly alienating effect in the excess with which Juvenal's own angry personae attack their targets. *Satire* 6, for example, Juvenal's diatribe against women, is undone by its sheer sensationalism. The two women Tullia and Maura aren't just portrayed as adulterous or deceitful (standard complaints of misogynistic poetry), but instead Juvenal conjures up the grotesque image of them literally pissing on the altar of Chastity and then having lesbian sex in their own urine (6.309–13). Such passages make us laugh as much at the satirical persona himself for the absurd views he espouses as we do at the targets of his abuse.

So in Juvenal's *Satires* the arbiters of morality are frequently exposed as hypocrites or as absurd, excessive characters in their own right. The narrator is hilarious but also repellent at the same time, creating an unsettling effect, whereby we feel uncomfortable at laughing along with him. We might compare modern comedians who deal with controversial topics in an edgy or deliberately offensive way, so that we, the audience, feel rather uneasy about laughing at their jokes. Juvenal's *Satires* thus work on more than one level: the naïve reader may see his beliefs and prejudices confirmed, especially where the targets are easy ones (the corrupt or parasitic) or marginal groups (foreigners, homosexuals, women). Or he may identify with Juvenal's Everyman persona, especially in his defence of the honest and decent Roman who's worried about his place in society. But the outraged moralist often emerges as no better than the people he criticizes. Juvenal's unreliable narrator is thus a challenge to the reader to recognize his or her own self-deception and hypocrisy. Jonathan Swift famously said that 'Satire is a sort of glass wherein beholders do generally discover everybody's face but their own' (Preface to *The Battle of the Books*, 1704), and Juvenal's constant shifting of the targets of satire shows that we should be careful who we mock, in case we find ourselves equally open to abuse.

Finally, we must remember not to be too po-faced about Juvenal, or any other comic writer, since he's out to entertain as much as critique society (as are modern political comedians), and his wit and comic timing are brilliant. Let one last example suffice, from *Satire* 3 on the perils of life in the big city (the model for Samuel Johnson's *London*, 1738):

> Have you ever seen a place so dismal, so lonely
> that it doesn't seem worse to live in constant dread of fires,
> buildings collapsing suddenly, the thousand other dangers of
>   savage Rome—
> not to mention poets reciting their work in the month of August?
>
> (3.6–9)

Chapter 9
Novel

This final chapter will discuss the ancient novel, a relative latecomer to Greek and Latin literature, but a testament to the innovation and dynamism that characterize the classical tradition throughout. Starting with the five surviving examples of the Greek novel, dating from the mid-1st century AD onwards, we will consider the popular appeal of their typical motifs of love and adventure, and see their increasingly sophisticated narrative techniques. The chapter will also examine how the social and political values embodied in these Greek prose fictions related to those of their audiences, both Greek and Roman, under Roman imperial rule. As we'll see, the manipulation and parody of generic convention found in the Greek novels is even more central to the Latin novels of Petronius and Apuleius, whose works well illustrate (yet again) the crucial ability of Roman authors to recast the literary tradition in a distinctively Roman way.

Though our focus is on the Greek and Roman novel, it should be stressed that there were many different kinds of prose fiction in antiquity—from fictional letters and biographies to tales of utopian or fantastic travel. Thus the capacity of fictional prose narrative to take many forms in the modern world (from detective novel to romance, from historical novel to science fiction, and so on) continues a feature of classical literature. Ancient readers had no specific name for the novel as a genre, since it developed after the formative period of genre classification in Hellenistic Alexandria (see Chapter 1). But despite the lack of an ancient name, we can still see family resemblances and established conventions in the surviving texts, and modern scholars reserve the term 'novel' for these seven works of prose fiction—five Greek, two Latin—distinguishing between the romantic focus of the Greek novels and the comic-realist style of the Latin.

The ancient Greek novel, like the modern European novel from *Don Quixote* (1605–15) onwards, was an omnivorous genre, incorporating elements from many different literary forms, including epic (especially Homer's *Odyssey*, with its tales of exotic adventure) and drama (particularly the thwarted yet happy-ever-after love affairs of New Comedy), but also adapting influences from Egyptian and Near Eastern cultures. With the exception of Longus' pastoral idyll, *Daphnis and Chloe*, the surviving texts display a number of typical plot features whereby a well-born boy and girl fall in love, but are then separated and exposed to various dangers before finally being reunited. The main themes of the genre are well summed up by a passage from the earliest example, Chariton's *Callirhoe* (mid-1st century AD), where the narrator, in the preface to the eighth and final book, promises his readers a happy ending:

> I think that this final book will be particularly pleasurable for my readers, for it brings relief from the distressing things in the earlier ones. No longer will there be piracy or slavery or lawsuits or fighting or suicide or war or captivity, but rightful love and lawful marriage. (8.1)

It would be a mistake to dismiss such plots as formulaic, however, since ancient audiences clearly enjoyed such patterns (as do readers of modern genre fiction), while the interest and skill of each work lies in part in its ability to ring the changes on the genre's familiar and popular themes: love at first sight, kidnap by pirates, storms and shipwrecks, imprisonment, threats to both life and chastity, last-minute recognition, and married bliss.

Chariton's 'Dear reader' technique in *Callirhoe* reminds us that self-conscious play with the audience's literary expectations is a feature of the genre right from the start—an important point, since the Greek—and Roman—novel's literary sophistication suggests an educated readership. (Ancient critics ignored the novel as an 'inferior' genre, but that didn't dent its popularity with readers. One might compare the modern reader who enjoys both 'critically acclaimed' works and the latest bestseller or pulp-fiction.) In Xenophon's *Anthia and Habrocomes* (early to mid-2nd century AD) we get a fast-paced action thriller, with one suspense-filled episode after another, as when the heroine is buried alive but then 'rescued' by robbers breaking into her tomb in search of treasure. In Achilles Tatius' *Leucippe and Clitophon* (second half of the 2nd century AD) the story is told by Clitophon himself to the writer, the only example of first-person narrative in the Greek novels (the others are in the third person), which cleverly creates irony and tension since we share the protagonist's limited view of events, as when he (and we) believe that Leucippe has been murdered but she turns out to be fine—though the fact that Achilles uses such a scene three times suggests that he's poking fun at the plot device of apparent death used in other novels.

Longus' *Daphnis and Chloe* (late 2nd or early 3rd century AD) fuses the romantic novel with Theocritean pastoral poetry (Chapter 7), as the young protagonists meet and fall in love as shepherds on the island of Lesbos, and even though they eventually discover that they are the offspring of wealthy urbanites, they return from their taste of the Big City to marry and raise a family in their bucolic paradise. In the latest and longest of the Greek novels, Heliodorus' *Charicleia and Theagenes* (ten books, 3rd or 4th century AD), the narrative is handled with particular virtuosity. Heliodorus plunges the reader *in medias res*, as the novel opens with a striking and mysterious scene—an Egyptian beach strewn with bodies and booty, a beautiful female survivor caring for her wounded male companion—and it is only after several books of exciting back story (as in Homer's *Odyssey*) that we understand how the protagonists got into such a pickle.

Like their modern counterparts, ancient novels offer their readers a world where they can escape and be entertained, but the nature of these fictional Greek worlds is revealing: the scene is usually the classical past, for example, and there are no Romans anywhere, even when the setting is that of the empire. So, like the fantasy and utopian worlds of Greek Old Comedy (Chapter 4), the 'escapism' of the novels is culturally and politically charged, keying into Greek nostalgia for a time of political independence—shared by 'Greek' (in the sense of Greek-speaking) communities throughout the empire, whether Egyptian, Syrian, Jewish . . . —and Roman admiration for Greece's cultural heritage.

The novels' focus on idealized romantic love is also significant for what it reveals about sexual politics: heroines should remain virgins until marriage, their male beloveds occasionally succumb to temptation. In Longus' *Daphnis and Chloe*, we witness the sexual education of the naïve young shepherds (Daphnis is 15, Chloe 13), including Daphnis' sexual initiation by an older married woman from the city, and there is both humour and voyeurism in the teenagers' failed attempts to make love 'as the rams do to the ewes and the billy-goats to the nannies' (3.14). The pastoral 'innocence' of the countryside is matched by that of the rustic protagonists (again, more urban fantasy: see Chapter 7). As in the early English novel, the Greek novel plot typically revolves around marriage, and it is often the clever and spirited heroines who impress the reader more and guide the plot to its cheerful conclusion. Men still end up on top, but they are punished when they dishonour respectable women, as in Chariton's *Callirhoe*, for example, where the jealous Chaereas kicks his pregnant wife, thinks he's killed her, and ends up a slave (but don't worry: they all live happily ever after . . .).

The major Roman novels that survive, the *Satyrica* of Petronius (*c.*50s–60s AD) and the *Metamorphoses* or *Golden Ass* of Apuleius (*c.*AD 150–180), assume a readership familiar with what would become the typical story-patterns of the Greek romantic novel, but each takes the genre in a distinctively original direction. Petronius is very likely the politician and 'Arbiter of Taste' (*elegentiae arbiter*, as Tacitus styles him) at Nero's court, who was forced to commit suicide in AD 66 when Nero's henchman Tigellinus grew jealous of his influence and denounced him. Tacitus describes how this Petronius refused to die in the Stoic manner, but spent his last hours listening to frivolous poetry and then exposed details of Nero's debauchery in his will (*Annals* 16.18–19). In any case, a similarly irreverent and parodic spirit is evident in the *Satyrica*, which draws on the many forms of literature being written in the Neronian period (including epic, tragedy, philosophical treatises, and satire) to create a novel that is both an ingenious generic collage and a hilariously mordant critique of contemporary Roman society.

Petronius' novel was originally very long (perhaps 20 books) but survives only in fragments. These are, nonetheless, full of incident and depict the picaresque adventures of Encolpius, who is also the narrator, as he travels around the fashionable bay of Naples and the sleazier parts of southern Italy with his (unfaithful) boyfriend Giton in search of *la dolce vita* and a free dinner. Petronius' parody of romantic plot conventions is a technique repeated in the early stages of the English novel: Henry Fielding's *Joseph Andrews* (1742), for example, advertises itself as a 'comic romance' and begins as a parody of Samuel Richardson's *Pamela* (1740). Debates about rhetoric, poetic recitations, lovers' tiffs, bisexual orgies—there is something for every taste in the *Satyrica*'s free-wheeling narrative (see Figure 8).

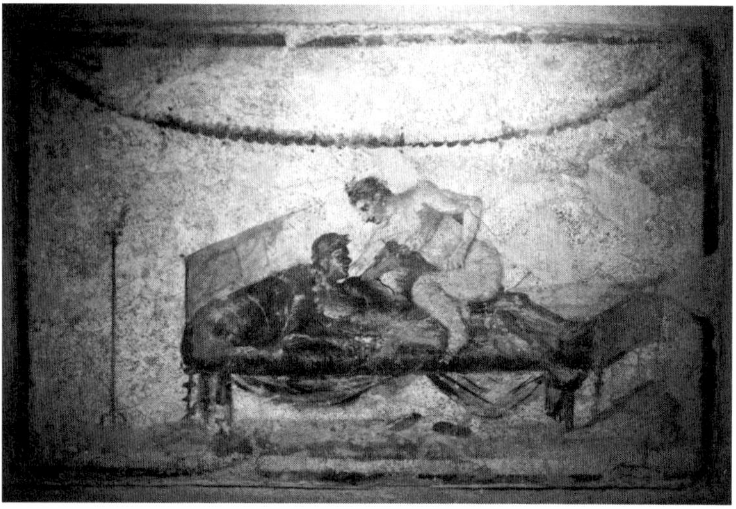

8. Wall-painting from a brothel at Pompeii with young man and prostitute (first century AD). Petronius' narrator frequents such establishments as often as he can

The raunchy subject matter is flagged by the title, 'Tale of the Satyrs', evoking the bestial and perennially horny creatures of Greek myth. Like the satyrs, Encolpius and his friends live for the moment and are slaves to sensual pleasure. But the satyric thrust is also comically deflated, when Encolpius (whose name fits: 'Mr In-the-Crotch') can't get it up, despite the attentions of a gorgeous nymphomaniac ('Circe', evoking the seductress from Homer's *Odyssey*), prompting him to threaten his own penis with castration and to address it in mock-heroic anger—'Is this what I have deserved of you, that when I am in heaven you should drag me down to hell?' (132) Later Encolpius blames his impotence on the 'terrible anger' of the phallic god Priapus (139), parodying the hostile gods of epic. Similarly, in an earlier scene aboard the ship of Lichas ('Captain Blowjob'), the disguised Encolpius is recognized by his genitals, a discovery which he himself compares to the famous scene from Homer's *Odyssey* where the hero is recognized by a hunting scar (105). Penises aside, the title *Satyrica* also alludes to the Roman genre of satire (*satura*), whose irreverent influence is evident in many episodes, especially the overblown and tasteless banquet hosted by Trimalchio, to which Encolpius and his friends secure an invitation.

Trimalchio's Dinner-Party, the longest surviving episode of the novel, is a *tour de force* of class comedy and social satire. Trimalchio, an ex-slave and self-made millionaire, seeks to impress by serving a fantastic array of dishes, but his gross display of wealth is matched only by his ignorance of culture and etiquette, as he garbles Greek mythology—'I own a bowl where Daedalus is shown shutting Niobe up in the Trojan Horse' (52)—and lectures his guests on the dangers of holding in their farts:

> 'Believe me, the rising vapours attack the brain and surge through the whole body. I know a lot of people have died that way because they wouldn't be honest with themselves.' We thanked him for being so generous and considerate and promptly tried to suppress our laughter by taking frequent swigs of wine. (47)

Encolpius the narrator's contempt for the vulgarity of the *nouveau riche* Trimalchio reflects contemporary Roman anxieties about the social mobility of ex-slaves, but the reader is not simply encouraged to sneer at Trimalchio, since the snobbery of Encolpius (himself a thief and a sponger) is also satirized. The episode thus presents a biting and hilarious critique of materialism, wealth, and class in contemporary Rome, not only lampooning the corruption and decadence of Neronian society, where all are scrabbling for money, sex, and power, but also skewering the pretensions of those who, like the hypocritical Greek Encolpius, assume an air of moral or social superiority. Thus the *Satyrica*, like many great comic novels since, is also a masterpiece of penetrating social analysis.

The literary range and virtuosity of Petronius' *Satyrica* is matched by that of Apuleius' novel, whose original title was *Metamorphoses*, though it is more popularly known as *The Golden*

Ass (the name given to it by St Augustine: *City of God*, 18.18). Apuleius was born around AD 125 in Madaurus (in modern Algeria), and his ambitious work (11 books) is the only Roman novel to have survived complete. The narrator, a Greek called Lucius, tells how he was accidentally transformed into an ass while prying into the secrets of magic. He then recounts his frequently bawdy adventures (and many others that he hears of with his big ass-ears) as he is passed from one dodgy owner to the next, until he finally returns to human form thanks to the goddess Isis and converts to her cult. Among the many tales inserted into the main plot the lengthiest and most famous is that of Cupid and Psyche (4.28–6.24), where Psyche's curiosity (to see her divine lover) leads to much wandering and suffering only ended by divine intervention—paralleling the story of Lucius himself.

As with Encolpius in the *Satyrica*, the reactions of Lucius/the ass, who is often shocked or bewildered by what is happening to him, generate a great deal of comedy, and the *Metamorphoses*' combination of saucy and philosophical-mystical elements is one of its most original and entertaining features. Thus, for example, when a rich woman sees Lucius/the ass performing tricks in a travelling sideshow, she takes a fancy to him and has sex with him, giving his owner the bright idea that the ass should do the same with a condemned female prisoner in the arena before a paying public. But Lucius runs away and prays to the Queen of Heaven, who appears to him as Isis and instructs him both how to regain his human form (by eating roses scattered the next day in a procession in her honour) and to dedicate his life to her.

The narrator's unconventional journey to enlightenment and salvation is given a final twist, however, as Lucius is revealed to be Apuleius himself (11.27), a brilliant literary metamorphosis of narrator into author, which plays with the very act of writing fiction, where the author creates the identity of the fictional character. (Again, one might compare Fielding's *Joseph Andrews*, where Joseph turns out to be the long-lost son of Mr Wilson, whose life recalls that of Fielding himself.) So this is no earnest pilgrim's progress intended to convert the reader to the mystery cults of Isis and Osiris, and the humorous ending takes us back to the spirit of the novel's Prologue, where we were told: 'Reader, pay attention to the story; you'll enjoy it'. Nonetheless, the *Metamorphoses*' final book points to the genuine interest of 2nd-century AD pagan audiences in cults that promised a release from the bondage of the flesh and a blessed afterlife, and reminds us that another cult of that kind was then rising in the east which would one day span the empire.

Epilogue

Naturally, one can't cover everything worth mentioning about classical literature in a *Very Short Introduction*—or even a very long one—but I have tried to show that this literature is far from being stuffy or irrelevant, and that its best works remain as entertaining and provocative as ever. In my beginning is my end (to quote a modern classic), and so let the last word on the power of literature go to Homer, describing the effects of the bard Demodocus' song about the Greeks' destruction of Troy:

> Thus sang the famous singer; but Odysseus' heart was melted,
> tears dropped from his eyes and soaked his cheeks.
> As a woman weeps, falling to clasp her husband,
> who has fallen in defence of his city and his people,
> to ward off the pitiless day of destruction from his town and his
> children;
> seeing him gasp in the throes of death,
> she clings to him, shrieking loudly; but the enemy,
> striking her back and shoulders with their spears,
> lead her off into slavery, to have toil and misery;
> and her cheeks are wasted with the most pitiable grief—
> just so did Odysseus drop pitiable tears from his eyes.
>
> (*Odyssey* 8.521–31)

Further reading

This is a highly selective list, limited to books in English; more detailed bibliographies are given in the suggested works, or can be found in the relevant section of S. Hornblower, A. Spawforth, and E. Eidinow, eds., *The Oxford Classical Dictionary*, 4th edn. (Oxford, 2012).

Translations

Excellent and up-to-date translations of the works discussed in this book are available in the following series:
The World's Classics (Oxford University Press)
<http://www.oup.co.uk/worldsclassics>
The Penguin Classics (Penguin Books)
<http://www.penguinclassics.co.uk>
Greek and Latin texts with a facing English translation:
The Loeb Classical Library (Harvard University Press)
<http://www.hup.harvard.edu>

Chapter 1: History, genre, text

History of the classical world: S. Price and P. Thonemann, *The Birth of Classical Europe: A History from Troy to Augustine* (London, 2011).
Where it all happened: R. J. A. Talbert, ed., *Atlas of Classical History* (London, 1985).

The importance of genre: A. Fowler, *Kinds of Literature: An Introduction to the Theory of Genres and Modes* (Oxford, 1982).
Ancient critics on their own literature: D. A. Russell and M. Winterbottom, eds., *Classical Literary Criticism* (Oxford, 1989).
The transmission of classical texts: L. D. Reynolds and N. G. Wilson, *Scribes and Scholars: A Guide to the Transmission of Greek and Latin Literature*, 3rd edn. (Oxford, 1991).
The impact of Christianity: R. Lane Fox, *Pagans and Christians* (London, 1986).
New papyrological discoveries: P. Parsons, *City of the Sharp-Nosed Fish: Greek Lives in Roman Egypt* (London, 2007).

Chapter 2: Epic

The genre: J. B. Hainsworth, *The Idea of Epic* (Berkeley, 1991).
Homer's *Iliad*: W. Allan, *Homer: The Iliad* (London, 2012).
Homer's *Odyssey*: J. Griffin, *Homer: The Odyssey*, 2nd edn. (Cambridge, 2004).
Hellenistic variations: R. L. Hunter, *The Argonautica of Apollonius: Literary Studies* (Cambridge, 1993).
Early Latin epic: S. M. Goldberg, *Epic in Republican Rome* (Oxford, 1995).
Virgil's *Aeneid*: K. W. Gransden, *Virgil: The Aeneid*, 2nd edn. (Cambridge, 2004).
Ovid's transformation of epic: E. Fantham, *Ovid's Metamorphoses* (Oxford, 2004).
Lucan and civil war: J. Masters, *Poetry and Civil War in Lucan's Bellum Civile* (Cambridge, 1992).
Hesiod's dour picture of the world: J. S. Clay, *Hesiod's Cosmos* (Cambridge, 2003).
Lucretius' Epicurean universe: D. Sedley, *Lucretius and the Transformation of Greek Wisdom* (Cambridge, 1998).
The poetry and politics of Virgil's *Georgics*: L. Morgan, *Patterns of Redemption in Virgil's Georgics* (Cambridge, 1999).

Chapter 3: Lyric and personal poetry

Greek lyric poetry: D. E. Gerber, ed., *A Companion to the Greek Lyric Poets* (Leiden, 1997).

Wine, song, sex, politics: O. Murray, ed., *Sympotica: A Symposium on the Symposion* (Oxford, 1990).

Pindar and his patrons: L. Kurke, *The Traffic in Praise: Pindar and the Poetics of Social Economy* (Ithaca, NY, 1991).

Catullus and Roman society: T. P. Wiseman, *Catullus and His World: A Reappraisal* (Cambridge, 1985).

Latin love elegy: P. Veyne, *Roman Erotic Elegy: Love, Poetry, and the West*, trans. D. Pellauer (Chicago, 1988).

Horace and Augustan literature: P. White, *Promised Verse: Poets in the Society of Augustan Rome* (Cambridge, MA, 1993).

Chapter 4: Drama

The roots of Greek tragedy: J. Herington, *Poetry into Drama: Early Tragedy and the Greek Poetic Tradition* (Berkeley, 1985).

The variety of tragedy: R. Scodel, *An Introduction to Greek Tragedy* (Cambridge, 2010).

The importance of choral song and dance: L. A. Swift, *The Hidden Chorus: Echoes of Genre in Tragic Lyric* (Oxford, 2010).

Athenian life and politics in Aristophanic comedy: D. M. MacDowell, *Aristophanes and Athens: An Introduction to the Plays* (Oxford, 1995).

New Comedy: R. L. Hunter, *The New Comedy of Greece and Rome* (Cambridge, 1985).

Seneca's transformation of tragedy: A. J. Boyle, *Roman Tragedy* (London, 2006).

Chapter 5: Historiography

Herodotus' achievement: J. Gould, *Herodotus* (London, 1989).

Thucydides' understanding of war: W. R. Connor, *Thucydides* (Princeton, 1984).

History as literature/literature as history: C. Pelling, *Literary Texts and the Greek Historian* (London, 2000).

Polybius and Rome: F. W. Walbank, *Polybius* (Berkeley, 1972).

Sallust and the politics of the republic: R. Syme, *Sallust* (Berkeley, 1964).

Caesar's self-presentation: K. Welch and A. Powell, eds., *Julius Caesar as Artful Reporter: The War Commentaries as Political Instruments* (London, 1998).

Livy and the Roman past: J. D. Chaplin, *Livy's Exemplary History* (Oxford, 2000).

Tacitus and the imperial system: R. Syme, *Tacitus*, 2 vols. (Oxford, 1958).

Classical historiography and later Western thought: A. Momigliano, *The Classical Foundations of Modern Historiography* (Berkeley, 1990).

Chapter 6: Oratory

The origins of rhetoric: E. Schiappa, *The Beginnings of Rhetorical Theory in Classical Greece* (New Haven, 1999).

Democracy and persuasion: J. Hesk, *Deception and Democracy in Classical Athens* (Cambridge, 2000).

Legal contexts: D. M. MacDowell, *The Law in Classical Athens* (London, 1978).

Praising the dead: J. Herrman, *Athenian Funeral Orations* (Newburyport, MA, 2004).

Lysias and Athenian society: C. Carey, *Trials from Classical Athens*, 2nd edn. (London, 2011).

The skill of Demosthenes: D. M. MacDowell, *Demosthenes the Orator* (Oxford, 2009).

Cicero's personae: C. Steel, *Reading Cicero: Genre and Performance in Late Republican Rome* (London, 2005).

The function of praise in the Roman empire: R. Rees, ed., *Latin Panegyric* (Oxford, 2012).

Overcoming prejudice against rhetoric: B. Vickers, *In Defence of Rhetoric* (Oxford, 1998).

Chapter 7: Pastoral

The nature of pastoral: P. Alpers, *What is Pastoral?* (Chicago, 1996).

Urban nostalgia: R. Williams, *The Country and the City* (Oxford, 1973).

The many uses of pastoral: A. Patterson, *Pastoral and Ideology: Virgil to Valéry* (Berkeley, 1987).

Theocritus' bucolic idylls: K. J. Gutzwiller, *Theocritus' Pastoral Analogies: The Formation of a Genre* (Madison, 1991).

Virgil's expansion of the genre: P. Alpers, *The Singer of the Eclogues: A Study of Virgilian Pastoral* (Berkeley, 1979).

Idyllic landscapes in Roman wall-painting: E. Winsor Leach, *Vergil's Eclogues: Landscapes of Experience* (Ithaca, NY, 1974).
Poetry about poetry: G. Williams, *Tradition and Originality in Roman Poetry* (Oxford, 1968).

Chapter 8: Satire

A Roman genre: M. Coffey, *Roman Satire*, 2nd edn. (Bristol, 1989).
The 'threat' of satire: K. Freudenburg, *Satires of Rome: Threatening Poses from Lucilius to Juvenal* (Cambridge, 2001).
Lucilius and Hellenism: E. S. Gruen, *Culture and National Identity in Republican Rome* (Ithaca, NY, 1992), ch. 7.
Catullus as social commentator: C. Nappa, *Aspects of Catullus' Social Fiction* (Frankfurt, 2001).
Horace's satirical persona: W. S. Anderson, *Essays on Roman Satire* (Princeton, 1982).
Decoding Persius: J. C. Bramble, *Persius and the Programmatic Satire: A Study in Form and Imagery* (Cambridge, 1974).
Consumption and decadence: E. Gowers, *The Loaded Table: Representations of Food in Roman Literature* (Oxford, 1993).
Mockery and self-ridicule: M. Plaza, *The Function of Humour in Roman Verse Satire: Laughing and Lying* (Oxford, 2006).

Chapter 9: Novel

The genre in antiquity: N. Holzberg, *The Ancient Novel: An Introduction* (London, 1995).
The Greek novels in translation: B. P. Reardon, ed., *Collected Ancient Greek Novels*, 2nd edn. (Berkeley, 2008).
Greece under Rome: S. Swain, *Hellenism and Empire: Language, Classicism, and Power in the Greek World AD 50–250* (Oxford, 1996).
The novel in Rome: P. G. Walsh, *The Roman Novel: The 'Satyricon' of Petronius and the 'Metamorphoses' of Apuleius* (Cambridge, 1970).
Funny things happen on the way to the forum: J. R. W. Prag and I. D. Repath, eds., *Petronius: A Handbook* (Chichester, 2009).
Being an ass: C. C. Schlam, *The Metamorphoses of Apuleius: On Making an Ass of Oneself* (Chapel Hill, 1992).

“牛津通识读本”已出书目

古典哲学的趣味
人生的意义
文学理论入门
大众经济学
历史之源
设计，无处不在
生活中的心理学
政治的历史与边界
哲学的思与惑
资本主义
美国总统制
海德格尔
我们时代的伦理学
卡夫卡是谁
考古学的过去与未来
天文学简史
社会学的意识
康德
尼采
亚里士多德的世界
西方艺术新论
全球化面面观
简明逻辑学
法哲学：价值与事实
政治哲学与幸福根基
选择理论
后殖民主义与世界格局

福柯
缤纷的语言学
达达和超现实主义
佛学概论
维特根斯坦与哲学
科学哲学
印度哲学祛魅
克尔凯郭尔
科学革命
广告
数学
叔本华
笛卡尔
基督教神学
犹太人与犹太教
现代日本
罗兰·巴特
马基雅维里
全球经济史
进化
性存在
量子理论
牛顿新传
国际移民
哈贝马斯
医学伦理
黑格尔

地球
记忆
法律
中国文学
托克维尔
休谟
分子
法国大革命
丝绸之路
民族主义
科幻作品
罗素
美国政党与选举
美国最高法院
纪录片
大萧条与罗斯福新政
领导力
无神论
罗马共和国
美国国会
民主
英格兰文学
现代主义
网络
自闭症
德里达
浪漫主义

批判理论	德国文学	儿童心理学
电影	戏剧	时装
俄罗斯文学	腐败	现代拉丁美洲文学
古典文学		